ループ

鈴木光司

角川ホラー文庫
11637

目次

第一章　夜の終わりに

1

サッシ戸を開けると、部屋の中に潮の香りが流れ込んできた。風はほとんどなく、湿気を含んだ夜の空気が、黒々とした湾からそのまま上昇してきて、風呂上がりの身体にまとわりついてくる。馨は、海を間近に感じさせてくれる、この蒸れた気配が嫌いではなかった。

夕食後はバルコニーに出て、星の動きや月の満ち欠けを観察することにしていた。月の表情は微妙に移り変わり、見ているだけで神秘的な気持ちになってくる。インスピレーションを受けることも多かった。

夜空を眺めるのは、毎日の日課である。サッシ戸を開け放ち、馨は、暗い足下を探ってサンダルをつっかけた。夜空に張り出した、超高層マンション二十九階のバルコニー。馨にとって、お気に入りの場所であり、もっとも居心地のいい場所であった。

九月も半ばを過ぎて、残暑はことのほか厳しかった。六月から熱帯夜が続き、秋になっても炎暑が衰える気配はない。

いつからか、夏という季節がどんどん延び始めたようである。毎晩こうやってバルコニーに出るのだが、涼しさを得るどころか、余計に暑さを実感するだけだ。

手を伸ばせば届きそうなほど、星空は間近に迫っていて、眺めているうちに、暑さなど忘れてしまう。

東京湾に面したお台場の住宅区域にはマンションが林立していた。だが、居住者の数は多くなく、窓から漏れる光の量も限られている。そのせいで、夜空に星がきれいに映し出されていた。

ときどきすっと風が流れることがあった。すると海の気配は薄れ、湯上がりの洗ったばかりの髪が、多少のベタつきを残して乾いていった。

「馨君、風邪引くわよ。窓閉めなさい」

キッチンのカウンターの内側から母の声がした。空気の移動を感じ取り、窓が開け放たれていることを知ったのだろう。母のいる位置からバルコニーは見えず、馨が夜気にさらされているとはわからないはずである。

しかし、こんな暑さの中、寒くて風邪を引くこともないだろうと、馨は、母の心配性に呆れてしまう。母の心配性は、なにも今に始まったことではない。バルコニーにいるのがバレれば、室内に引き戻されてしまうにきまっている。馨は、外側から窓を閉めて、母の声が届かないようにした。

地上百メートルの高さで空にせり出す細長い空間を馨は一人占めしていた。彼は振り返って、窓ガラス越しに室内を見た。直接には母の姿は見えない。キッチンの蛍光灯が照らす乳白色の光の帯が、ソファのあるリビングルームに切れ込んでいて、その白い光の中に、馨は母のいる気配を読み取ることができた。シンクの前に立ち、食後の後片付けをする母の動きが、キッチンから伸びる光をわずかに揺らしている。

目を外の闇に戻し、馨はいつもと同じことを考えた。自分の存在を含めた世界の仕組みをどうにか解明したいという夢が彼にはあった。ある分野における先端の謎を解くだけではない。彼の望みは、自然界のあらゆる現象を説明しうる、統一的な理論を発見することであった。情報工学系の研究者である父とも、夢はほとんど共通していて、だから彼ら親子は、一緒にいると自然科学のことばかりを語り合う。

語り合うというより、馨が様々な質問をぶつけ、父がそれに答えていくといったほうがいいだろう。父の秀幸は、人工生命開発プロジェクトの研究員を務めた後、教授となって大学に研究の場を移していた。秀幸は、今年十歳になったばかりの馨の質問をけっしてはぐらかしたりはしない。逆に、常識にとらわれない大胆な発想から、研究のヒントを得ることさえあるらしい。だから、父と息子の会話はいつも真剣だった。

たまに休みのとれた日曜の午後など、夫と息子が白熱した議論を展開するのを、母の真知子は、満足そうに眺めるのが常だった。ついつい話に熱中し、まわりの状況を忘れがちな夫に比べ、息子は、話題に加わることができず、一人取り残されている格好の母への配慮も怠らない。論点となっている事柄をやさしく嚙み砕いて母に説明し、なるべく議論に参加できるようにもっていくのだ。そのへんの気配りは、秀幸には到底真似のできない芸当だった。

さりげない思いやりがうれしいのか、あるいは十歳にして早くも自分の理解を超えて自然科学を語る息子を自慢に思うのか、息子を見る母の目にはいつも満足気な表情が浮かんでいる。

はるか下のレインボウブリッジを車のヘッドライトが流れていた。光の帯の中に、父の運転するオートバイもあればいいのにと馨は期待する。馨はいつも父の帰りを待ちかねていた。

秀幸が人工生命プロジェクトの研究員から大学教授に抜擢されたのを機に、東京郊外からお台場のマンションに移ったのは、もう十年前のことである。水辺の、超高層マンションという住環境は、一家の好みに合っていた。高い位置からの景色に馨は飽くことがなく、夜になれば、星々を手元に引き寄せて、まだ把握しきれない世界への想像力をたくましくする。

大地からはるかに浮き上がった居住空間は、鳥類の目を養うのかもしれない。鳥類が爬虫類の進化した形態であるとすれば、住み処が空に向かって伸び始めたことは、人間の進化にどのような影響を与えるのだろうか。馨はふとそんなことを考える。そういえば、馨はここ一か月ばかり土を踏んでいなかった。

身長とほぼ同じ高さのバルコニーに両手をかけ、背伸びをしようとして、馨は、その気配に気がついた。今初めて感じる気配ではない。いつからだろう、物心ついた頃から、たびたび感じてはいた。ただ、不思議と、家族と一緒にいるときにこの感覚に襲われたことはない。

もう慣れてしまって、背後から何者かに見られているとわかっても、馨は振り返ろうともしなかった。振り向いても、そこにあるものはわかっていた。なんら変わることのないリビングルーム、奥のダイニングとその隣のキッチン。キッチンでは、相変わらず母の真知子が食器を洗い続けている。

馨は首を横に振って、見られているという気配を頭から追い出そうとした。すると、感覚はすっと一歩引き下がり、夜の闇に紛(まぎ)れて空に消えてしまったように思われた。消えた手応えを確信すると、馨は振り返って背中を手摺(てすり)に押しつける。さっきと同じだった。キッチンから延びた光の帯の中で、母の影が揺れている。背後にあった無数の目はどこにいってしまったのだろう。そう、確かに、馨は多くの目を感じた。無数の目に観察されているのだ。

夜を背にして、室内を覗(のぞ)いたときにこそ、黒々とした目を背中に感じるはずなのに、そうすると目は闇に同化するようにしてなくなってしまう。

一体、自分を見つめているものの正体は何か。馨は、父親に向かってこの問いを投げ掛けたことがない。いくら父でも答えられないだろうからだ。

暑さにもかかわらず、なんとなく寒気を覚えた。これ以上、バルコニーに居座る気にはならない。

馨は、バルコニーからリビングルームに戻って、母のいるキッチンをこっそりと覗いた。食器の洗い上げを終えて、母は、シンクの縁を布巾で拭いている。背中をこちらに向けて、鼻歌をうたっていた。視線に気づいてほしいと念じながら、華奢な肩のあたりをじっと見つめた。だが、母は動じることもなく、鼻歌をうたい続けている。

馨はそっと母に忍び寄り、背後から声をかけた。

「ねえ、ママ。パパは何時頃戻るの」

別に驚かすつもりはなかった。しかし、音もなく近寄っていったにしては、声が少し大き過ぎたのだろう。真知子ははじかれたように両腕をピクンと動かし、その拍子に、シンクの縁に置かれてあった小皿を落としてしまった。

「やだ、びっくりするじゃない」

真知子は、息を止め、胸に両手をあてながら振り返る。

「ごめんなさい」

馨は素直に謝った。そんなつもりがないのに、不意を襲って母を驚かすことがたびたびある。

「いつの間に、馨君、そんなところに立っていたの」

「たった今だよ」

「ママ、気が小さいんだから。脅かさないでよ」

真知子は咎める口調になった。

「ごめん。驚かすつもりなんてなかったんだけど」

「そうお、だって、びっくりしたもの、ママは」

「気がつかなかった? ぼく、ほんのしばらくだけど、ママの背中を見ていたんだ」

「わかるわけないじゃない。ママ、背中にまで目がついてないもの」

「え、でも、ぼく……」

言いかけて、馨はやめた。

……後ろを見なくても、背後から注がれる視線を感じ取ることができる。

そんなことを口にすれば、気の弱い母をよけいに驚かすだけだ。

「ねえ、パパは何時頃戻るの」

馨は最初の問いを繰り返した。父の帰宅時間を母が把握していたためしはなく、問いが無意味であることは察していた。

「遅いんじゃないかしらね、きょうも」

案の定、母はあやふやな答えを返して、リビングルームの時計にそれとなく目をやる。

「また遅いんだ」

つまらなそうにそう言う馨に、真知子は、

「今、お父さん、仕事たいへんでしょう。ほら、新しい研究テーマに着手したばかりだから」

と、夫の立場を説明する。毎晩仕事の帰りが遅いからといって、母は不満気な素振りを見せなかった。

「起きて待ってようかな、ぼく」

食器の片付けをすべて完了すると、真知子は馨の横に来て、タオルで手を拭いた。

「なあに？　またお父さんに聞きたいことがあるの」

「うん、ちょっとね」

「仕事のこと？」

「ううん、違う」

「ママが代わりに聞いてあげようか」

真知子は、自分が聞き役になってあげようかと申し出る。

「えー？」

馨はつい、素っ頓狂（すっとんきょう）な声を出して笑ってしまった。

「やだ、ママだってばかにしたもんじゃないのよ。一応、大学院だって出てるんだから」

「わかってるよ。でも、英文科でしょ」

真知子が大学で学んだのは、英文学ではなくアメリカ文化であった。特に、ネイティブアメリカンの民間伝承には詳しく、今も独学で本を読み進めている。

「いいから話して。ママはあなたの話が聞きたいの」

真知子は手にタオルを持ったまま、息子をリビングルームに急かした。今晩に限って、なぜ母が興味を示すのだろうと、馨には奇異に感じられた。いつもと少し反応が違っているように思う。

「ちょっと待っててね」

馨は一旦自室に戻り、二枚のハードコピーを持って来ると、母の横のソファに座った。

「なになに？　また、難しい数字がぎっしり並んでいるんじゃないでしょうね」

真知子は、馨の手に握られた二枚の紙を見るなり、そう言った。純粋な数学の話となると、真知子にはお手あげだった。

「ううん、そんなに難しいものじゃないよ」

馨が、表を上にして二枚の紙を渡すと、真知子は、代わる代わる手に取ってみる。両方の紙には、世界地図らしきものがプリントされてあった。

数学と無縁であることを知り、真知子はほっと胸を撫でおろしたようだ。

「めずらしいじゃない。地理の勉強なの？」

地理に関してなら、真知子も得意であった。北米大陸には特に詳しく、この分野であれば、息子の知識をはるかに凌駕していると自負していた。

「違うよ。重力異常だよ」

「なんだ……」

やはり真知子には縁遠い分野であったようだ。かすかな失望の色が、目に浮かぶ。

馨は身を乗り出して、地球の重力異常の様子が一目でわかるその世界地図の説明を始めた。

「あのね、重力式で得られた値と、重力加速度をジオイド面上の値に補正した値との間には、小さな差があるんだけど、その差が、プラスマイナスの数字で地図に書き込まれてあるわけ」

二枚の紙にはそれぞれ1、2と番号がふられていた。1のほうの世界地図には、重力異常を示す等高曲線が無数に引かれ、線ごとに+－のついた数字が書き込まれていた。普通の地図帳の等高線と考えればいい。プラスの値が大きくなれば海抜が高くなり、マイナスの値が大きくなれば水深が深くなるのと同じである。

重力異常の分布図の場合、プラスの値が大きくなれば重力が強く、マイナスの値が大きくなれば、その地点での重力が弱くなることを意味する。単位はｍｇａｌ（ミリガル）。薄く濃淡がつけてあり、白い色のところはプラスの重力異常、濃い色のところはマイナスの重力異常と、一目でわかる仕組みになっている。

真知子は、重力異常の分布図をじっくりと眺めてから、顔をあげた。

「ところで重力異常ってなんなの？」

真知子は、息子の前で知ったかぶりをすることなどとうにやめている。

「ママ、地球の重力ってどこでも同じだと思ってるんじゃない」

「生まれてこのかた、考えてみたこともないわねえ、そんなこと」

「実際にね、地球の重力にはバラッキがあるの」

「つまり、この地図でいえば、プラスの数字が大きくなれば重力は大きく、マイナスの数字が大きくなれば、重力は小さくなるってわけね」

「うん、そういうこと。地球内部を構成する物質の質量が均一ではないってことなんだ。重力異常がマイナスの場合、その下方の地質には質量の小さいものがあると考えればいいわけ。一般的には、緯度が大きくなるにつれて、重力も大きくなるんだけど」

「で、そちらの紙は？」

真知子は、2という番号のふられた紙を指差した。それもまた世界地図であったが、複雑な等高線はなく、代わりに黒い点が数十個ばかり書き込まれていた。

「世界の、長寿村のある場所さ」

「長寿村って、長生きする人間の住んでいるところ？」

重力異常の分布図の後は、長寿村の位置を示す世界地図である。真知子が混乱したとしても不思議はなかろう。

「そう、他の地域と比べて、明らかに長生きの人間が住む地域が、世界にはこれだけあるらしいんだ」

馨は、地図の上の黒点を指し示していった。特に二重丸をつけてある地点が、四つあった。黒海沿岸のコーカサス地方、日本の鮫島(さめじま)諸島、カラコルム山麓(さんろく)のカシミール地方、南米エクアドルの南部地方。どれもみな、有名な長寿村のある地域だ。

二枚目の紙に関しては、それ以上の説明は必要ないと思われた。真知子は、初めて見る長寿村の分布図にさっと目を走らせ、

「それで？」

と催促してきた。ここで、問題となるのは、もちろん二枚の世界地図の関係である。

「重ねてみて、その二枚」

真知子は言われた通りに、同じ大きさの二枚を重ねた。

「明かりにかざしてごらんよ」

馨は、リビングルームのシャンデリアを指差す。

真知子は、二枚の紙を重ねたまま、徐々に上に向けていった。無数の等高線の中に、黒い点が透けて見える。

「ね、わかったでしょ」

馨にそう言われても、真知子はまだ何も気づかないふうであった。

「もったいぶらないで教えてよ」

「ほら、長寿村のある位置と、重力異常のマイナスの地域がぴたりと重なるじゃない」

真知子は、紙を重ねたまま立ち上がり、光に近づけて、よりはっきりとそのことを確認しようとした。確かに、長寿村の位置を示す黒点は、一枚目の世界地図のマイナスの曲線で囲まれた範囲にしか見られない。しかも、そのマイナスの値は、極めて大きい。

「ほんとだわ」

真知子は単純に驚いてみせた。しかし、どうも釈然としないらしく、首をかしげてばかりいる。このことが何を意味するのかまるで理解できないからに違いない。

「生命と重力の間にはなにか関係があるのかもしれない」

「お父さんに聞きたいことって、それ」

「うん、まあね。ところで、ママ。地球上に生命が自然発生する確率って、どのくらいだと思う?」

「宝くじの一等が当たるぐらいかしら」

母の答えに、馨は吹き出してしまった。

「なに言ってんの。もっと、比較にならないぐらい小さいよ。奇跡かもしれないんだ」

「だってクジに当たる人間は必ずいるじゃない」

「ママが言っているのは、百本のうち一本が当たりのクジを百人が買った場合でしょ。ぼくが言っているのはね、サイコロを百回振って、すべて六の目が出たらどう思うかってことなんだ」

「インチキよ、それ」

「……インチキ?」

「だって、サイコロが百回続けて同じ目を出したとすれば、そのサイコロに細工がなされていたに決まってるじゃない」

当然じゃない、とでも言うように、真知子は馨の額に指を当てた。

「細工か……」

馨はしばらくの間、ポカンと口を開いて考えた。「そうなんだ、細工だよ。何か仕組みがあるんだ。でなかったら、おかしい」

「でしょ」

「人間はまだその仕組みに気づいてないだけなんだ。でも、ママ。もし、何の細工もないサイコロが、百回続けて同じ目を出したとしたら？」

「そうねえ。神様じゃない？　そんなことができるのは」

真知子が本気でそう思っているかどうか、馨には量りかねる。

「そういえばさあ、きのうのお昼のドラマ覚えている？」

馨は話題を発展させていった。

お昼のドラマとは、テレビのメロドラマのことだった。馨は昼メロが好きで、連続ものなどはビデオに撮ってもらってまで、見ることにしていた。

「見逃しちゃったから」

「ほら、さゆりさんと大三さん、思い出の岬で再会したじゃない」

テレビの登場人物をさんづけで呼び、馨は、昨日の昼メロの内容を簡単に話し始めた。

それはざっと次のようなストーリーだった。

結婚一年目の若いカップル、さゆりと大三は、様々な誤解が重なり、離婚の危機に瀕していた。まだ愛し合ってはいたけれども、ほんの些細な偶然が重なり、ふたりを取り巻く男女の糸が絡まり合い、泥沼から抜け出せなくなってしまったのだ。

ところが、別居中のふたりは、ある日偶然、日本海に面した岬で再会する。そこはふたりが初めて出会った思い出の地であった。そうして、ふたりで共有した懐かしい時間を思い出し、当時の感情が蘇るにつれ、誤解はひとつひとつ解け、愛情の再確認がなされていった。

ところが、この陳腐でありふれたストーリーには、心暖まるどんでん返しが用意されていた。ふたりとも、思い出の岬で偶然に再会したとばかり考えていたのだが、実はそうではなく、ふたりの仲が元に戻ることを願う友人たちが示し合わせ、おせっかいにも、ふたりがその岬で出会うように手筈を整え、仕組んだのである。

「いい？　ママ。日本海の岬で、別居中のカップルが、同じ日の同じ時間に、出会う確率ってどのくらいだと思う。確かにゼロではない。偶然に出会うことだってあるさ。でもほんの小さな偶然でしか起こり得ないことが、実際に起こったとしたら、陰で糸を引いた人間がいると考えたほうがずっと自然な場合がある。この場合、細工を施したのは、さゆりさんと大三さんの、おせっかいな友人たちってことになるけど」

「つまりこう言いたいわけ？　ゼロに近い確率を乗り越えて、生命は発生してしまっている。ほら、わたしたちはこの通り、存在しているもの。だとしたら、裏で糸を引いている存在があるはず……、馨君が言いたいのは、ざっとこんなところかしら」

常々、馨が感じていることだった。観察され、操られているのではないかという疑念が、脈絡もなく脳裏に差し挟まれることがある。それが自分だけに特有な現象なのか、それとも普遍的なものなのか、まだ確かめてはいない。

ふいに悪寒に襲われ、馨は身体をブルッと震わせた。見ると、窓が少し開いたままになっている。ソファに座ったまま身体をひねり、馨は窓を閉めた。

2

馨はなかなか寝付けなかった。父の帰りを待つのを諦め、布団にもぐり込んでから三十分が過ぎようとしている。

二見家では、親子三人がいつも同じ和室に寝る習わしとなっていた。洋室が三つに和室がひとつ、十畳ばかりのリビングルームという4LDKの間取りは、三人の家族には十分に広く、それぞれの個室が用意されているにもかかわらず、寝るときになると、なぜか皆和室に集まってきて川の字に横になる。布団を三組敷き、真ん中が真知子で両端が秀幸と馨、この形態は、馨が生まれて以来、ずっと変わることがない。

馨は目を天井に向けたまま、すぐ横にいる母に小さく声をかけてみた。

「ママ」

返事はない。真知子はいつも、布団に入るとほぼ同時に寝入ってしまう。

興奮というほどではないが、馨の胸の中にはかすかに高鳴るものがあった。重力異常の分布図と長寿村の位置関係には、偶然とは考えられない、明らかな特色が見受けられた。

簡単に解釈しようとすれば、人間の生命、あるいは地球上の生命すべてと、重力の間にはなんらかの関係があるということだ。

発見は、偶然によってもたらされた。たまたまテレビで長寿村の特集をやっていたとき、愛用のパソコンのディスプレイには世界の重力異常の分布図が表示されていたのである。最近パソコンで遊んでいると、どういうわけか重力異常に関する情報が流れ込んできたりして、重力のことが気にはなっていた。テレビ画面とパソコンのディスプレイ……、第六感にピンとくるものがあって、馨は、長寿村の位置を重力異常の分布図に重ねた。人間にだけ与えられた直感である。

いくら情報処理能力に長け、計算が早かろうが、パソコンにインスピレーションの機能は備わっていない。まったく関係ないと思われるふたつの事象をくっつけて考えるなど、機械では不可能である。可能性が出てくるとすれば、人間の脳細胞をうまくハードウェアの中に取り入れられた場合ではないか。

……人間とコンピューターとの交尾。

やってみればおもしろいのにと、馨は思う。結果として、どんな知的生命体がこの世に生み出されるのかと、興味は尽きない。

世界の仕組みを知りたいという馨の願いは、様々な問い掛けとなって表に現れてくるが、もっとも基本的なのは、生命の起源に関する問いである。

……生命はいかにして誕生したのか。あるいは、自分はなぜここにいるのか。

進化論や遺伝学にも興味を引かれるが、生物に関する疑問はその一点に集約される。

無機物の世界から徐々に発展を遂げてRNA、そしてDNAができてきたという、コアセルベート説のバリエーションを、馨は、一方的に信じているわけではない。生命をつきつめていけば、「自己複製」が大きなポイントとなるだろうと理解していた。自己複製を司(つかさど)るのがDNAであり、その遺伝情報によって、生命の素となるタンパク質が合成される。タンパク質は、二十種類のアミノ酸が、数百個並んでできている。DNAの中にしまわれている暗号とは、要するにその並び方を指定する言語なのだ。

アミノ酸は、ある決められた並び方をしない限り、意味のある(生命としての)タンパク質にはなり得ない。原始の海は生命誕生の契機に満ちた濃密なスープに譬(たと)えられる。何らかの力によって濃密なスープがごちゃごちゃとかき混ぜられ、偶然、意味のある並び方になったとすれば、その確率は一体どのくらいなのだろうか。

わかりやすくするために、馨は、実際よりもずっと小さく、きりのいい数字で、考えることにした。仮に、二十種類のアミノ酸が百個並んで、その中のひとつが生命の素となるタンパク質になるとしよう。すると確率は、二十の百乗分の一になる。二十の百乗という数は、全宇宙の水素原子の数よりもはるかに多い。確率としては、全宇宙という範囲で、たった一個の水素原子が当たりクジであるクジ引きを数回続けて引き、その全部に当たってしまうようなものだ。

要するに、確率的には不可能なのである。にもかかわらず、生命は誕生した。何か仕組みがあるに違いない。どうやって確率の壁を乗り越えたのか、馨は知りたかった。「神」の概念を持ち出すことなく細工を解明したいと願ってやまない。

一方では、すべては幻かもしれないと疑念が湧くこともあった。本当に肉体は肉体として存在しているのか、確認のしようはない。認識能力によって「ある」と信じ込まされているだけだとすれば、実体は空である可能性がある。

豆電球だけに照らされた薄暗い和室の中、静寂のせいで胸の鼓動が際立ってくる。やはり、今この瞬間、自分が生きているのは間違いがなさそうだ。心臓の音を信じたい気分であった。

オートバイの爆音が、馨の耳の奥に鳴り響いた。聞こえるはずのない音。実際には耳に届かないはずの音であった。

「あ、パパだ」

馨の目には、百メートル下の地下ガレージにオフロードバイクを滑り込ませる父の姿が浮かんでいた。新車で購入してまだ二か月にもならないバイク。降り立った父は、満足気な顔で新車を眺めている。普段乗る時間が少ないためか、秀幸は職場への行き来にバイクを使っていた。たった今、仕事を終えて父親は帰ってきたのだ。その気配が濃厚に伝わってくる。間違いなかった。離れていても、今晩の馨は、第六感で父の動きをとらえることができた。

馨は父の一挙手一投足を思い、動きをイメージの中で追った。バイクのイグニッションを切り、ヘルメットを脇に抱えてエレベーターホールに立ち、階数表示のランプを見上げている父。

　二十九階まで昇る時間を、馨は、一、二、と数えながら計った。エレベーターのドアが開き、絨毯の敷かれた廊下を、父は早足で歩いている。そして、たった今、2916号室の前に立ったところだ。ポケットを探ってカードキィを出し、差し込んで……。

　想像の中の動きや音が、現実の音に取って代わったのは、玄関ドアの開くカチッという瞬間からだった。空想と現実の際どい一瞬、その手応えを得て、馨は胸の中で叫ぶ。

……やっぱり、パパだ。

　馨は、飛び起きて父を迎えに行こうとしたが、衝動を無理に押さえた。これからの父の行動をさらに予想してみたかったからだ。

　寝ている人間に気をつかうでもなく、秀幸は廊下を歩いているようだ。脇に抱えるヘルメットが廊下の壁にぶつかって音をたてた。普段と変わらぬ音量で鼻歌をうたっている。秀幸が動くと、なぜか普通よりも大きな音が発生する。身体から発散されるエネルギーが多いからだろうか。

　馨は、これからの父の行動が、突如読めなくなった。あらゆる音が止み、父がどこにいるのか見当がつかなくなったのだ。頭の中が空白になったかと思うと、和室の襖が乱暴に開けられた。廊下の明かりが急に差し込んでくる。さして明るくもないのに、馨は眩しさに両目を細めた。予想できない行動だった。秀幸は、畳を踏みつけて、馨が寝ている布団の脇に立ち、跪いて口を近づけた。

「坊主、起きろ」

馨は、時々父親から「坊主」と呼ばれることがある。馨は、たった今目覚めたばかりであるかのように装って、尋ねる。

「あ、パパ。今、何時なの」

「夜中の一時だ」

「そう」

「早く起きろ」

夜中に無理やり起こされて、明け方までビール片手の雑談に付き合わされることはたびたびあった。そんな翌日、馨は学校を休んで午前中を寝て過ごすはめになる。

先週も二日、父親のために遅刻を余儀なくされた。秀幸はどうも、小学校の勉強など無意味だと考えているふしがある。馨は、父親の非常識にしばしば呆れた。学校は、勉強の場ではなく、子供にとっての遊び場でもあるのだが、父はその点をさっぱり理解していないように見えるのだ。

「明日、ぼく、学校に行きたいんだけどなあ」

馨は、隣で寝息をたてる母を起こさないよう、声を低めて言う。起きて話に付き合うのは構わないし、望むところだけれど、あまり遅くならないでほしいと釘を刺したつもりだった。

「ガキのくせに分別がある。一体、だれに似たんだ？」

声を潜める馨の努力を無にするような、傍若無人の喋り方に閉口し、馨は飛び起きた。父を早くこの部屋から出さないと、母が目覚めてしまう。

本当にだれに似たのだろう。馨と父は、顔の造りに共通点があまりない。性格となれば、がさつな父に対して、馨の神経は幾分繊細だった。子供らしいといえばそれまでだが、父と子の性格と外見の不一致を、馨は不思議に思うことがあった。

馨は、父の背中を押して、和室を横切って廊下に出た。さらに父の身体を押し続け、リビングの入り口をくぐったところで、

「ふう、重い」

と溜め息をついて立ち止まった。

押されるまま息子にのし掛かり、秀幸は、わざと力んで放屁してみたり、下品な笑い声を上げたりして、たわいもない抵抗を弄んでいたが、馨が立ち止まった場所がキッチンカウンターの脇でもあったことから、すっと思い出したように離れて冷蔵庫を開けた。ビールを取り出し、グラスに注ぐと、まだはあはあと息を切らす馨の前に差し出す。

「おまえも飲むか」

秀幸は飲んで帰ってきたわけではない。正真正銘の素面だった。今日初めて口に入れるアルコールを前にしている。

「いらないよ。そんなこと言ってると、またママに怒られるよ」

「分別臭いこと言いやがる」

秀幸は、見せびらかすようにビールを飲み干し、口を拭う。

「パパみたいな父親を持つと、子供はしっかりしなくっちゃと思うものなの」

秀幸は、喉を鳴らして二杯目のグラスをあけたかと思うと、あっという間にビール一本を空にしてしまった。

「ふう、こうやって坊主の顔を見ながら飲むビールが一番うまい」

馨にしても、父親の酒に付き合うのが嫌いなわけではない。眺めているだけで楽しくなるぐらいおいしそうに飲むし、職場での疲れが癒され、気分が安らいでいく様子が手にとるようにわかり、こちらの気分まで和やかになる。

馨は気を利かせて、冷蔵庫からもう一本ビールを取り出すと、父のグラスに注いであげた。

しかし秀幸は、息子に「ありがとう」と言うでもなく、逆に命令を出す。

「なあ、坊主。マチを起こしておいで」

マチというのは、もちろん母の真知子のことである。

「だめだよ、ママは疲れて、寝ているんだから」

「おれだって疲れているのにこうやって起きてるじゃないか」

「パパは好きでやってんだから、いいの」

「いいから起こしてこい」

「ママに何か用があるの？」

「ある。ビールを飲ませる」

「ママは飲みたくないかもしれないよ」

「大丈夫、おれが呼んでいるって言えば、飛び起きてくるさ」

「いいじゃない。パパとぼくだけで。聞いてもらいたいこともあるし」

「まあ、かたいことを言わずに頼む。マチだけ除け者にするわけにもいかんだろう」

「結局いつもこうなるんだから」


馨はしぶしぶと寝室に向かった。なぜか、眠っている母を起こすのは、父ではなく馨の役割になっていた。何年か前に一度、夜中に起こそうとして母に不機嫌になられ、懲りてしまったらしいのだ。

二見家では、最後にはいつも父のわがままが通ってしまう。秀幸が父親としての威厳を発揮しているからではなく、逆に、三人の中で一番幼さを残しているからだ。

馨は、科学者としての父の才能を尊敬していた。しかし、同時に成人した人間として、何か欠けたものがあるらしいと察知しているのも事実だ。父に欠けているものが何なのか、はっきりと理解できているわけではない。ただ子供心に思う。成長し大人になっていく過程で、子供らしさが徐々に排泄され、大人の常識に代わってゆくとすれば、その機能自体が欠けているのではないかと。

3

母の安眠を妨げるのは気が重かった。馨は寝室に戻ると、ためらいがちに襖をそっと開けてみる。ところが、真知子は布団の上に上半身を起こして手で髪をといていた。わざわざ起こすまでもなかったのだ。帰宅した父の騒々しさに目が覚めてしまったらしい。

「あ、ママ、ごめんなさい」

馨は父の代わりに謝った。

「いいのよ」

いつも通りの優しい目をして母は言う。

馨は母に叱られたことがほとんどなかった。元来無理な要求など出さないからだろうが、馨の願いはいつも母によってかなえられた。まだ幼い馨に全的な信頼を寄せていることが、言葉遣いや行動から知れて、嬉しいと同時に責任を感じてしまうことが多い。

二見家の三すくみの状態、馨は両親と自分の関係をそう呼んでいた。ちょうどじゃんけんと同じで、父と母と馨には互いに強い相手と弱い相手があった。

馨は母には強いけれども父には弱く、だから、つい父の理不尽な行動に付き合わされたり、命令をきくはめになってしまう。父は、息子には強く、ぞんざいに扱うことができるけれど、妻の真知子にはなぜか強い態度で臨めないのだ。妻のご機嫌が悪くなったりすれば、それこそ顔色を変えて小さく縮こまってしまう。

だから、寝ている妻を起こしにいく役は、息子に押しつけるしかない。母は、息子の要求には寛容だけれども、夫の非常識な行動にはときに強く出て、まるで子供に対するような諌めかたをした。

強弱関係の見事なバランスによって家族の安寧は保たれるのだと、父は自慢気に言うことがあった。「カオスの縁」「自己組織化」等の古い用語を用いて、秀幸は科学者らしく家族の関係を茶化す。家族のメンバーが意図した結果、出来上がったのではない。特徴ある関係は、三者のキャラクターが混じり合い、葛藤を繰り返すうち、自然と浮き上がってきたのだ。

「ヒデは何してるの」

真知子は自分の首筋に軽く爪をたて、ゆっくりと髪をかき上げながら訊く。

「ビールを飲んでる」

「しょうがない人ねえ。こんな遅くから」

「ママも一緒にどうって、言ってるよ」

真知子は鼻で笑いながら、布団から立ち上がった。

「お腹すいてるのかしら」

「さあ、ママの顔が見たいだけなんじゃないの」

馨が真顔でそんなふうに言うのを聞いて、真知子はまたおかしそうに笑う。何も知らないくせにとでも言いたげな顔だった。

だが、馨は両親の淫靡な面にとっくに気づいていた。

三か月前の、梅雨時だというのに雨も降らず、今夏の熱帯夜の始まりを予感させた六月半ばの夜、馨は思わぬ格好をした父とキッチンで鉢合わせし、ちょっとした衝撃を味わうことになったのである。

その夜、自室に閉じこもってパソコンで遊んでいた馨は、喉の渇きに我慢できず、ミネラルウォーターでも飲もうと、キッチンに足を運んだ。仕事があるからと、父と母はそれぞれの部屋に閉じこもり、部屋中はしんと静まり返っている。仕事の途中、両親はそのまま眠ってしまうことがあった。今晩もまたそんなところだろうとばかり馨は思い込んでいた。父と母が同じ部屋にいたことに気づかなかったのである。

馨は、電気もつけないまま、暗闇の中に立ってミネラルウォーターをグラスに注ぎ、氷のかたまりを一個口に放り込んだ。

ペットボトルを冷蔵庫にしまおうとして、もう一度冷蔵庫を開けようとしたとき、馨は突如キッチンに入ってきた秀幸と正面から向き合う格好になった。冷蔵庫から漏れる明かりが全裸の父を照らしていた。

秀幸は、驚いて跳びのきそうになったが、恥ずかしがるわけでもなく、

「なんだ、いたのか」

と、自分が裸であることなどお構いなしに、飲みかけのグラスを馨から奪って、ごくご

くと水を飲む。

　馨が驚いたのは、父が全裸である上に、性器が普段より大きくなっていることだった。それは、薄い体液に覆われて、ぬめぬめとした輝きを放っていた。一緒にお風呂に入るときは力なく垂れていることが多い。しかし、今は、身体の器官の一部として役を果たし終えた自信をのぞかせ、脈打ち、生々しくそそり立っている。

　父が水を飲み終わるまで、馨は、父のその部分から目を離すことができなかった。

「なに見てやがる。うらやましいか」

「別に」

　馨は素っ気なく返事を返した。秀幸はちょっと背を丸め、自分の性器の先に右手人差し指を当てて精液をひとしずく取ると、馨の目の前に差し出した。

「ほら、おまえのご先祖様だ」

　まじめくさったまま父はそう言い放つと、馨が寄り掛かっていたシステムキッチンのシンクの縁に指をなすりつけた。

　馨は、

「えっ」

　と、身体をねじって、シンクの縁についた白い滴を眺めた。

　どう反応していいかわからない。秀幸は振り返って背中を見せたかと思うと、トイレのほうに消えていった。しばらくすると、開けっ放しのトイレから、歯切れの悪い放尿の音が聞こえてきた。

馨はときどき父がばかなのか利口なのかわからなくなる。情報工学系の優れた研究者であることに間違いはないのだが、取る行動ときたら子供以下だ。尊敬はしているけれど、どうも安心して見ていられないところがあった。母の苦労も理解できる。

馨は、そんなことを考えながら、父の言う「ご先祖様」の様子をうかがった。

豆粒大の滴の中で泳ぎ回る精子は、ステンレスに熱を奪われて徐々に死んでいく。もちろん肉眼でその様子は見えない。しかし馨は、下層に屍を重ねて死んでゆく精子たちの一匹一匹の顔まで想像し、リアルな群れの運動を把握しようとした。

父の身体の中で減数分裂を繰り返して誕生した精子は、卵子と同じく染色体の数が体細胞の半分である。受精卵となってようやく細胞と同数の染色体を持つに至るのだが、だからといって半人前というわけではない。考えようによっては、精子や卵子こそ身体の基本的な構成単位と見なすことができる。生殖細胞だけは、生命誕生以来脈々と続いていて、不死性を持っているといっても過言ではないのだ。

それにしても、父の精子を肉眼でじっくり観察する機会を持とうとは夢にも思わなかった。自分という生命の源がここにある。

……本当に、ぼくはこんな小さなものから生まれてきたのだろうか。

なんともいえず不思議な気分にさせられた。父の身体で作られるまで、精子はどこにも存在しなかった。無からの創造。生命だけが持つ神秘の力である。

放尿を終えて戻ってきた父に気づかず、馨は観察を続けた。

「何やってんだ。坊主」

ステンレスに付着した精子を飽きず眺めている馨に、父は尋ねた。自分の気紛れな悪戯などとっくに忘れてしまったらしい。

「パパのを観察してるの」

馨は顔も上げずに言った。秀幸は、馨の見ているものにようやく思い至って短く笑う。

「ばか。そんなもの熱心に観察するやつがあるか。恥ずかしいじゃないか」

秀幸は、台所に置かれた布巾で精子を拭うと、シンクの中にぽんと投げた。と同時に、馨の頭の中で形成されかけていた生命のイメージが、尻すぼみになって消えてしまった。なんだか嫌な予感に襲われた。自分の身体が、雑巾で拭われ、ポンと捨てられてしまうような連想が湧いたからだ。

触れてはならない両親の秘め事も、父のような態度に出られては、タブーも何もあったものではなかった。三か月前の夜を、馨は昨夜のことのように覚えている。

しかし、もちろん真知子は、寝室を抜け出して冷蔵庫を開けたりトイレに立ち寄ったりした過程で、父が息子にどんな悪戯をはたらいたのか知るよしもなかった。知っていれば、恥ずかしさのあまり烈火の如く怒り、しばらくは夫と口をきこうともしなかっただろう。おそらく今晩にしたところで、起きて酒の肴を作ってあげようなどという気にはならなかったはずだ。

真知子は、

「しょうがないわねえ」

と何度もつぶやきながらも、どこかいそいそと髪を整え、たがい違いになっていたパジャマのボタンをかけ替えたりする。そんな光景も馨には微笑（ほほえ）ましく映るのだった。

4

スリッパをつっかけて歩く母の後ろから、馨はリビングルームに入っていった。

「すまんな、起こしちまって」

秀幸は真知子に向かって言う。

「いいのよ。それよりお腹減ってるんじゃないの」

「ああ、少し」

「何か作ろうか」

すぐにキッチンに立とうとする真知子を引き止め、秀幸はビールのグラスを差し出した。

「先に一杯飲みなよ」

真知子は、グラスを受け取って、ちびちびと舐（な）めるように飲んだ。炭酸の苦手な真知子は、一気にビールを飲み干すことができない。といってもアルコールに弱いわけではなく、かなりいけるほうの口である。

妻がビールでひと息つくのを見て、秀幸はようやくネクタイを緩めた。研究者という職業柄、別にネクタイ着用の義務はない。しかし、秀幸はきちんとスーツを着て、シャツの上のボタンまでしめてオートバイで大学の研究室に通う。スーツ姿でオフロードバイクを駆るのは、人目にかなり奇異に映るはずだが、秀幸はまるでお構いなしだ。

フライパンに油を引いてソーセージをいためる母の横で、父は、今日一日研究室で起こった出来事を報告し始めた。妻に訊かれたわけでもないのに、秀幸は同僚の名を上げ、ときにこきおろしながら、おもしろおかしく一日の出来事を話すのだった。息子がそばにいるのを忘れたかのように、両親がふたりだけの世界に没頭し始めると、馨は徐々に手持ちぶさたになっていった。

取り残された馨に気づいたらしく、真知子は気をきかせて話題を転じた。

「そういえば、馨君、パパに例のもの見せたらどう？」

「え、例のものって？」

突然話題をふられても、馨には話の流れが見えない。

「ほら、重力異常がどうのこうのっていう」

「ああ、あれね」

馨は、食器棚にしまっておいた二枚のプリントに手を伸ばし、秀幸のほうに差し出した。

「驚くわよ。この子の大発見なんだから」

母は大袈裟（おおげさ）にそんなふうに言うけれども、馨にとっては別に大発見というほどでもなかった。

「どれどれ」

秀幸は二枚のプリントを受け取って、顔の正面にかざした。等高線の引かれた世界地図にプラスマイナスの数字が書き込まれたプリントを見て、数秒のうちに秀幸は意味を悟ったようだ。

「なんだ、重力異常の分布図じゃないか」

目をずらし、もう一方のほうのプリントを見たが、今度はそう簡単に正体を割り出せそうになく、秀幸は顔をしかめる。秀幸の脳には、地球上の地質的な分布図はあらかたしまわれていた。しかし、いくら眺めても、二枚目のプリントに点在する黒いマークが何を意味するのか理解できないのだ。重力異常との関連で様々な推理を働かせ、地下に眠る鉱物を思い浮かべているのだろう。

「なんじゃい、こりゃ？」

秀幸は降参して、息子に尋ねた。

「世界にある長寿村の位置だよ」

「長寿村？」

言葉を受けると同時に、秀幸は二枚のプリントを重ね合わせてみる。

「なんだ。重力異常のマイナスの地域にだけ、長寿村が存在するじゃないか」

さすがだと、馨は感心してしまう。見事な閃き（ひらめ）を見られるのが、父と会話する楽しみのひとつでもある。

「ね、そうでしょ」

馨はうれしくなって念を押す。

「どういうことなんだろう」

秀幸は自問して、プリントから顔を上げる。

「これって、ねえ、通説なの」

馨が心配したのは、自分が知らなかっただけで、一部の人間は既にこの暗合に気づいているのかもしれないということだった。

「いや、少なくともおれは知らない」

「そう」

「ひょっとして、人間の寿命と重力の間に何か関係があるってことなのか。これだけ明らかな特徴があれば、偶然とは考えられないもんなあ。ところで、坊主、長寿村の定義とは何だ」

秀幸がいぶかるのも無理なかった。同様のことを馨も感じてはいる。一体、「長寿村」の定義とは何なのか。他の地域と比べて長寿の人間が多くいるということ、あるいは、平均寿命が他の地域より長いということだとしたら、日本全土を巨大な長寿村と見なしても不都合はなかった。

もっと限定されたスポットとして、周囲の地域と明らかに一線を画し、百歳以上の人口の、村の総人口に対する割合が高い地域と規定するほうがより正確だろう。

しかし、現実には、長寿村の数学的な定義はなされていない。統計的、経験的に、長寿の人間が多いと見なされている地域が、こう呼ばれているに過ぎないのだ。

「別に数学的な定義なんてないと思う」

人間臭さの抜けない長寿村という言葉の響きと、数値として明確に現れる重力異常の分布図が、ぴたりと符合するのが不思議でならない。馨も秀幸もその思いは同じであった。

「あやふやだ。しかし、なんでこういう結果になるんだろうなあ」

どうにも腑に落ちないらしく、秀幸は同じことばかりつぶやいている。

「パパは重力と生命の関係について、何か聞いたことある？」

「ああ、無重力空間で鶏に卵を産ませる実験をしたところ無精卵だったという話は、聞いたことがある」

「それならぼくも知っている。ずいぶん昔の話でしょ」

馨は、三か月前に観察した父親の精子を頭の片隅におきながら、交尾したにもかかわらず無重力空間で無精卵を産んだ鶏の記事を思い出していた。何の実験かは忘れてしまった。はるか以前に行われた実験結果を現在の性風俗と関連づけて、大衆雑誌で報じていたのである。

受精することなく卵子の細胞分裂だけで誕生し、成長してしまったとしたら、果たしてどんな人間ができあがるのだろうと、想像力は飛躍する。見かけはつるんとした、卵形の顔をした女が、馨の脳裏に浮かんだ。ぶるっと身を震わせ、イメージを振り払おうとする。しかし、つるりとした女の顔はなかなか離れない。

「論理的な関連づけはまだ何もなされてないはずだが。ところで、おまえはなぜ重力異常と長寿村を結び付けたんだ？」

「え」

頭の中で勝手に肥大するイメージに、思考力が蝕まれることがしばしばあった。そんなとき、馨の耳には言葉が入ってこなくなる。

「いちいち聞き返すなよ」

せっかちな秀幸は、聞き返されることをひどく嫌う。

「ごめんなさい」

「だからよお、発想の源はどこなんだ」

馨は、テレビで長寿村の特集をやっているとき、重力異常の分布図がパソコンに呼び出され、直感を得たことを説明した。

「だから、単なる偶然だと思う」

「無意味な偶然からは何も生まれない。たとえば、そう、ジンクスだ」

「ジンクス」

あまり科学的とは思えない言い伝えの類いを、なぜここで父が持ち出したのか、馨にはある程度察しがついた。真知子も会話に参加できるように糸口を作ろうとしたのだ。

酒のつまみをあらかた作り終え、ダイニングのテーブルについていた真知子は、一言も口を挟まずに夫と息子の会話に耳を傾けて、別段つまらなそうな様子も見せなかったが、夫の口からジンクスという言葉が出ると、ほんのわずか身を乗り出した。

秀幸は、妻の反応を見逃さなかった。

「なあ、マチ。なにかおもしろいジンクス知らないかい」

「どうしてわたしに訊くの」

「だって好きじゃないか、占いとか、おまじないとか。知ってるぜ。マチはいつも週刊誌の占いコーナーに目を通してる。それに世界の民話にも詳しいし」

「そうねえ、ジンクスねえ。『恋人にハンカチを贈ると別れることになる』っていうのはどう？」

「そんなの、だれだって知ってるよ。もっと、なんていうか、変わったのはないかなあ」

馨には、父がどんなジンクスを求めているのか、ある程度推測できた。まったく無関係な事象と事象が偶然によって連結されている例がほしいに違いない。

「変わったのねえ。じゃあ、こんなのはどう？　『川を泳いでいる黒猫を見ると身近な人が死ぬ』」

馨がすかさず口を挟んだ。

「えー、ほんとにそんなのあるの？」

「あるわよ。あなただって知ってるでしょ」

真知子は秀幸に同意を求めた。だが、秀幸は笑いながら首をかしげ、

「もっと突拍子もないやつないの？」

と言う。

「『家を出るときに椅子の背が窓側を向いていると財布を落とす』なんていうのは？」

秀幸はポンと両手を打った。

「よし、それでいってみよう。いいか、真偽は定かでないが、実際にそんなジンクスがあると仮定して」

「あるわよ」

真知子が口をとがらすのを見て、秀幸は、

「わかった、わかった」

と両手を合わせる。「ここにはふたつの事象が並べられている。『家を出るときに椅子の背が窓側を向いている』という事象と『財布を落とす』という事象。このふたつは、科学的には何の関係もない。世界にはいろいろなジンクスがあって、その種類によって生まれ方も異なるだろう。だが、おれが不思議だと思うのは、距離的に離れて、人の行き来のない場所にも、全く同じジンクスがあるってことだ。もし今、マチが言った変なジンクスが世界のあちこちにあるとしたら、これはどういうことだろうって思うのが当然だろう」

「それで、実際にあるの？　世界には同じジンクスが」

馨は真知子と秀幸の顔を交互に見た。

「どうだい、マチ」

秀幸は、妻に答えを促す。

「もちろんあるわよ。まったく同じジンクスが。今、わたしが言ったのだってそうなんだから。ヨーロッパにも、アメリカ大陸にもある」

今度は馨と秀幸がいぶかしそうに顔を見合わせる。

「ところで、マチはジンクスがなぜできるか考えたことがあるかい？」

「ないわ」

あっさりと真知子は言う。

「坊主、おまえはどうだ」

「それって、人間の心理に関することでしょ。だから、ぼくはまだ自信ないなあ」

秀幸の前には既に、空のビール瓶が五本並んでいた。そろそろ、会話にエンジンがかかり始める頃だ。

「そもそもジンクスとは何だろう。あるシーンを見たり経験したりした後には、必ず決まった出来事が起こるという言い伝えだ。その出来事は普通悪いことのほうが多いが、もちろんいい内容のこともあり、また吉凶という言い方で限定できないこともある。てっとり早く言ってしまえば、ジンクスとは、ある事象と事象を関係づけることなんだ。その関係が科学的に説明される場合もある。たとえば、『東から西に雲が流れると雨』というジンクスは、現代の気象学で簡単に説明できてしまう。あるいは、感覚的に理解できるもの、

『写真を撮られると寿命が短くなる』というのもなんとなくわかる。箸が折れたり、鼻緒が切れたり、黒猫や蛇を見たりっていうのもまあわかるだろう。なんとなく薄気味が悪いからな。黒猫や蛇っていうのは、人類共通の不安な気持ちを呼び覚ます何かを持っているんだ。

ここで問題にしたいのは、理屈に基づいていないものだ。あやふやで、どうしてこんなジンクスができてしまったのかさっぱりわからないやつ。たとえば、マチが言ったのがそれに当たる。『部屋を出るときに椅子の背が窓側を向いている』というシーンと、『財布を落とす』という出来事の間にどんな関係があるって言うんだ？」

秀幸はそこで言葉を止めて、馨の目をじっと覗いた。

「経験的に多いってことなのかなあ」

「だろうな。『部屋を出るときに椅子の背が窓側に向いている』と『財布を落とす』確率が高くなることを、経験的に知っているんだ」

「でも、統計的に見て、その通りである必要はない」

「なんとなく、で構わないんだ。財布を落としたとき、たまたま椅子の背が窓側を向いていたとする。次に財布を落としたときも、やはり椅子の背が窓際を向いていた。当事者は、このふたつの事象は関連ありとにらんで人に話す。そこで重要なのは、聞かされた人間にも似たような経験があって、『うんそんなことってあるよね』と相槌を打つことだ。第三者によって却下されてしまったら、おそらく言い伝えとして定着することはない。しかし、一旦（いったん）ジンクスとして定着してしまえば、意識することによって、逆に影響を与え、生き残っていくチャンスは多くなる。一旦、関係が生まれてしまえば、共通に意識されることにより、絆（きずな）はより強固になっていくんじゃないのか。現実と仮想が呼応し始めるんだ」

「『部屋を出るときに椅子の背が窓側を向いている』という事象と『財布を落とす』という事象は、目に見えないところで影響を及ぼし合っているってこと？」

「深いところでつながっている可能性は捨てきれない」

ジンクスの譬（たと）えを使って、父は何を言おうとしているのだろう。ジンクスの代わりに、生命と置いても、話は成り立つような気がする。

「生命……」

馨は呟（つぶや）いた。その言葉を合図として、三人は互いに顔を見合わせる。

「ループを思い出すわねえ」

話題を転じたのは真知子だった。「生命」という言葉から、自然に発想されてきたらしい。

だが、秀幸は、真知子に目配せをして、話題の転換を促す。ループの話題に、秀幸は触れてほしくないらしい。

医学部出身の秀幸は、卒業後に論理学に専門を変えて大学院に進み、メタ数学の概念を学ぶようになっていたが、そうこうするうちに一旦捨てたはずの生物界への興味がぶり返して、数学の言葉で生命が説明できればおもしろいと思うようになっていった。本来からあった生物への興味が、数学という表現方法を得て、活気づいたのである。

そんな経緯もあり、大学院の博士課程を卒業する頃、日米合同の人工生命開発プロジェクトの研究員として招聘(しょうへい)を受けると、一も二もなく誘いに乗ることにしたのだった。コンピューターの内部に人工の生命を作り出すこと……、それこそが秀幸の一番やりたいことであった。

秀幸はまだ若く二十代の後半で、結婚していたが子供はなかった。研究員になって五年後、当初予期しなかった方法で、プロジェクトは凍結されることになった。失敗ではなく、一応の成果を上げてからの終了である。だが、秀幸の目には成功とは映らなかった。終了の仕方が、どうにも納得できなかったのであった。

秀幸が若い情熱を注ぎ、途中で挫折(ざせつ)してしまった人工生命プロジェクト……、その名前こそ、『ループ』であった。

5

秀幸は、『ループ』から話題を強引に逸(そ)らし、馨に新しい疑問を提示した。

「生命の発生は偶然か、あるいは必然か。おまえはどっちだと思う」

「その問いに関しては、わからないとしか言えないよ」

馨はそう答えるしかなかった。現在、自分が存在しているからといって、必然であるとは言い切れない。地球外の生命が確認されていない以上、宇宙で唯一の、偶然の賜物であるかもしれないのだ。

「おまえはどう思うのかと聞いているんだ」

「現代科学でわからないことを、わからないと認めるのは大切だって、パパ、いつも言ってるじゃない」

それを聞いて、秀幸はヘラヘラと笑った。顔色からも、酒の酔いがかなり回ってきたらしいことがわかる。ビールの空き瓶はもう六本並んでいた。

「わかってるって。だからこれはゲームだと思ってくれ。遊びの世界。おまえの直感を、おれは知りたい。ただそれだけだ」

真知子はキッチンに入って焼きそばを作っていたが、その手を休めて馨のほうを見つめ、目を輝かせている。

馨は自分自身について考えた。宇宙や生命の発生には、どうしても想像力の及ばない領域がある。わかりやすくするために、個体発生を例にとったほうがいい。

まず第一に、自分の誕生をいつと考えるべきなのか。母の胎内から這い出して、へその緒を切られたときなのか、それとも卵管で受精して子宮への着床が完了した時点なのか。発生という点から考えれば、受精がその一歩となりそうだ。神経系ができるのは受精後三週間ばかり経過した頃である。

仮にその頃の胎児に意識があり、思考能力があったとしてみよう。彼にとって、母の子宮は宇宙そのものだ。なぜ自分がここにいるのか、胎児は考える。羊水という水に浸りなから、誕生の仕組みをあれこれ考えるのだが、子宮の外の世界を知らない彼には、まさか自分の誕生以前に生殖行為があったなどとは想像もつかず、子宮内部に残るあらゆる痕跡を頼りに、推理を働かせるほかなくなる。

まず羊水そのものを生みの親と考えるのが自然だろう。羊水を、原始地球を覆う有機分子の濃縮スープととらえ、攪拌しているうちに、二十種類のアミノ酸が仲良く手をつないで生命の元であるタンパク質ができあがり、自己複製を始めたのだと……。その確率は、猿にタイプライターを叩かせて、シェークスピアの一節とまったく同じ文章が出来上がるようなものだ。

何兆匹もの猿が何兆年タイプライターを叩き続けても、不可能と言い切れる確率。もし、シェークスピアの一節が書き上がったとして、人はこれを偶然と見なすだろうか。間違いなく、何らかの細工を疑うに決まっている。猿の格好をした人間が代わりにタイプライターを打った……、あるいはその猿には知能があった……。

だが、羊水に浸る胎児は、自己の誕生を偶然と考えるだけで、その裏の細工に想像力を及ぼすことはできない。なぜなら、彼は、外の世界を知らないからだ。

約三十六週間かけて胎内で成長し、産道を通って這い出して初めて、彼は自分を生み落とした母の外見に触れる。さらに成長して知識を増やした後、彼はなぜ自分が誕生したのか、その仕組みを正確に知ることができる。子宮であっても、宇宙であっても、内部にいる期間は、仕組みを知ることができないよう、認識能力がシャットアウトされているに違いない。

馨は、子宮という世界で成長する胎児の譬え(たと)を、宇宙と地球生命の問題にあてはめようとした。

子宮には、受精した胎児を育む機能が、ほとんどの場合、先天的に備わっている。だが、常に胎児を宿しているかといえば、そうではない。受精という現象はかなりの部分、偶然によって左右される。意図的に子供を生まない女性も多い。

生涯にふたり子供を生んだとして、子宮内部に胎児がいる期間は総計二年にも満たないのだ。つまり、機能が備わっているにもかかわらず、子宮に胎児がいないことのほうがずっと多いことになる。

振り返って宇宙を眺めればどうだろう。われわれが既に存在していることから考えて、宇宙が生命を育む機能を持っているのは確かなようだ。とすれば、やはり必然なのか。いや、たとえ育む機能を持っていたとしても、子宮に胎児がいない場合のほうが多い。とすればやはり偶然なのだろうか。常に宇宙に生命が満ちているとは限らず、生命を孕(はら)まない宇宙のほうが自然なのかもしれない。

やはり馨には、答えを出すことはできなかった。

秀幸は、息子の答えを期待して、ビールを飲み続けている。

「ひょっとして、宇宙に存在する生命はぼくたちだけかもしれないね」

馨がそう言うと、秀幸は、ふんふんと相槌(あいづち)を打つ。

「直感でそう思うのか」

秀幸は、興味深げに馨を見つめ、その視線を妻のほうへと移していった。

真知子は、テーブルの上に重ねた自分の両手を枕にして、安らかな寝息をたてていた。

「おい、マチに毛布を持ってきてやれ」

秀幸は息子に命令した。

「うん、わかった」

馨はすぐに寝室から毛布をとってきて、秀幸に渡した。秀幸は真知子の肩に毛布をかけ、寝顔に笑いかけてから顔を上げる。

東の空はいつの間にか白み、部屋の温度も低くなっている。二見家の夜は終わり、寝る時間が近づきつつあった。

気の抜けたビールを飲み干そうとする秀幸の目は、どこか空ろだった。

「ねえ、パパ。お願いがあるんだけど」

ビールを飲み終えるのを待って、馨が言った。

「なんだ？」

馨は、重力異常の世界地図を再度、父の前に広げる。

「ここなんだけど、どう思う？」

馨は、世界地図のある一点を、小指の先で指し示す。そこは、北米大陸の西側、アリゾナ州、ニューメキシコ州、ユタ州、コロラド州の四州にまたがるフォーコーナーズと呼ばれる砂漠地帯であった。

「ここがどうかしたのか」

秀幸は目をしばたたきながら、その地点に目を近づける。

「ほら、よく見て。この付近の重力異常の値をもう一度よく見て」

疲れ目に、数字がぼやけて見えるのか、秀幸は何度も目をこする。

「ふむふむ」

「ほら、この地点に向かって、等高線の値がどんどん小さくなっていくでしょ」

「確かに、そのようだな」

「極端な重力異常を示している」

「うむ、マイナス値が、かなりでかそうだ」

「地質的に見て、この付近には何かがあると思う。特別質量の小さな物質が、ここのずっと地下のほうに眠っているとか」

馨は、四つの州が交差するあたりに、ボールペンでバツ印をつけた。その地点の正確な重力値が書き込まれているわけではない。ただ、回りを取り囲む等高線の様子から、ある一点の重力が極めて小さくなっていると予測できるのである。

馨と秀幸は、しばらく無言で地図を眺めていた。すると、眠ったとばかり思われていた真知子が、斜めに顔を上げ、気怠げに口を挟んだ。

「きっと何もないのよ、その下には」

寝たふりをして、ちゃっかり父子の会話を聞いていたのである。

「なんだ、起きていたの」

母の言葉は刺激的だった。馨は、砂漠のはるか下に眠っている、何もない空間を想像しようとした。地下に巨大な空洞があれば、極端な重力異常の説明は容易になる。

そうして、地下に延びた広大な鍾乳洞には、太古からの部族が住んでいるのだ……。長寿村の存在がクローズアップされてくる。

馨はその場所に行ってみたいという思いをさらに強くした。

真知子は、あくびといっしょに、

「なんかヘンよね、何もない空間が『ある』なんて……」

と呟き、椅子から立ち上がろうとする。

「ねえ、ママだって興味あるでしょ、この場所に。マイナスの重力異常と長寿村の位置が一致していることを考えれば、ここに文明から孤絶されたすごい長寿村がある可能性だってある」

真知子の関心が北米の民俗学、特にネイティブアメリカンの民話にあると承知の上で、馨は鎌をかけてみる。馨の口から直に願望を出すより、真知子が代弁してくれたほうが、実現のチャンスは大きいと踏んだからである。

馨の思惑通り、真知子の興味は急速に膨らんでいくように見えた。

「確かここ、ナバホ族の居住地の近くよね」

「そうでしょ」

荒涼たる砂漠や渓谷に住居を定め、太古とそう変わらぬ生活をする部族があることを、真知子から聞かされて知っていた。その地に長寿村の存在は確認されていないが、それとなく匂わせることによって、逆に真知子の好奇心を刺激しようとする。

「こら、坊主、何企んでいやがる」

秀幸は馨の意図を察知したようだ。馨は、意味あり気な視線を母に向ける。

「行ってみたいんじゃないの、ここに」

馨の願望を代弁したというより、真知子自身、興味を引かれたようであった。

「行こうよ」

馨は期待を込めて言う。

「フォーコーナーズか、これも偶然だな」

「え？」

馨は父の顔を覗き込んだ。

「近々、そうだなあ、たぶん来年の夏か再来年の夏、おれは、仕事でこの近所に行かなくてはならなくなると思う」

「ほんとう！」

馨は歓声を上げた。

「ああ、ニューメキシコのロスアラモス研究所とサンタフェ研究所にちょっと用があってな」

　馨は父の前で両手を合わせていた。

「ぼくも連れてって、お願い」

「マチもついてくる？」

「当然でしょ」

「よし、じゃあみんなで行くとしようか」

「約束だよ」

　馨は、この旅行計画をしっかりと秀幸に約束させようと、紙とボールペンを差し出した。一筆したためてもらうためである。誓約書があれば、秀幸は、忘れたとしらを切ることはないだろう。約束をより確かなものにするための、ささやかな手段。父の場合、口約束だけより文書にしてもらったほうが、実現される確率が大きいことを、馨は経験的に知っていたのである。

　秀幸は下手な字で誓約書を書き終わると、紙切れをひらひらさせた。

「ほら、おれはちゃんと約束した」

　馨は、誓約書を受け取り、文面を確認する。満足な気分だった。これでぐっすりと眠れそうな気がする。

　夜は明け、九月も終わろうというのに、真夏以上にギラギラとした太陽が、東から昇りかけていた。西の空には、今にも消え入りそうなはかなさで、星々がまたたいている。明暗を分ける線はなく、どこからが夜でどこからが朝なのか判然としない。時の移り行く様が、色の変化となって現れる瞬間を、馨は心から愛した。

父と母が寝室に消えてからも、馨は窓辺に立ち続けていた。

埋め立て地には、地響きをなして都会の胎動が始まろうとしていた。眼前の東京湾には鳥の大群が飛び回っている。赤ん坊の泣き声にも似た鳥のさえずりが、消えつつある星の下で生命を主張しているようだ。

世界の仕組みを解き明かしたいという願望は、黒い海や、微妙な色合いで変化してゆく空を眺めているとき、一段と強くなる。高みからの風景に触れると、想像力は刺激を受ける。

東の地平から太陽が現れ、夜が押しやられて消えてしまうと、馨は和室に入って、自分の布団にもぐり込んだ。

秀幸と真知子はそれぞれの格好で、既に眠りに落ちていた。秀幸は毛布もかけず大の字の格好で、真知子はくしゃくしゃにした毛布を抱く格好で身体を丸めている。

馨は、その横で、砂漠への旅の約束をしたためた誓約書を手に握りしめ、枕を抱いて横になった。背を丸めたその格好は、どことなく胎児を思わせた。

第二章　ガン病棟

1

馨（かおる）は、最近特に、二十歳という実年齢より上に見られることが多くなった。顔が老けているというのではない。平均以上の体格が押し出しを強くする以上に、内面から醸（かも）し出される大人の雰囲気があった。会う人から、年の割にしっかりしていると言われることが実に多いのである。

十三歳の頃から、一家の大黒柱としての役を担わなくてはならなくなったのだから、それも当然だろう、と馨は思う。十年前のまだ小学生だった頃、身体は瘦（や）せて小さく、年より下に見られてばかりいた。父親からは自然科学の、母親からは語学のてほどきを受け、多少頭でっかちの子供であったようだ。日々の雑事にとらわれることなく、世界の仕組みはどうなっているのだろうと、空想を働かせるのが主な仕事であった。

十年前を思うと隔世の感がある。あの頃は、両親と夜を徹して語り合い、パソコンで遊び、一家の前途に暗い影は微塵（みじん）もなかった。長寿村の位置と重力異常の間に関係があるらしいという空想が、重力異常のマイナス値の激しい、北米大陸のアリゾナ、ユタ、コロラド、ニューメキシコ四州にまたがる地域を訪れようという家族の旅行計画へと発展し、父に誓約書まで書かせたりした。

北米旅行を約束する誓約書を、馨はまだ大切に机に保存している。結局、果たされることのない誓約書。秀幸はまだ果たす気でいるらしいのだが、そんなことが不可能なことぐらい医学生の馨が一番よく知っている。

秀幸の体内にいつどのような経路をたどって、転移性ヒトガンウィルスが侵入したのか、馨には知る術がない。胃の不調を訴えた数年前、ウィルスが体細胞の一個をガン化させたのは間違いない。誕生したガン細胞が父の体内で最初の細胞分裂をしたのが、おそらく砂漠への旅行を約束してすぐの頃だと思う。そうして、ガン細胞の増殖は、音もなく着実に進行し、一家そろっての北米砂漠への旅行は果たせぬ夢に終わろうとしていた。

秀幸がニューメキシコの研究所を訪問する計画は当初の予定より延び、北米旅行を約束した三年後になって、ようやくスケジュールに組み込まれることになった。ロスアラモス研究所とサンタフェ研究所での父の滞在予定は約三か月だった。真知子と馨を伴って二週間早く出発し、馨の興味を引きつけて止まない、重力異常のマイナスの場所を実際に訪れるという計画を立てていたのである。

二か月前には航空券を手配し、家族中が旅行への期待に胸を膨らませている初夏、秀幸は突然に胃の痛みを訴え出した。

……医者に診てもらったら。

という真知子の意見に耳を貸さず、秀幸は勝手に胃炎と決め込み、それまで通りの生活を改めようともしなかった。

夏が本格化するにしたがって胃の痛みは増し、出発予定日の三週間前、とうとう嘔吐するに至る。それでも秀幸は、たいしたことはないと言い張った。家族が楽しみにしている旅行をキャンセルするわけにはいかないからと、精密検査を拒否し続けたのだ。

症状は我慢の限界を越え、秀幸は友人でもある大学病院の医師の診察を受けることによ うやく同意する。精密検査の結果、胃の幽門部にポリープがあると診断され、入院の手続きが取られた。

旅行はもちろんキャンセルである。馨も、真知子も、もはや旅行どころではなかった。担当医から、ポリープが悪性のものであると知らされたのだ。

こうして、馨十三歳の夏休みは、天国から地獄へと急転直下、楽しみにしていた旅行がつぶれただけでなく、家族は、暑い夏のほとんどを病院とマンションとの往復に費やすことになった。

……来年こそ病気を治して、約束通り砂漠への旅行を実現させてやるからな。

強がりを言う父の明るさが、唯一の慰めだった。

真知子は夫の言葉を信じる一方、万が一の事態を想像しては悲観的になり、心身ともに衰弱させていった。

馨が家族の中心的な役割を果たさざるを得なくなったのは、そういった事情による。満足に食事を取ろうとしない母の代わりにキッチンに立ち、無理やり母の口に食べ物を押し込んだのも馨なら、素早く吸収した医学的知識をもとに、母の頭に楽観的な未来を植え込もうとしたのも馨だった。

胃の三分の二を切除するという手術はうまくいき、転移さえしなければ、治癒するだろうと思われた。夏が終わって秋になると、秀幸は家庭と研究室に復帰することができたのである。

秀幸の馨に対する態度に変化が見え始めたのはその頃からであった。秀幸は、入院中に見せた息子の頼りがいある態度に、男としての敬意を表しつつ、より強い男に育てようと以前にはない厳しい態度で接するようになった。坊主と呼ぶこともやめ、コンピューターとの戯れよりも、肉体の鍛練に息子を駆り出すのを好むようになった。なにか必死で、自分の肉体の中にあって消えつつあるものを、息子の身体に移そうとしているなと、当時の馨は手応えを感じ、抵抗もなく、父の期待に応えていった。

父から愛されているという実感、その意志を受け継ぐ特別な人間になったような気がして、誇らしさが身体中にみなぎる感覚さえ覚えたものだ。

なにごともなく二年が過ぎ、馨は十五歳の誕生日を迎えた。しかし、父の肉体の内側では着々とある変化が進行していた。変化が表に現れたのは、下血によってであった。

血はまさに、ガンの転移を告げる赤信号だった。秀幸は迷わずに医師を訪れ、バリウムを注腸した上でのエックス線診断を受けた。すると、S状結腸に握り拳半分程度の影が認められた。手術による切除以外、考えられない状態である。

手術方法の選択肢はふたつあった。肛門部分を残す方法と、より広範囲にわたって切除して人工肛門をつける方法。前者の場合、浸潤したガン細胞を取りこぼして再発の可能性を残す恐れがあり、後者の場合は、S状結腸を全て取り去って、より完璧を期すことができる。医師としてはより完全な人工肛門を勧めたいところだが、生活の不便を思えば、最終的な決定は患者の判断に任せる他なかった。

ところが、秀幸はいともあっさりと人工肛門を選択した。

……開腹してみて、浸潤の可能性なしと断言できないのであれば、迷うことなく切除してほしい。

自分からそう申し出たのである。生きる可能性の大きいほうに賭けたのだ。

再び夏に入院して手術を受けた。開腹してみると、思ったよりも浸潤の度合はひどくなく、普通なら半々の確率で肛門を残すところであったが、執刀医は患者の要望を考慮に入れ、S状結腸を全て取り去った。

退院したのは二年前と同様、秋になってからである。それから二年間、再発の兆候に怯えながら、秀幸は人工肛門を抱えた生活に慣れるよう努めていった。

きっかり二年後、今度現れたサインは黄色だった。発熱とともに、秀幸の身体は黄色く染まり、症状は日を追うごとに激しくなっていった。肝臓がガンに侵されたらしいと、見ただけでわかる黄疸の症状だ。

前回の二度にわたる手術で、肝臓やリンパ節に転移がないかどうか確認したはずなのにと、医師たちは首をかしげる他なかった。

この頃から、馨は、なにか得体の知れない病気……、ガンの一種であってそれまでのものとどこか違う病気が出現したのではないかと疑い、基礎医学への興味をさらに高めていった。十七歳の夏、高校を繰り上げ卒業した馨は、父が卒業したと同じ大学の医学部一年に在籍していた。

三度手術台に乗り、秀幸は肝臓の半分を失った。退院しても、馨と真知子は秀幸のガンがこれで完治したとはとうてい思えなかった。次はどこに転移するのだろうと、一家は戦々兢々(せんせんきょうきょう)と敵の出方を睨(にら)むばかりで、かつてのように和やかな団欒(だんらん)は望むべくもない。

……あの人の身体から、臓器をひとつ残らずもぎ取るまで、ガンは攻撃の手を休めないのね。

真知子は本気でそう言い張り、馨のどんな医学的知識にも耳を貸さなくなっていった。新種のワクチンが開発されたと聞けば、その効果が確認されないうちから、手に入れようと東奔西走した。ビタミン療法が効くと言われればすぐに試し、リンパ球療法を医師に迫る一方で、新興宗教に救いを求めさえした。要するに何でもよかったのだ。夫の命を救うためなら悪魔にだって魂を売りかねない……、鬼気迫る形相であちこち走り回る母の姿に、馨は暗澹(あんたん)たる思いにさせられた。父の死は、そのまま母の精神の崩壊を意味する。

以後、秀幸は、ほとんどの時間を病院のベッドで過ごすようになる。まだ四十九歳だったが、外見は七十歳の老人に見えた。抗ガン剤の副作用で髪はすべて抜け落ち、肉はそげ、皮膚の艶は消え、年中、「かゆいかゆい」と身体中に指を這わせていた。しかし、それでも生への執着はなくさなかった。病院のベッド脇に座る妻と息子の手を握り、

「おい、わかってるだろうな、来年こそは、北米の砂漠だぜ」

と、無理に笑いかけたりする。空元気ではなく、本気で約束を果たすべく病気と闘う姿は、頼もしくもあり、痛々しくもある。

父が生に対して前向きな姿勢を見せる限り、馨の胸に諦めの言葉は浮かばなかった。いくら状況が悪化しようとも、最後に父は病気を克服すると信じていたのだ。

この頃から、秀幸と同じ症状で進行するガンが、症候群となって、日本を始め、世界各地で確認され始めてきた。当時はまだこのタイプのガンを誘発するものの正体は、ベールに包まれたまま、特定することができないでいた。新種のガンウィルスによる細胞のガン化説を唱える医師も何人かいたが、そのガンウィルスが従来のものとどう異なるのか明らかにされていなかったし、第一、ウィルスの純粋分離に成功したという例は、世界のどこからも報告されていなかった。ただ、どうも新種のウィルスを原因とするガンが蔓延し始めたらしい気配が漂うだけであった。

何か奇妙な伝染病が現れ始めたと気づいても、その犯人であるウィルスを突き止めるまでにはかなりの年数がかかる。秀幸を含め、全世界で数百万の人間を襲ったガンの場合、

最初のうち従来のガンとなんら変わることがなく、これが新種の病気だと考える人間がいなかったのも不思議ではない。

世界には、新たなウィルスが解き放たれたという不安感が徐々に高まっていったのである。

ところが、ようやく一年前、K大学医学部の研究室において、新種のガンウィルスの純粋分離に成功したのだった。ここに、転移性ガンの原因が、ある種のウィルスであると証明されたのである。

新種のガンウィルスは、

「METASTATIC HUMAN CANCER VIRUS（転移性ヒトガンウィルス）」

と呼ばれ、おおよそ次のような特色を持つことが判明した。

まず第一に、細胞をガン化させる張本人は、RNAのレトロウィルスであること。したがって、発ガン物質の摂取によらずとも、ウィルスに感染した人間は皆、発ガンの危険にさらされることになる。しかし、個人差はあり、ウィルスに感染した人間も、キャリアのままガンを発病しない人間もわずかながらいることも確認された。ウィルス感染から、臨床的に観察可能な大きさにガンが成長する期間は、三年から十五年と、これも個人差が大きい。

特色の第二。このガンはウィルスに感染したリンパ球が直接体内に入ることにより、他の人間に感染する。空気感染ではなく性交や輸血、母乳などの接触で感染し、今のところ感染力はあまり強くはない。だが、この先も空気感染をしないという保証はどこにもなかった。ウィルスは恐るべきスピードで突然変異を繰り返してゆくからだ。

伝染方法の類似から、新しいガンウィルスは、エイズウィルスが何らかの突然変異を起こして生まれ変わったものではないかと、憶測する学者もいた。ワクチンによって滅ぼされる運命を察知し、エイズウィルスは従来のガンウィルスと結託して巧妙に姿を変えたのではないかと……。

事実、伝染のしかただけでなく、人間の体細胞に巣くう方法まで、ふたつのウィルスは酷似している。

まず、逆転写酵素を抱えた転移性ヒトガンウィルスが人体の細胞質に融合すると、RNAと逆転写酵素が放出され、このふたつの力によってDNAの二本鎖が合成されてゆく。そうして、合成されたDNAが正常細胞のDNAに組み込まれたところで、細胞は変化を生じてガン化するのだ。そこで終わればまだたちはいい。だが、自分のDNAとウィルスのDNAとの区別がつかなくなってしまった細胞は、ガンウィルスをどんどん製造し、細胞外に放出してしまう。放出されたガンウィルスは、血管やリンパ管を流れ、免疫細胞の攻撃を巧みにかわしながら、他の個体に乗り移る機会をじっと待つことになる。

特色の第三。ガンが発病すると、ほぼ例外なく強力に浸潤し、転移すること。転移性ヒトガンウィルスという名称は、当然ここに由来する。

そもそも腫瘍には、良性のものと悪性のものがあるのだが、その違いは『浸潤』と『転移』という極めてやっかいな特色による。たとえ腫瘍ができたとしても、周囲に広がらず、血管やリンパ管の流れに乗って転移しなければ、なんら恐れる必要はない。ところが、転移性ガンの場合、迅速な増殖と強い浸潤性をもって広がり、血管やリンパ管を循環する間に受ける免疫系からの攻撃に対しても強力な防御力を持っている。従来のガンよりも循環系で生き残る確率が極めて高いのだ。

したがって、このガンにかかった場合、まず百パーセントの確率で、転移を想定しなければならない。ガンが治るか治らないかは、転移を防ぐか防げないかの問題と言い換えることもできる。ところが、ほぼ百パーセントの確率で転移するとあっては、転移性ガンの完全治癒は今のところ不可能という以外にない。

特色の第四。このガンウィルスによって生じたガン細胞は、宿主である人間が死なない限り永遠に生き続ける不死細胞であるということ。

人間の正常細胞は、生涯において分裂できる回数がだいたい決まっていて、ヒトと同じように、生まれた当初よりある一定の寿命が与えられている。たとえば、神経細胞は、大人になると増殖能力を失い、新しく補充されることはなくなる。神経細胞はほぼヒトの寿命と同じだけの細胞寿命を持っているといえる。

このように、細胞自体の持つ老いと寿命は、そのまま人間個体の寿命につながっているのであるが、このガン細胞は、体内から取り出して培養溶液に浸して養いさえすれば、無限に分裂を繰り返して永遠に死ぬことはない。

この点を指して、やはり予言じみたことを言う宗教家も登場した。

……ガン細胞の能力をうまく正常細胞に組み入れることができれば、人間は、不老不死の身体を手に入れることができるだろう。

もちろん、素人の妄想に過ぎない。永遠の生命を手に入れた細胞が、宿主である人間を殺し、同時に自分も死ぬというのは矛盾（むじゅん）のように思われる。しかし、大方の人間はその矛盾を、自然に受け止めているのだ。

2

国家試験を翌年に控えた梅雨の季節、馨は忙しい毎日を送っていた。父の看病やアルバイトに多くの時間を取られて、勉強どころではなく、その上なお、母親の精神状態に目を光らせねばならないという現状であった。

母は、放っておけばガンの特効薬と名のつくもの全てに手を伸ばしかねず、たえず見張っていなければ、収拾がつかなくなってしまう恐れがある。

秀幸は、息子がアルバイトに精を出すのが気に入らなかった。本来勉強に打ち込むべき時間が、無駄に割かれていると感じられてならないからだ。原因が自分の病気にあるとなれば、なおさら苛立（いらだ）ちは増し、大学の学資ぐらい出せるし、蓄えはあるはずだと言い張ったりした。ホラ吹き、大言壮語は未だに健在で、楽天的ともとれるその言葉に、かえって馨は救われもする。

現在、一家の家計を握っている馨の立場からみれば、余裕などさらさらなく、結果としてアルバイトせざるを得ないのだが、家計の窮状を父に訴えることはためらわれた。父に深刻な現状を告げたところで得るところは何もない。父には、アルバイトの理由を、遊ぶ金がほしいからだと偽っていたのである。

一緒にいるときはなるべく父の心をリラックスさせてあげたいと、馨は望んだ。病気のせいで収入が減り、妻と息子が生活に苦しんでいる姿など決して見せてはならない。幸い、医学部の学生を看板にして家庭教師をすれば、かなりの高収入を得ることができた。また、馨の通う大学の付属病院には子供の入院患者も多く、復学して学校の勉強に追いつけるようにと親が望むせいで、家庭教師の口は常に転がっていたのである。

大学が夏休みに入ったばかりのある日、付属病院の個室で中学生に数学と英語を教えてから、馨は、カフェテラスで簡単な昼食をとっていた。父も同じ病院に入院していて、肺にガン細胞が転移した疑いがあるという情報を得たばかりで、気分は鬱々として晴れない。初夏のこの季節、父のいつもの口癖が始まりかけていた。

……今年こそ、北米砂漠の長寿村に家族旅行だ。

響きは空しく、いつもと同じ時期、相も変わらぬ台詞が吐きだされるのと呼応して、肺転移の恐れが浮上してきたのだ。

杉浦礼子と亮次の母子の姿を付属病院のカフェテラスで見かけたとき、馨は、父の病状やら、これからの家族の行く末を思って溜め息をつきかけたところであった。

三階のカフェテリアは、中庭をガラスで囲むコの字型をしていた。中庭には噴水があり、席に座る目の高さまで水の飛沫が上がってくる。付属病院の食堂とは思えないほど、内装は凝っていて、料理の味も申し分ない。吹き上がる水の様を眺めているだけで、しばし心は休まる。

馨の目は自然に入り口のほう、案内係によって空席へと導かれる美しい女性に向けられていった。

ベージュ色のサマードレスでほどよく日焼けした身体を包み、ノーメイクの顔は人目を引くほど整っている。横に息子がいなければ、女の年齢は十歳ごまかせたに違いない。

ウェイターに案内されるまま、女と男の子は、馨の斜め前のテーブルに座ろうとした。座ってからも馨はこの女に気を惹かれ続け、ミニのサマードレスから伸びた足に、目は釘付けにされてしまった。

二週間前、ホテルのプールで偶然に見かけた母子であることに気づいていた。家庭教師先から、成績が上がったご褒美として今夏有効のプールのフリーパス券をもらっていたのだが、その券を使って泳いだ最初の日、プールサイドのデッキチェアに座るこの母子に出会っていたのである。

グリーンの水着姿の女を一目見るなり、かなり昔、どこかで会ったことのある人だという確信を得たのだが、いつどこで会ったかとなるとまるで思い出せなかった。記憶力に自信があるはずの馨が、記憶の底に彼女の面影を探り当てることができず、どこかすっきりとしない、後味の悪さが残った。これだけの美貌となれば覚えていて当然なのに、思い出せないのが不思議でならない。単なる思い違いだろうと、その場は無理に忘れ去るより他なかったのだが、ふとしたきっかけで、子供の頃よくテレビで見ていたメロドラマのヒロイン役を演じていた女優ではなかったかと思い当たるのだった。

少年のほうは、特に身体つきが、極めて異様に映った。浅く被ったブルーのスイムキャップとゴーグル、一目で水泳用でないとわかるチェック柄の短パン、細いO脚の脚、異常に白い肌の色。はるか昔、テレビのやらせ番組に登場した宇宙人の死体を彷彿とさせられた。奇妙なアンバランスを漂わす少年だった。かつて一度どこかで見たことのある女、そして異様な風体の少年、母子の印象は馨の胸に強く残ったのである。

そのふたりが、今、馨の斜め向かいのテーブルに座っていた。噴水を見下ろす窓際にいるせいで、ガラス窓に彼らふたりの姿が淡く映し出される。実像ではなく、馨はガラスに映った像をそっと観察した。

しばらくするうち、第一印象で得た少年の奇妙なアンバランスが、どこに起因するものか気づいた。毛髪だった。プールサイドで彼を見たとき、スイムキャップの下にあるべき髪の毛の膨らみが、断然足りなかったのである。

少年はテーブルについてしばらくすると、頭に乗せていた帽子を脱いだ。と同時に髪の毛の一本もないつるりとした頭があらわになった。

馨は事情を飲み込んだ。病院で治療を受けるガン患者だと一目で知れてしまう。入院患者の見舞いにきた母子ではなく、息子の抗ガン剤治療に母が付き添ってきたものらしい。

秀幸も同じ治療を受けていて、副作用でやはり髪が抜けていたが、少年の頭にはそれ以上の痛ましさがあった。隙間なく、ぴったりと地肌に吸い付いたスイムキャップが、プールサイドで奇妙な印象を投げかけていたのだと、今になってようやく説明がつく。

馨はぼんやりと頬杖をつきながら、三十代前半と思われる美しい母と、小学校高学年の息子が、無言でランチを食べる様子を眺めていた。無意識のうちに入院中の父と比較していた。父は四十九歳、この少年は十一、二歳。共にガン治療のために抗ガン剤を投与されている。

ベージュ色のサマードレスを着て、病院には不釣り合いなほど華やいだ雰囲気を振りまく母は、ときどき顔を上げ、目だけを窓の外に投げたりした。料理に向かう姿勢には、味わうのでもなく、しかたなく食べるといった投げやりさが感じられた。そうして、だれにともなく、微笑みとも溜め息ともつかぬ表情を向けるのだった。

女は、中空でとめていたスプーンを皿の上に戻し、口に運ぼうとしてためらい、何故か急に視線を斜めに投げてよこした。さっきから何見ているのよ、といった刺のある視線だったが、馨と目が合うと、次第に和らいでいく。馨は、視線を逸らすことができなくなってしまった。

以前プールで会った顔だと、女のほうも気づいたらしかった。どこかもの言いたげな顔つきをしている。馨が軽く頭を下げると、女のほうも同じ動作で応えてきた。

その後すぐ、女は、箸とスプーンを投げ出して駄々をこねる息子に、何やら小言を言い始めて、もはや馨のことは眼中になくなったようだ。

それでも馨のほうはひたすらに、この母子を観察し続けた。なんの抵抗もできず、意識を根こそぎ持っていかれたのである。

数日後、今度は病院の中庭で、馨は、この母子と会話を交わす機会を得た。ベンチで隣り合わせに座ったことから、幸運なことに、ごく自然な形でどちらからともなく話し始めたのだった。

母は杉浦礼子、少年は亮次と名乗った。亮次は肺に生じたガン細胞が脳に転移した疑いを持たれ、放射線治療と抗ガン剤治療を前に、検査漬けの毎日を送っているのだという。しかも、細胞をガン化させた張本人は、最近純粋分離に成功したばかりの転移性ヒトガンウィルスであるらしく、この点、発生から転移の流れまで、父の症例と似ていた。

馨は親近感が湧いた。同じ敵を相手に闘う仲間意識とでもいおうか。

「戦友ね」

母の礼子もまたそんな表現を使った。しかし、つい先日のカフェテリアでのふたりの表情を知っているだけに、馨は、礼子のこの言葉が信じられなかった。先日ふたりの顔にあったのは諦めの表情ではなかっただろうか。少なくとも、病気を相手に本気で闘おうとしている人間の顔ではなかったように思う。料理を口に運ぶときの投げやりな態度は、忘れようにも忘れられない。

馨は、初対面で受けた小さな疑問をこの機会に晴らそうとして尋ねた。

「あの、以前、どこかでお会いしたことありませんか」

女を誘うときの常套句のようで気恥ずかしさを覚えたが、他に訊きようがない。

それに対して、礼子は意味不明の笑いを返し、

「よく、そんなふうに言われるのよね。むかしドラマで活躍した女優に似ているからかしら」

と恥ずかし気に言う。

馨には、この言葉は嘘のように聞こえた。似ているのではなく、本人ではないかと思われてならない。だが、過去を消したいがために嘘をついているのだとすれば、これ以上詮索すべきではないだろう。

中庭での別れ際、礼子は個室の部屋番号を馨に告げ、

「今度ぜひ遊びにきて。お願い」

と、軽く手を握ってきた。瑞々しい手だった。全身からはほのかな匂いを立ち昇らせている。

三度の出会いを経て、馨は、杉浦礼子という女性からますます目が離せなくなってしまった。

3

礼子の誘いを真に受け、亮次の個室のドアをノックしたのはその翌日だった。

礼子の、多少オーバーとも取れる笑顔に迎えられて個室に入ると、亮次はベッドに座って両足をぶらぶらさせながら本を読んでいた。医学部に籍を置く馨は、入るなり個室の値段がわかった。一日あたりの費用が、一般大部屋の五倍以上もかかる個室で、バストイレも完備されていた。

「ありがとう、来てくださって」

感謝の言葉が礼子の口をついて出た。社交辞令として部屋に遊びに来てほしいと言っただけで、本当に来るとは期待していなかったようだ。礼子はうれしくてならないらしく、亮次に向かって、

「ほらほら」

と急き立てるようにする。馨は察することができた。たぶん礼子は、息子の会話相手として馨を呼んだのだろう。ちょっとあてがはずれたような気分だ。

馨が心を惹かれるのは、亮次ではなく、礼子のほうであった。恋愛経験の未熟な馨ではあったが、礼子の、決して逸らすことのない求めるようなまなざしに、性的な匂いを嗅ぎ当てていた。垂れ気味で愛嬌のある大きな瞳、厚めの唇……、特に胸が豊満というわけでもなかったが、百六十センチに満たない身体から女らしさが匂い立っていた。同世代の女性にはない洗練された色香に、身体の奥がかきたてられるようだ。

それに比べて、亮次の視線には驚くほど執着がなかった。ベッド脇の椅子をすすめられ

て、向かい合って座ったとき、馨は、亮次の目が宿す光の弱さにはっとさせられた。しかも、視線を合わせようとしない。こちらを見ているようでいて、目は明らかに何も見ていなかった。身体を通り越して、視線は背後の壁のあたりをさまよっている。いつまでたっても、焦点は定まらないままだ。

亮次は、ページの途中に指を差し込んだまま、膝の上に単行本を載せていた。話の糸口を見つけるため、馨は上半身を屈めて、読みかけの本の背表紙を見た。

『ウィルスの恐怖』

それが本のタイトルだった。

患者は、自分の病気に関してくわしく知りたいと思うものだ。亮次も例外ではなかった。身体に侵入した異物の正体は気になって当然である。

馨は、自分が医学部の学生であることを告げた上で、ウィルスに関していくつかの質問を試みた。ところが、小学校の六年という年齢にしては、驚くほど正確な答えが返ってくる。亮次がウィルスの特徴をよく理解しているのは明らかだった。DNAの仕組みだけでなく、生命現象の最先端に至るまで自分なりの見解を持っていた。

問答を繰り返していくうちに、馨は、子供の頃の自分を眺めているような錯覚を覚えた。科学知識で武装した少年に向ける視線は、以前の父親のものと同じであり、馨は、いくらか大人びた気分に浸ることができた。

しかし、それも長くは続かなかった。お互いに打ちとけて、ようやく会話もはずむようになった頃、担当の看護婦が入ってきて、亮次を検査室へと連れていってしまったからだ。狭い部屋にふたりだけになると、馨は急にそわそわしだしたが、礼子はそれまでもたれていた窓辺を離れ、なにくわぬ顔でベッド脇に腰をおろした。

「二十歳とは思わなかったわ」

亮次との会話の中で、それとなく年齢にふれたのを耳にとめていたらしい。

「いくつに見えますか」

馨はいつも実際の年齢より上に見られるので、こう言われるのは慣れていた。

「そうねえ、五歳ぐらいは上じゃないかと……」

気に障ったらごめんなさいと言わんばかりに、礼子は語尾を濁した。

「老けて見えますか？」

「ずいぶんしっかりしてらっしゃるんだもの」

老けていると言えば傷つくだろうが、しっかりしていると言えば、褒め言葉になる。

「両親の仲がとてもよかったものですから」

「あら、夫婦仲がいいと、子供は年より老けるものなの？」

「両親ふたりだけで十分幸せそうだったから、こっちはさっさと自立せざるを得ない」

「ふうん」

と、礼子は納得できぬ表情で、空になった息子のベッドを見た。

馨は、礼子の夫のことを考えていた。なんとなく亮次には父親の存在が感じられなかった。両親の離婚か、死別、あるいは初めからいなかったのか、父親との関係が希薄であったという印象を持つ。

「じゃ、この子、永久に自立できないかもしれないわね」

礼子は、空のベッドから目を逸らすことなく、そう言った。

馨は注意深く身構えた。相手から先に言い出すのを待つ他ない。

「ガンだったのよ……」

「そうですか」

やはり、という思い。

「二年前だったわ。亮次ったら、パパが死んでもちっとも悲しがらないんですもの」

わかるような気がした。たぶん、あの子は涙さえ見せなかっただろう。

「そんなもんですよ」

本心ではない。父の死を想像しただけで、制御できないほどの悲しみが胸の底から湧き上がってくる。現実の死に直面して、克服できるかどうか自信はなかった。その意味では、まだ自立し切れていないのかとも思う。

「馨さん、もしよかったら……」

礼子はそこで一旦言葉を切り、すがるようなまなざしを向けてきた。「あの子の勉強を見てもらえないかしら」

「家庭教師ってわけですか」

「ええ」

子供に勉強を教えるのは、馨の得意とするところだったし、あとひとりやふたりぐらいなら時間の余裕もありそうだ。しかし、果たして亮次に家庭教師が必要なのかどうかとなると、その点が疑問だった。ちょっと会話をすれば明らかな通り、亮次の学力は同年齢の生徒をはるかに凌駕（りょうが）している。

それだけではない。ガンが肺や脳に転移しているとなれば、いくら家庭教師を雇って勉強したところで無駄骨に終わるのは目に見えていた。学校に復帰できるチャンスはまずあり得ない。しかし、だからこそ家庭教師を雇う理由があるのだろう。復学し、勉強を再開するときの準備をさせ、未来に希望を持たせるために。未来を決して諦（あきら）めていないということを、身近な人間は行動によって示さねばならない。

「いいですよ、週に二時間ぐらいでしたら、余裕はあります」

礼子は、馨のほうに二、三歩近寄り、手の甲に手の平を重ねた。

「ありがとう。学校の勉強はともかく、いい話し相手になってもらえると、あの子も喜ぶと思うの」

「わかりました」

たぶん亮次にはひとりの友人もいないのだろう。馨も同じだったからよくわかる。学校という社会にはあまりなじめなかった。しかしそれでも孤独を感じないですんだのは、両親との関係がうまくいっていたからだ。非常識な父親ではあるが、話し相手としてはベストだった。父と母に接することにより、自分がなぜこの世に誕生したのか、理由を疑う気にはならず、馨は、アイデンティティの確立に悩んだことがない。

礼子が馨に求めるのは、息子にとっての父親に代わる存在である。もちろんそれで不満はなかった。役目を果たす自信はある。

……しかし、礼子は、夫に代わる存在をほしいとは思わないだろうか。

馨は妄想を膨らます。自信はなかった。だが、できれば、一人の男として、礼子と向かい合ってみたかった。

次に訪れる日時を約束した上で、馨は、亮次の個室を後にした。

4

決められた勉強時間以外も、馨と亮次はあれこれと語り合うことが多くなった。主に科学一般にテーマを絞って雑談を交わしていると、馨は、世界の仕組みを理解したい一心で、自然科学の懐深く踏み込んでいった子供の頃のことを思い出す。

かつて、馨が望んだのは、超常現象などの非科学と見做される分野までも包括し、説明できる体系や理論を形づくることであった。しかし、理解が深まるにつれ、どんな統一理論を作り上げようとも、必ずその体系の中では絶対に説明不可能な現象が現れてくることに気づいたのだ。そこに思い至ったとき、父の発病とあいまって、彼の探求心は医学という実践的な学問へと向かい始めた。

馨はふと回想から覚め、かつての自分と同じように世界の仕組みを解き明かそうとする亮次に、先輩としての目を向けた。

亮次はいつものようにベッドにあぐらをかき、身体を揺らせている。窓辺の椅子に座って、ふたりの会話を見守っていたはずの礼子も、よほど眠いのか、息子の動きに合わせて頭を前後に揺らし始めたところだった。

「今、君が興味を持っているのは、そのことかい？」

亮次は、遺伝子に関する様々な質問を馨に投げかけていた。

「まあね」

亮次はいつもの空虚な目をまっすぐ前に向け、ベッドの上で背伸びをする。おかしくもないのに、顔に笑みを浮かべているのはいつものことだった。健康な笑顔ではない。もうすぐ終わろうとする命を知る人間が、現世をばかにするようなふやけた笑いだった。以前より慣れてきたとはいえ、見ていればまだ少し腹が立つ。もし、父の顔に同じような表情が浮かんだら、たとえ父であっても叱りつけ、食ってかかるところだ。

亮次の場合、嘲りの表情を消す方法がひとつだけあった。火の出るような議論へと、相手を駆り立てればいい。

「進化論に関して、君はどう考えているのかな？」

馨は進化論へと話題を振った。遺伝子をテーマに話していれば、自然と流れは進化論へと傾く。

「どうって？」

亮次は身体をもじもじさせて、上目遣いに馨を睨んだ。

「そうだな、じゃ、まず、進化の方向は無目的なのか、それともある予定された目的があるのか、その点から聞こうか」

「馨さんはどう思うの？」

亮次のよくない癖だった。自分の意見をストレートに出す前に、まず相手の意見を探ろうとする。

「おれは、ある程度選択の幅を持ちながら、進化には方向があると思っている」

馨は、正統派のダーウィン進化論を積極的に肯定する気にはなれないでいた。自然科学の専門家として道を歩みつつも、合目的論的な考え方を捨て切れないのだ。

「定方向進化説。実は、ぼくもだいたい同じ考えなんだ」

亮次はわが意を得たりとばかり、馨のほうに身を寄せてくる。

「そもそもの発生から順を追ってみようか」

「発生？」

亮次は素っ頓狂な声を上げた。

「生命の発生をどうとらえるのかは大事な問題だろう」

「へえ、そうなの」

亮次は眉間にしわを寄せて、この問題から早く離れたそうな顔をする。

馨には亮次の態度が腑に落ちなかった。生命がなぜ誕生したのかあれこれ考えるのは、少年にとって楽しい遊びのはずだ。地球上の生命がなぜ進化する能力を手に入れることができたかという疑問は、生命そのものがどうやって誕生したかという疑問と、密接に結びつく。少なくとも馨は、この命題で父と存分に戯れてきた。

「先に話を進めよう。どんな仕組みかは知らないが、最初の生命が誕生したとして、次には……」

馨はそこで区切って、亮次に先を促す。

「最初の生命は種子のようなものだったと思うんだ。その種子には、芽が出て、成長すれば、やがて人間を含む、現在の生命樹になるように情報がインプットされていた」

「しかし、もちろん、『ゆらぎ』はあるんだろう」

「うん、ほんの小さな種子だって大木に成長することがある。幹の太さや、葉の色、実の種類まで、あらゆる情報は最初の種子の中に含まれている。でも、もちろん、大木は自然の影響を受ける。日が当たらなければ枯れ、養分が少なければ幹は細くなる。雷が落ちて幹が裂けてしまうかもしれないし、強風で枝が折れてしまうかもしれない。でも、いくら予想外の影響を受けたとしても、種子に含まれている本質まで変わってしまうわけではない。雨や雪が降ろうとも、イチョウの木がリンゴの実をつけることはない」

馨は唇を舐めた。亮次の考え方に反対するつもりはなかった。むしろ考え方には近いものがある。

「つまり、海の生物は陸に上がり、キリンの首は長くなるよう、最初からプログラムされていたってわけだ」

「うん、そう」

「となると、発生以前に何らかの意志が働いたと考えるべきだ」

「意志って、だれの？　神様のこと？」

亮次は無邪気に応じた。

馨が考えていたのは神の意志のことではない。発生前にも、進化の段階でも働く目に見えない意志のことだ。

ふと脳裏に展開するのは、陸に向かって殺到する魚群のイメージだった。海を黒く染め、水面を飛び跳ねながら陸を求めて移動する魚類には、圧倒的な迫力がある。

実際、海の生物は、自ら陸を目指したのではなく、造山運動の繰り返しの果てに干上がった水辺で、陸地への適応を余儀なくされたのかもしれない。正統派の進化論者なら、そちらの説を取るだろう。

だが、馨のイメージに浮かぶのは、来る日も来る日も陸を目指し、水辺で死に絶え、死骸の山を築いていく魚たちのうつろな目だった。その中のごく一部が陸地に適応したとは、どうしても信じられない。水から陸地への住環境の変化は内臓器官の変化を伴う。えら呼吸から肺呼吸へと内臓の作り替えが必要になってくるのだ。体内で、内臓を変化させていく試行錯誤はどうやって行われたのか。ひとつの器官が別の器官に生まれ変わる。考えてみれば大変なことだ。

馨の目の前には、亮次のつるりと禿げ上がった頭がある。背中を丸めているため、彼の頭頂がすぐ鼻先にあった。この、痩せて小さな肉体の内部でも、激しい細胞の攻防戦が演じられている。父の秀幸も同じだった。胃の大部分と、大腸の一部と、肝臓を失った。その代わり、未知なるガン細胞は、新しい部位に住み着いて、しきりに蠢いている。

不意にあるインスピレーションが湧いた。

ガン細胞は、正常な内臓器官の色も形も変えて新たな隆起を作り上げ、器官の働きを不全にして個体の死をもたらす。否定的な側面ばかりが浮き彫りにされるが、ガン細胞の活動は、一種の手探りのようにも見えなくはない。血液やリンパ液の流れにのってあちこちの細胞をつつき、不老不死の性質を部分的に植え付けながら、実験を繰り返しているのだ。

……何のために？

未来に適応できる新しい臓器を、身体のある部分に造り出すためだ。転移性ヒトガンウィルスの活動、それは新しい臓器を体内に創造するための、試行錯誤ではないだろうか。その過程において、水辺でほとんどの魚類が死に絶えたように、多くの人間が死んでいくだろう。しかし、一億年を経て上陸を成功させた海の生物と同じように、無数の犠牲の上、いつか人間も新しい臓器を手に入れるかもしれない。そのときこそ人類は進化する。海から陸地への飛躍的な進化と同レベルの進化は、新しい臓器を手に入れない限り不可能ではないか。果たしてその時期はいつなのだろう。

ガンで死ぬ人間の数は、近ごろとみに増加しているが、ガン細胞の活動がいつから始まったのか不明な以上、進化への試行錯誤を人類が始めたばかりなのか、それとも終了しようとしているのかは、判断のしようがない。ただ、進化に要する時間が短縮されつつあるのは確かだ。魚類から両生類への進化に要した年月と、猿から人間への進化に要した年月とは、比べ物にならないくらい、後者のほうが短い。だから、可能性はある。進化の間隔は次第に短くなっている。

馨は、そう思いたかった。少しでも希望の持てるほうに目を向けたかった。父は、ガンの犠牲になろうとしているのではない。進化を果たす先駆者のひとりになろうとしているのだと。

新しく生まれ変わるということ。もし可能であれば、馨もそれを望んだだろう。再生への願望はだれにでもある。手土産は永遠の生命だった。

転移性ヒトガンウィルスの特徴が、不老不死の細胞を作り続けることにあるとすれば、空想は当然そこに及ぶ。チャンスはもちろん亮次にもあった。

その可能性を口にしかけて、馨はやめた。病気を肯定するかのような言い草は、生きることへの執着を希薄にしないとも限らない。

すぐうしろから、かすかな寝息の音が聞こえた。さっきからうとうとしていた礼子は、テーブルに顔を伏せて本格的な眠りに入ったようだ。馨と亮次は、互いに顔を見合わせて、くすりと笑う。

八時前の、まだ夜も早い時間だった。窓の向こう、初夏の宵闇の中からは、大都会の夜景が浮かび上がりつつある。すぐ下から、高速道路を流れる車の音が、一際大きく湧き上がってきた。

礼子の肘がビクッと動き、その反動でジュースの空き缶が床に転がったが、起きる気配はない。

馨は、構えるような姿勢で、言った。

「君のお母さん、寝ちゃったね。おれそろそろ行くよ」

家庭教師としての、約束の時間はとっくに過ぎている。

「さっき、馨さん、ぼくに何か言いかけなかった？」

まだ話し足りないのか、亮次は不服そうな顔をした。

「また今度、今日の続きをやろう」

馨は椅子から立ち上がって室内を見回した。礼子は、重ねた手の甲に右頰を乗せて顔をこちら側に向けている。目を閉じていても、口は半開きで、手の甲が唾液で濡れていた。熟睡している、かわいらしい寝顔だった。

十歳以上も年上の女性をかわいらしいと感じたのは初めてだった。馨は、礼子の全身に愛しさを感じて、ふと身体に触れてみたい欲望を抱く。

亮次はベッドから手を伸ばし、

「ママ、ママ」

と肩を揺すっている。起きる気配はなかった。

「だめ、完全に熟睡しちゃっている」

亮次は、あどけない瞳(ひとみ)を馨に向け、そのまま視線を付添用のベッドへと移していった。

「ママ、ぼくの看病で疲れているから、寝られるときに寝かしてあげたいんだ。また今夜も夜中に起きなくちゃならないしね」

亮次は懇願するふうでもなく淡々と言う。

馨は、身体に異様なほてりを感じていた。なんとなく亮次に心の中を覗(のぞ)き見られた思いがする。

……ママを起こさないように、抱きかかえて付添用のベッドに運んでほしい。

馨には、亮次がそう希望しているように聞こえた。

抱きかかえたとしても動かす距離は二メートルもない。短めのキュロットスカートから伸びた礼子の足は、触られるのを拒むように両膝(ひざ)がきっちりと合わされている。馨の体力なら、女性のひとりをベッドに運ぶぐらい何でもないことだ。だが、触れるであろう皮膚の感触から、さらにどんな刺激を受けるかも知れず、欲望が制御できなくなりはしないかと、警戒心を募らせるのだった。

「ママったら、こうなっちゃうとテコでも動かないんだから」

そう言って亮次は意味ありげな顔をする。わざと馨から顔をそむけていた。それでいて見透かすような態度。馨が礼子に異性としての興味を抱いていると知って、けしかけているように見える。

……ほら、ママに触りたいだろ。いいよ。ぼくが許可するから。ほら、ぼくがチャンスをあげるから。

笑いをかみ殺し、亮次は挑発していた。

馨は無言で付添用の簡易ベッドをセットした。亮次の挑発に負けたのではない。身体に触れることにより、礼子への感情が一歩深まるとすれば、自らをそこに委ねてみたかった。肉体の接触が精神に与える影響を、馨はまだ十分に理解していない。

馨は、礼子のうなじと両膝の下に手を入れ、一気に抱き上げてベッドに運んだ。ベッドに落としたときの反動で、礼子の唇がほんの一瞬、馨の首筋に触れた。礼子は目を薄く開き、両手に力を込めて馨の身体を抱き寄せたかと思うと、安心した表情で力を緩め、そのまま再度の眠りに落ちていった。

今動いたら起きてしまうだろうと、馨は、静かにじっとしていた。数秒間、礼子の正面に身体をかぶせた。胸と腹の中間の位置に顔を伏せ、服を通した肉の弾力を感じながら、目だけを顔のほうへと向ける。礼子の顔を下からのぞく格好だった。細い顎の線、その上には黒いふたつの鼻孔がある。これまでに見たことのない顔のアングルだった。

徐々に身体を起こし、礼子の身体から離れながら、馨は自問自答を繰り返す。

……好きになってしまったのだろうか。

首筋にはりついてきた唇の感触はまだ生々しい。

「じゃ、また来週」

胸の鼓動を悟られぬよう、馨は遠慮がちにドアノブに手をかけた。亮次は、あぐらをかいて膝を上下に揺らせ、ぽきぽきと指の関節を鳴らす。さっきとはうって変わって、表情が消えていた。挑発するでもなく、嘲(あざけ)るのでもない、感情を一切殺した顔がそこにある。

「おやすみ」

馨はすみやかに部屋を出ていった。亮次のぎこちない笑顔が、馨の去った後も、ドアに張り付いているのがわかる。

馨は直感した。出会いは偶然ではない。これからの自分の人生に、礼子と亮次は深く関わってくることになるだろうと。

5

病理学教室に籍を置く斉木(さいき)助教授のところへ遊びにいくのは、馨にとって楽しみのひとつであった。斉木は同じ大学の、父の同級生にあたり、父の病状のおもわしくない今、なにくれとなく相談にのってくれたりした。直接の指導教官ではなかったが、家族ぐるみの付き合いは長く、幼い頃からなじんでいたのである。

馨が定期的に斉木のもとを訪れるのには、ひとつの目的があった。父を苦しめているガン細胞は、現在、彼の研究室で培養されていて、その様子を顕微鏡で眺めるためだ。敵の攻撃を防御するには、まずその素顔を知らなければならない。

一旦病棟から外に出て、馨は、病理、法医学、微生物などの基礎医学研究室を収容する建物に入っていった。新旧のビルが入り乱れて建つ大学病院の中にあっては、旧い部類に属する建物だ。二階が法医学教室、そして三階に馨の目当てとする病理学教室があった。

階段を上って左に曲がると、両側に小さな研究室の並んだ廊下が現れる。

馨は、斉木助教授の研究室の前に立ち、ドアをノックした。

「どうぞ」

という斉木の声に促されて、顔の半分をドアの隙間からのぞかせる。

「よう、来たか」

斉木はいつもと同じセリフで馨を迎えた。

「お邪魔でしたか？」

「見てのとおり忙しい。やるんなら、勝手にどうぞ」

斉木は、今日の午後切除した、患部組織の細胞検査に忙しいらしく、ろくに見向きもしてくれない。だが、それでも構わなかった。ひとりのほうが気兼ねなくのびのびと観察できる。

「じゃお言葉に甘えて、失礼します」

馨は、大型冷蔵庫のような形をしたCO_2インキュベーターの扉を開け、父の細胞を探した。インキュベーターの内部は恒温に保たれていて、しかも二酸化炭素の値もほぼ一定にされてある。長い間、扉を開けておくわけにはいかなかった。

父のガン細胞を培養するプラスチックシャーレは、いつもと同じ場所にあり、すぐに発見することができた。

これが永遠の命かと思うと、見るたびに、馨は不思議な気分になる。

切除された父の肝臓は、元の色である赤みがかったピンクから白い粉の吹き出た斑模様へと変化し、ホルマリン漬けのガラス瓶に閉じ込められて、これとは別のキャビネットに置かれてある。三年前から保存し続けてきたものだ。光の加減でそう見えるのか、ときどき身悶えするように蠢くことがあった。

ホルマリン漬けの肝臓はもちろん生きてはいない。生きているのはシャーレの中で培養されているガン細胞だけだ。

シャーレの中身は、父のガン細胞を血清濃度一パーセント以下の培地で増殖させたものである。

正常な細胞は、血清中の増殖因子が使い果たされた時点で、増殖は停止する。また、いくら大量の増殖因子を与えても、シャーレの中で重なって増えることはない。この性質を接触阻止性と呼ぶが、ガン細胞は接触阻止性がないばかりか、血清への依存性が極めて低い。簡単に言ってしまえば、ほとんど食料も取らず、どんな狭い場所でも隙間なく折り重なるようにして、増殖することができる。

シャーレの中で、正常細胞が一重にしか増殖できないのに対して、ガン細胞は幾重にも重なり合って増えていく。正常細胞の律義な平面的な増殖に比べて、立体的で無節操な増殖を試みるのがガン細胞である。正常細胞には分裂回数の寿命があるのに、ガン細胞の分裂は永遠に続く。

……不死性。

古代から人間が手に入れたいと願った不死性を、人間を死に至らせる元凶が持っているという皮肉を、馨は痛感するのだった。

立体性を証明するかのように、父のガン細胞は球状に浮かび上がろうとしていた。観察するたびに、形状に変化が表れている。元をただせば父の臓器の正常細胞であったはずなのに、今はもう独立した生命体と見做すべきなのか。宿主の生命が危機に瀕しているというのに、こいつは永遠の生命を貪り続けているのだ。

馨は、矛盾の凝縮されたシャーレを位相差顕微鏡にセットした。最高倍率は二百倍ほどだが、手軽にカラー映像を得ることができる。走査型電子顕微鏡で観察するのは時間のたっぷり取れるときだけだ。

生命としての節度を失ったガン細胞は、不気味な形態をしていた。人間の命を奪う細胞だから、先入観でグロテスクに見えるだけなのか、それとも容姿そのものが客観的にグロテスクな印象を与えるのか。

馨は、父を苦しめる張本人への憎しみや先入観を捨て、標本を観察し続けた。倍率を上げていくと、細胞が寄り集まって塊を作り上げているのがわかった。半透明でひょろひょろとした細長い細胞は、密生して薄い緑色に染まっている。細胞本来の色で、緑色に見えるのではない。顕微鏡に緑色のフィルターがされているからである。

正常な細胞は、どの部分も盛り上がることがなく、一様で、平面的、全体的に整然としているのだが、このガン細胞は、ところどころに緑色の濃い影を落としていた。はっきりと、無数の点が見えた。丸くポッポッと浮き上がって、キラキラとした光を放っている。分裂中の細胞である。

馨は何度もシャーレを交換して、正常細胞とガン細胞を見比べた。表面的な相違は明らかだった。ガン細胞には、混乱を宿した汚さがある。

細胞の表面を探るまでが限界で、細胞内部、核やDNAの素顔に光学顕微鏡の力は及ばない。

しかし、馨は飽かずに眺め続けた。こんなことをしていても無駄だと重々心得ている。外見を眺めていて一体何がわかるというのだ。しかし、そう心の中で毒づきながらも、一個一個の表情を丹念にうかがうのだった。

細胞はどれもみな同じ表情をしているように見える。無数の同じ顔が並んでいた。

……同じ顔だ。

馨は、位相差顕微鏡から顔を上げた。

何の脈絡もなく、馨は細胞を人間の顔に譬(たと)えていた。同じ顔が、無数に寄り集まり、ごつごつとした塊となって斑(まだら)模様を作っているように見えてくる。

しばらくの間、位相差顕微鏡から目を離す他なかった。

……直感的なイメージを得たことに、何か理由があるのだろうか。

まずその点を馨は疑ってかかった。直感を大切にしろというのは父の教えだった。

本を読んでいても、街を歩いていても、急に他のシーンを思い浮かべることはよくあることだ。普段はいちいちその理由を考えることはない。通りを歩いていて、あるタレントのポスターに触れ、似た顔の知人を思い出したりもする……、その場合、ポスターを見たという意識がなければ、何の脈絡もなく突如イメージが立ち上がったように感じられるものだ。

一種のシンクロニシティだとすれば、どことどこがシンクロしたのか、馨は分析してみたかった。ガン細胞を約二百倍で眺めていて、何かに触発され、細胞の一個一個が人間の顔に見えてしまった。果たしてこのことに意味があるのかどうか。

考えても答えは見つからず、馨は目を再び位相差顕微鏡に戻した。イメージを誘発したものがあるはずだった。立体的に重なり合った細長い細胞。きらきらと浮き上がった球状の粒。馨はさっきと同様のことをまたつぶやいていた。

……やはり、どれもみな同じ顔をしている。

しかも、明らかに男のイメージではなかった。どちらかといえば女の匂いがする。卵形の整った顔をしていて、皮膚はつるりと滑らかだ。

不思議でならない。位相差顕微鏡で細胞を観察していて、人間の顔をイメージしたのは初めてであった。

6

馨は、病室で亮次と向かい合っていたが、バスルームの音が気になってならなかった。礼子は、さっきからずっとバスルームに籠(こも)り、水の音をたて続けている。シャワーを浴びているのではない。下着かなにかを洗っているのだ。亮次に勉強を教えている最中、部屋に干したままになっていた下着を、礼子が慌てて取り入れるのを見たことがある。

心ここにあらずといった状態で、馨は、亮次から尋ねられるままに父の病状を語っていた。

一通り話し終わっても、亮次は続きをもっと聞きたそうな素振りを見せる。自分の病気がこれから先どう進んでいくのか、馨の父の病状を参考にして、未来を心に描きたいらしい。

馨は、父のガンが、肺に転移した可能性を匂わす前に、話を切り上げようとした。亮次に悪い影響を与えはしないかと考慮したせいもあるが、馨自身、敢(あ)えて言いたくはなかった。

肺への転移が濃厚となると、秀幸は、時々弱気な面を見せて、自分がいなくなった場合の母の世話を、息子に託そうとした。

……マチを頼んだぞ。

そんなふうに弱さを見せられると、馨は父に怒りをぶつけたい思いに駆られた。父を亡くしたあとの母をどうやって慰めようというのか、無理難題を押しつけるのもいい加減にしろと言いたくなる。

ベッドに横たわったままの亮次に向き合い、父の病状をしゃべっているうち、馨の脳裏には父の姿がはっきりと浮かんで、口は重くなるばかりだ。いつしか黙り込んでしまった馨の気持ちを察することなく、亮次は、アハアハとわざとらしい笑い声を上げた。

「そういえば、ぼく、一回だけ、馨さんのお父さんと話したことあるなあ」

同じ病気で何回も入退院を繰り返すふたりである。巨大な大学病院とはいえ、どこかに接点があったとしても不思議はない。

「そう?」

「7Bにいる、背の高いおじさんでしょ」

「ああそうだ」

「強い人だね。看護婦さんのお尻に触って、いつもはしゃぎ回っている」

間違いなく父の秀幸だった。陽気さを失わず、病気と闘う姿勢を崩さない父の存在は、一部の患者の間に知れ渡っていた。死への恐れを微塵も見せず、明るく振る舞う父を見ていると、周りの患者はわずかの可能性に賭ける希望を捨てきれなくなるらしい。胃と大腸と肝臓の一部を失い、肺への転移も予想されるとあっては、もはや命運は尽きたともいえる。にもかかわらず、父は、人前では無理な陽気さを演じ続けていた。唯一の例外として、馨の前でだけは弱い一面を見せたりするのだが……。

「お母さんは？　馨さんのお母さんはどうなの」

心配するふうでもなく、亮次が尋ねた。

バスルームから出て、簡易ベッドの上で洗濯物を整理していた礼子は、すっと立ち上がって再びバスルームへと消えた。

馨はその後ろ姿を目で追ったが、続いて起こるべき水音がバスルームの中から聞こえなかった。ただなんとなく、礼子は場をはずしたくなったようだ。馨の母が話題に上ったためだろうか。

……リンパ球の接触によっても、転移性ヒトガンウィルスが感染することがあります。

担当の医師からそう告げられたとき、馨がもっとも心配したのは、母の身体だった。リンパ球の接触で移るという疑いが持たれた時点で、父と母は性交渉を絶ったはずであるが、それ以前の段階で、母に感染した可能性も大きい。馨の説得により、母が血液の検査を受けたのは、ようやく最近のことだ。

結果は陽性。まだ発病はしてなかったが、既に転移性ヒトガンウィルスは、母の細胞のDNAにとりついていた。つまり、レトロウィルスの塩基配列が、母の細胞の染色体に組み込まれたのである。

今のところそのステップで止まっているが、いつ細胞をガン化し始めないとも限らない。いや、表面に現れないだけで、既にガン化が始まっている恐れは十分にある。

いつ、どのようにして、染色体にとりついたプロウィルスが細胞をガン化するかのメカニズムは不明であり、このあとの展開はまったく予測がたたなかった。ステップが次に進めば、母の細胞から新しい転移性ヒトガンウィルスがどんどん放出されることになる。

……発病したとしても、わたしは絶対に手術はいやよ。

結果が出ると同時に、母はそう宣言した。転移が避けられないとあっては、手術するだけ無駄とわかりきっている。手術はただ進行を遅らせるためにすぎず、完治する方法はなかった。父の病気を看てきた母だけに、身体を切り刻まれるのを嫌がる気持ちは強かったのである。

しかし、やっかいなのは、現代医学での治療が困難であるなら、奇跡をこの手で呼び寄せようとばかり、それ以後、母が神秘の世界に迷い込んでしまったことだ。母が救いたいのは、ガンに罹（かか）るとわかっている自分の未来というより、末期へと向かいつつある夫の生命だった。

悪魔に魂を売り渡すのも辞さない熱意で、母は北米インディアンに関する古い文献を調べたりしていた。どこから送られて来るのか、母の机の上には原書の資料が積み上げられている。

……民話の世界に、ガンを治療する方法が暗示されている。

母は、うわ言のようにそう言い張るのだった。

バスルームから二度、わざとらしく、水の流れる音が響いてきた。その音に反応して、亮次はちらっとバスルームのほうに目をやった。

「母は、キャリアなんだ」

声を落として、馨は言う。

「そう、じゃあ、馨さんも……」

亮次は一切の感情を交えないで尋ねたが、馨はゆっくりと顔を横に振る。馨は、二か月前の検査で、陰性の判定を受けたばかりだった。

しかし、馨が陰性と知って、亮次は笑った。ガンウィルスに感染してないのを知って、ほっと安心する笑い方ではなかった。逆に、嘲笑し、哀れんでいるような、クックックッという詰まった笑いで、馨はむっとなって亮次を睨んだ。

「なにか、おかしいのかい」

「だって、かわいそうなんだもん」

「おれが？」

馨が自分で自分の顔を指差すと、亮次は二度続けてうなずいた。

「だって、馨さんったら、体格いいし、健康そうだし、ずいぶん長生きするんじゃないかなって、そう思うと……」

オートバイ好きの父の影響で十六歳からモトクロスを始め、父の手ほどきを受けて、馨はレースに出るほど腕を上げていた。パソコンとの遊びに明け暮れていた子供時代からは想像もできないほど、逞しい身体に成長しているのだ。しかし、亮次は今、Tシャツの上からでも明らかな馨の筋肉を、かわいそうだと嘲笑する。父から受け継いだものを笑われ、馨はいつになく真剣な調子で反論した。

「生きていくのは、君が思っているほど、かわいそうなことではないんだ」

一方で、亮次の気持ちがわからないではなかった。いつ、どのようにして、感染したのかは知らないが、彼はまだ十二歳という若さだ。手術、抗ガン剤治療と入退院を繰り返して、これまでの人生は苦しみの連続であったに違いない。自分がたどってきた人生を普遍化し、みんなもそうであろうと邪推したくなるのもうなずける。

「だって、人間はどうせ、死ぬんでしょ」

亮次は空ろな目を天井に向けていた。馨は、反論する気をなくした。

どこもかしこも死に満ちあふれていた。目の前にはつるりと禿げ上がった小さな頭がある。それは厳然とした事実だ。

抗ガン剤治療の苦しみは、経験した者でなければわからない。激しい嘔吐感に襲われ、食欲はなく、食べたものを短時間のうちに戻して一睡もできないこともある。そういう人生を生き、近い将来苦しみの中に人生を終えるだろう亮次に対して、一体どんな言葉が有効だというのか。

馨は、疲れを感じた。肉体的なものではない。心が閉塞状態になって、悲鳴を上げているのだ。自由な飛翔がほしかった。あっけらかんとした、心からの笑いがほしい。身体と身体を触れ合わせる濃密な時間がほしい。

「ぼく、最初から、生まれ出ることなんて、望んでいなかったもん」

押し黙ったままの馨をよそに、亮次がそう言ったとき、バスルームから礼子が出てきて、言葉の余韻を受け止めた。礼子は、そのまま顔色ひとつ変えず、部屋を横切って廊下に出ていった。

……どうしてぼくを生んだの？

という息子の非難がましい台詞に我慢できずにその場をはずしたのか、単に用事があって外に出ていっただけなのか、判断がつきかねる。

さっきから馨は、礼子の動きを気にしてばかりいた。と同時にふたつの疑問が頭をもたげる。まず第一に、礼子は転移性ヒトガンウィルスに感染しているのかどうか。第二に、どういう経路で亮次にガンウィルスが感染したのか。家族の秘密に触れることでもあり、おいそれと聞き出すわけにはいかない質問だった。

「じゃ、ぼちぼち行くよ」

これ以上、亮次のそばにはいたくない。と同時に、礼子のあとを追いたくなったのである。

馨は、亮次のベッドを離れると、廊下への扉を開いた。もっと深く、礼子の身体や、その内面に触れてみたくてならなかった。彼女に対する興味が、恋の一種なのかどうかは自分でも判断がつきかねた。狭い病室から外の世界へと、礼子が自分を誘っているようにも感じられる。

衝動に突き動かされて、馨は、礼子の姿を求め、病棟の長い廊下にさ迷い出たのである。

7

礼子がどこにいるのか、馨にはなんとなくわかる気がした。

……せめてもの安らぎは、この病院の一番高いところから、広い視野で都会を眺め渡すことなの。

数日前の夕方、病棟最上階にあるレストラン脇に立ち、ガラス窓に顔をくっつけて外を見下ろす礼子に、

「何をしているのですか」

と尋ねたところ、彼女は自分の行為をそう説明したことがあった。

そろそろ日も西に沈み、副都心の超高層ビル街のシルエットを黒く、美しく浮き上がらせる頃だ。この時間の都会の眺めを礼子が一番に好むことを、馨は知っていた。

エレベーターで十七階に上がり、左側の廊下に出ると、柱に寄りかかるようにして佇む女性の影が目についた。馨は声をかけずに近づき、そっと横に並んだ。

夕日を受けて礼子の顔に朱が差している。空の色の移り変わりを肌に反映させ、なまめかしく頬を輝かせていた。

馨が横にきたことは、窓ガラスに映ってすぐにわかり、ガラスの中の馨に向かって、礼子は薄く笑顔を浮かべた。

「ごめんなさいね」

何に対して謝っているのか、馨にはわからなかった。手のかかる息子の家庭教師を、うまくこなしてくれるからだろうか。だとしたら、「ありがとう」のはずなのに、訳もなく謝られても返答に窮するだけだ。

「よほど高い所が好きなんだ」

馨は、敢えて「ごめんなさい」の理由を尋ねなかった。

「好きよ。いつも地面すれすれで生きてきたから」

住んできた住居が平屋建てだったということだろうか。とすると、馨とは対照的な住環境に暮らしてきたことになる。馨は、現在でも東京湾に面した高層マンションに、母と暮らしている。

気詰まりな雰囲気を押しやるように、礼子は、夢の話題を持ち出して、はしゃいだ声をあげた。息子の病気が治ったとき、まず最初に何をやりたいのか、矢継ぎ早に提示していったのだ。息子の病気が治ったらという前提に無理があるのだから、どんな非現実的な夢を上げても構わない。その中に、かなり現実的な夢として、海外旅行があった。

だから、

「あなたの夢は、なに」

と話題を振られたとき、馨は迷わずに、十年も前から計画に上っている、北米砂漠への家族旅行に触れることにした。

馨は、手短に十年前の深夜に家族で交わした会話を、礼子に語って聞かせた。重力と生命の関係、生命誕生の神秘、そこから導き出される長寿村の可能性。

父が北米砂漠への旅行を約束してくれたのがうれしくて、以後ずっと世界の長寿村に興味を持ち、ガンの発病をきっかけに、より詳しく調査した結果、長寿村とガン患者数との間に、なんらかの関係があると疑われてきたことを、わかりやすく説明する。

礼子はその点に興味を抱き、ガラス窓すれすれに、馨のほうに振り返った。

「関係って？」

「まだよくわからないんだけど、無視できないほどの統計上の特色が現れたんだ」

礼子が興味深げに耳を傾けるせいで、馨の話も熱を帯びていった。

「あの夜、重力異常と長寿村を結び付けて考えたのは、偶然ではなかった。直感があったんだ。科学上の発見はほとんどの場合、直感による。直感が先にあって、理屈は後からついてくる。あの夜のことは、何かの暗示と取れないこともない。

父のガンが肝臓に転移した頃から、ぼくは世界各地の長寿村に関して詳しく調べ始めた。空想の産物ではなく、存在が確認されている世界各地の長寿村を、様々なデータをもとに分析してみた。共通点があったら探し出そうとしてね。

ピックアップしたのは特に有名な四か所の長寿村。黒海沿岸、コーカサス地方のアブカシア。ペルーとエクアドル国境付近の、聖なる谷、ビルカバンバ。カラコルム山脈とヒンズークシュ山脈に挟まれ周囲から隔絶された山地、フンザ。そして、日本の鮫島諸島に属する佐鳴島。実際に自分の足を使って調べるのは無理だから、これらの地域に関する文献を集め、可能な限り目を通して、自分で統計を作ってみたんだ。すると、明らかな特色が目についてきた。断言するのはまだちょっと難しいんだけど、これらの地域に住む人々から、ガンによる死者がひとりも出ていないのではないかと見られるふしがある。世界中の医学者や生物学者が、長寿村へ調査に赴いて、数々の報告を残している。でも、どの報告にも、ガンによる死亡の記述が存在しないんだ。

ガンが少ない原因としてもっとも考えられるのは、食生活の違いだろうと、どの報告書も一応の説明はしている。でも、発ガンのメカニズムがはっきり解明されてない以上、推測の域を出ることはない。これらの地域の住民が、野菜や穀物を主体とした質素な食生活を送っているのは間違いないにしても、タバコや酒に関しては、他の地域以上の量を消費しているというデータもあり、発ガン物質の摂取量がほかより少ないとは必ずしも言い切れない。

だから、ぼくには不思議でならない。長寿村にはなぜガン患者が少ないのか。そうして……、いいですか、ガン細胞は正常細胞を不老不死化する働きがある。これがなにか関係するのかどうか。さらに、長寿村の位置と、重力異常のマイナスの地点が、ぴたりと重なることをどう説明すればいいのか。

何か都合のいい解釈があるはずなんだけど、まるで思い浮かばないんだ」

馨は、そこで一呼吸置いた。話しているうちに妙な高揚感が湧き上がってくる。

礼子は、しばらく黙って、馨の顔を見つめていたが、唇を舐めてからおもむろに口を開いた。

「ねえ、ところで、現在猛威を振るっている、転移性ヒトガンウィルスは、どこからやってきたの？」

ピントはずれとも思える、礼子の問いかけだった。

「なぜ、そんなことを訊くの？」

目を大きく見開き、真面目な顔で質問の答えを欲している礼子が、馨にはたまらなくかわいらしい。相手が十歳以上も年上であることを忘れ、頬を優しく両手で包んで、顔を近づけたくなる。

「笑わないで。でも、ひょっとして、転移性ヒトガンウィルス発祥の地が、あなたの言う長寿村である可能性を、ふと思い浮かべたものだから」

馨には、礼子の思考の筋道が推測できてしまう。以前、そんな小説を読んだ覚えがあったからだ。全身をガン細胞に侵され、死ぬのではなく、逆に不死性を手に入れてしまった人間の物語。

……長寿村の人間はガンと共存する術を身につけ、そのせいで寿命が延びてしまった。礼子はそんなふうに想像力を働かせたのだろう。ガンがないのではなく、長寿村にはガンがあふれている。ただ、それが原因で死ぬ人間がいないというだけではないか。そして、長寿村こそ、ガンウィルス発祥の地に違いないと……。

「長寿村の住民が持つガン遺伝子がウィルスの力で切り出され、転移性ヒトガンウィルスとなって世界にばらまかれたと、あなたはそう言いたいわけ？」

「難しいことはわからないわ。ふと思いついただけだから、気にしないで」

礼子は目を下界に落とした。ここ数分のうちに空の色は目まぐるしく移り変わり、その変化がますます色濃く、礼子の表情に反映していた。眼窩のくぼみや、鼻翼から目尻の下のあたりへ影が差し、陰影は深い。外が暗くなったぶん窓ガラスは鏡の役割を多く担い始めた。副都心の高層ビルを背景にして礼子の顔はガラスに映り、闇の中に顔だけが浮かび上がっているように見える。

「転移性ヒトガンウィルスによるガン患者が特に多いのは、日本とアメリカなんだ」

確かに、患者の分布は際だった特色を示している。患者数は、日本とアメリカがそれぞれ百万人規模、ヨーロッパの先進国では数十万人といった程度で、長寿村があるような辺境の地での発病は、ほとんど報告されていないのである。だから、この仮説には無理があると、馨はほのめかしたつもりだった。

「あなたの言う、北米砂漠地帯はどうなの。マイナスの重力異常が強いんだから、長寿村があってもおかしくないんでしょ」

「推測の域を出ないさ」

「根拠は何もないってわけ」

「言ってみれば、単なるゲームに過ぎない」

「ゲーム」という言葉遣いがよほどショックだったらしく、礼子は、目に見えて落胆した。

「なんだ」

落胆しただけではなく、礼子は不機嫌に顔を歪めて、馨に対してソッポを向くような仕草をする。

「どうかしたの？」

突然の態度の変化に、馨は少々戸惑った。

「今は、奇跡に頼る他ないのよ」

顔を背けたまま、礼子は言う。

奇跡！　馨はうんざりした。母が陥った罠に、礼子もはまろうとしている。

「奇跡か、やめてほしいな」

「ううん、やめないわ」

「あなたには他にすべきことがある」

礼子には正気を保っていてほしかった。しかし、礼子は馨の言うことなど聞いてはいない。

「そう、今思いついたんだけど、長寿村の住民は、みんなある時期に一旦ウィルス性のガンにかかるのよ。でも、ガン細胞が内臓の機能を奪う前に、なんらかの因子によって細胞が不老不死化し、ガンは良性に変わる。悪い面が消えて、ガンは人間との共存をはかるようになる。だから、細胞の分裂回数は伸びて、結果として寿命が伸びるのよ。どう？　この説は」

こんなふうに、一気にまくしたてる礼子を見るのは初めてだった。理性がものごとの真偽を決めていくのではなく、未来に求める希望の量に応じて、真偽は主観的に決められてゆく。どんな推論でも、こうなってほしいという希望のもとに証拠を探せば、必ず二、三は発見できるものだ。このままでは息子は助からない。神にもすがる思いなのはよくわかる。しかし、こういった、彼女もわかっているとおりの、思いつきの言説にどう対処せよというのか。フィクションとしてはおもしろいけれど、医学の現場を目指す馨には、絵空事の作り話に真面目に付き合っている暇はなかった。

礼子はといえば、自分なりの真剣さで、空想した世界を信じようとしている。もとはといえば自分の蒔いた種だった。重力異常や長寿村のことなど喋らなければよかったと、馨は後悔した。

「頼むよ。ぼくが言ったことなんて忘れてほしい」

「まさか。忘れないわ。ガンの悪いところをなくして、悪性を良性に変える因子が、あなたの行こうとしていた砂漠地帯に存在するのよ」

馨は軽く両手を挙げて礼子を制しようとしたが、無駄だった。礼子はこれまでに見せたことのない熱意で、迫ってくる。

「やっぱりあなた、行ったほうがいいわね、そこに。死を生に変える因子を手に入れるために」

「ちょっと、待ってくれ」

女の顔がすぐ近くにあった。いつの間にか馨の手は、強く摑まれていた。

「お願い」

と、礼子の手が、柔らかな感触を伝えてくる。

「もういやよ、こんな生活。もうじき、亮次の第四回目の化学療法が始まるのよ」

「あれは、つらいだろう」

「できることなら、わたしも行ってみたい」

一家で計画していた旅行が、突然の変貌を遂げようとする瞬間だった。礼子とふたりで訪れる、北米砂漠地帯を空想しただけで身体の芯が熱くなる。ニューメキシコ、アリゾナ、ユタ、コロラド、四州の州境に存在する強烈なマイナスの重力異常。深遠な淵が、渦を巻いて何もかも飲み込もうとするかのようだ。マイナスの重力異常に引き寄せられる……。いや、今の馨は、目前に迫る瞳に吸い寄せられていた。

薄く口紅をほどこしただけの、化粧気のない素顔が、皮膚の匂いともとれる自然な香りを漂わす。蛍光灯の点る廊下に太く柱が張り出し、馨と礼子はその陰にすっぽりとおさまっていた。前面のガラス窓は今やすっかり鏡となって、廊下を行き交うまばらな人影を映し出している。

知らぬ間に、馨は礼子の手を握り返していた。そうして、互いの手をもてあそび、指と指を絡め、目と目で相手の意思を確認し合った。

廊下からすべての足音が消え、ふっと訪れた静寂を見計らったように、ふたりは身体を引き寄せて抱き合った。十七階の廊下から人影が消える一瞬をとらえたのだ。

両腕を相手の背中に回し、激しく脈打ちながら鼓動が血管を走る様を、互いの肉体は余すところなく伝え合った。血のリズムはシンクロナイズし、薄布一枚通して細胞を刺激し合う。馨の股間は勃起し、膨らみは礼子の腹のあたりを押していた。

唇がほしくなり、馨は一旦頭を離して相手の顔を上に向けようとするのだが、礼子は馨の動きに応じようとせず、ますます強く手で馨の背中をまさぐってくる。額を馨の顎にくっつけ、わざと横に向けるような仕草が、かたくなにキスを拒んでいるように感じられた。そうやって、何度もキスを試み、顔を背けられて、馨はようやく悟った。

……このひとも感染しているのか。

転移性ヒトガンウィルスは、唾液の接触によって感染する場合があり、だから礼子は馨の身を心配して拒んでいるに違いなかった。言葉を欠いた行為の意味がわかりかけた。ついさっき、亮次が「生まれることなんて望んでいなかった」と言ったとき、礼子は静かにその場をはずした。亮次は母の胎内にいたとき既に感染していたのかもしれない。だから、母を非難する言葉がつい口から出て、それを聞いて礼子はいたたまれなくなったのだ。

だが、感染するかもしれないという恐怖は、馨の熱を冷ます役には立たなかった。やさしく身体を離し、両手で頬を包みながら、目だけで事情を悟ったことを訴え、そのまま有無を言わせず唇を重ねていったのだった。

今度は礼子も拒もうとはしなかった。

片方の手を首筋に回し、もう片方の手を尻に当てがって、馨は礼子の身体を自分のほうに引き寄せた。その拍子に、勢い余って歯と歯が軽くぶつかり、唇の柔らかさと歯の硬さと唾液の入り交じった、淫靡な音を上げた。

息を止めて口を吸い合い、激しさに耐えきれず、一旦唇をずらして頬と頬を触れさせると、互いの口からは苦しそうな息遣いが漏れた。礼子は背伸びをして、自分の口をなるべく馨の耳元に近づける。そうして、乱れる呼吸に喘ぎながら、必死に言葉を出す。

「お願い……」

耳元で何度も繰り返される息遣いとも哀願ともとれぬ、空気の振動。

礼子が救いたいのは息子の命だけではなく、自分の生命でもある。

「お願い……、助けて」

「おれは、神、ではない」

それだけ言うのが精一杯だった。器官を充血させ、正常な思考もままならぬ今、どうにか理解できるのは、自分もまた死の領域に一歩踏み込み始めたということである。迷いも何もなく、肉体の命じるがままに礼子を抱き締め、唇を重ねてしまったことを後悔してはいない。何度同じ場面に遭遇したとしても、やはり同じ選択肢を選んでいたと思う。抗いようのない力が、礼子の全身から発散されていたのだ。

「お願い、あなたは行くのよ、そこに」

強烈なマイナスの重力異常の地へと、礼子までが駆り立てようとする。自分で種を蒔き、礼子によって肉付けされたフィクションは、こうやって馨の中でしっかりと根を生やそうとしていた。

8

馨が、入院中の父の病室に入ろうとした時、ベッド脇の椅子からちょうど斉木助教授が立ち上がろうとするところだった。

斉木は、馨の顔を見ると、

「やあ」

と軽く手を上げただけで、そのまま病室から出ていこうとする。

「もっとゆっくりしてって下さいよ」

父を見舞う息子の邪魔にならぬよう、気を利かせて腰を上げたのだとしたら、馨には斉木を引き止める義務があった。

「そうもいかないんだ。ご存じの通り、こっちも忙しくてね」

社交辞令ではなく、斉木は本当に忙しそうに身体を小刻みに揺らしている。

「そうですか」

「ああ、ちょっと頼まれたものがあって、ここに寄っただけだから」

斉木は、そう言って秀幸のほうに視線を飛ばすと、「じゃあ」と片手を上げて、部屋をあとにした。馨はその後ろ姿を見送ってから、父のそばに寄った。

「父さん、具合はどう？」

上から見下ろし、顔色や頬の張りを確認してから、馨はそれまで斉木が座っていた椅子に腰をおろした。

「いやんなっちまうよ」

目を天井に向けたまま、秀幸は抑揚のない声を漏らす。

「どうかしたの？」

「斉木の奴（やつ）、悪い知らせばかり持ってきやがる」

医学部の同級生だった斉木は、臨床ではなく基礎に籍を置くために、秀幸の症状を直接に診ることはなかった。だからよけい、悪い知らせとはなんだろうと、気になった。

「悪い知らせって？」

「中村正人（なかむらまさと）を知ってるだろう」

秀幸の声はかすれ気味だった。

「うん、父さんの友達でしょ」

馨は中村という名前を覚えていた。秀幸が以前『ループ』の研究に携わっていた頃の同僚で、現在、地方大学の工学部で教授をしているはずだった。

「死んだ」

ぶっきらぼうな言い方だった。

「おれと同じ病気だ」

「そう」

同い歳の同僚が死んだりすると、次は自分の番じゃないかと、かなりショックを受けることがあるという。

「父さんはまだ大丈夫さ」

そんな月並みな励まし方しか浮かばない。秀幸は、ベッドの上で、ゆっくりと首を横に振った。無意味な励ましなんて何の役にも立たないと言うかのように。

「小松崎は知っているか?」

「いや」

馨は小松崎を知らなかった。初めて聞く名前である。

「やはり『ループ・プロジェクト』での、おれの後輩だ」

「そう」

「奴も、死んだ」

馨はごくりと唾を飲み込んだ。死の影が一歩一歩父の傍らに忍び寄りつつある。

秀幸は、それに続けて三人の名前を上げ、同様にして、「死んだ」という文句で締めくくっていった。

「おい、どうかしてると思わないか。今上げた名前は、みんな人工生命をテーマに研究を進めていた同僚や、それに協力していた人間ばかりだ」

「それが全員、転移性ヒトガンウィルスが原因で亡くなったってわけ？」

「現在のところ、日本に感染者は何人ぐらいいる？」

礼子や母のように、感染してまだ発病していない者も含め、約百万人という数字がデータとしてあがっていた。

「約百万人ってところかな」

「多いとはいっても、全人口の一パーセントに過ぎない。ところが、おれの回りで、こいつに感染していない奴はいない」

秀幸は、そこでじろりと馨のほうに目を向けた。最初のうちは相手の心を探る強い視線だったが、次第に柔らかく、祈りの表情を宿していった。

「おまえは、大丈夫なんだろうな」

秀幸は、シーツの下から手を伸ばし、ジーンズで覆われた馨の膝に触れた。本当は手を握りたいのだろうが、皮膚と皮膚の触れ合いすら遠慮しているのだ。妻が感染したあげく、息子にまでウィルスが移ったとなれば、秀幸はガンと闘おうとする気力をなくしかねない。

馨は、次第に弱くなっていく父の視線から目を逸らした。

「検査結果は問題ないか？」

「心配するなってば」

心の中を見透かされる思い。おどおどとしながらそう言うのが精一杯だった。確かに、二か月前の検査結果は陰性だった。だが、来月の検査でどんな結果がでるかわかったものではない。

　廊下から響く足音に反応したように装って、顔を大きく背けた。馨の脳裏には、昨日の午後の、亮次の個室での光景が、血と肉の圧迫を伴ってフラッシュバックしてくる。身体を突き動かした衝動や、感覚の起伏が、断続的に蘇(よみがえ)るのだった。

　おとといの夕方は、礼子との接触をキスだけにとどめておくしかなかった。病棟最上階の廊下だったこともあり、ふたりに与えられた時間はほんの数分に過ぎない。病院という場所柄を考えれば、それ以上のことは望むべくもなかったのである。

　ところが、昨日の午後、亮次の病室に置き忘れた病理学の教科書を取りに立ち寄ると、検査のために亮次は放射線科まで呼び出された直後であった。その時間に検査があることを馨は知らなかったし、礼子からも教えられてなかった。馨は、亮次が検査に連れ出されたのを見計らうような格好で、病室を訪れることになってしまったのだ。

　小さくノックするとすぐ、病室のドアは開けられた。ドアの細い隙間(すきま)から見えたのは、濡(ぬ)れた礼子の顔だった。手にタオルを持っていることから、顔を洗っている最中だとわかる。ドアのすぐ左側に流しがあり、その上には十ワットの蛍光灯がともっていた。バスルームではなく、手洗い用の流しで、礼子は化粧を落としていたらしい。

　顔にタオルをあてながら、礼子は、押し殺した声で言う。

「忘れ物を取りに来たんでしょ」

「ごめんなさい、突然に」

馨もつられて声を落とした。部屋の中に亮次がいる気配はなかった。

「入って」

礼子は、馨の手を引いて部屋に導き入れ、ドアを閉めた。流しの横に立って、ふたりは鏡を前にして向かい合う。礼子は持っていたタオルで顔を拭き、馨の前に素顔を見せた。目尻に歳相応の皺が刻まれ、かえって魅力的でもある。

馨は、衝立の奥のベッドを顎で指し示し、亮次がいない訳をそれとなく尋ねた。

「たった今、看護婦に連れていかれたところなの」

「検査？」

「ええ」

「何の検査？」

「シンチグラム検査……」

言い慣れてないらしく、たどたどしい発音でそう言った。

化学療法に先立つシンチグラム検査は、造影剤を血管に注射するために、最低でも二時間ばかり時間が取られる。検査が終わるまで、部屋に入ってくる者はだれもいないはずだ。礼子と馨は、束の間、ふたりだけの個室を手に入れたのである。

検査に連れ出されたことにより、礼子は、息子の化学療法が目前に迫ったことを実感し、悄然としていた。また苦しい闘いが始まるのだ。抗ガン剤は、ガン細胞を攻撃するだけでなく正常な細胞をも傷つける。身体のだるさや、食欲不振、吐き気などに苦しむ息子の姿を見るのは、何よりも辛い。しかも、この苦しい闘いに耐えたからといって、ガン細胞が消滅するわけではなかった。細胞増殖の速度を少し押さえるだけで、決定的な時期を先延ばしにするだけである。このガンの場合、転移は避けられない運命にある。

馨は、息子を連れ去られた母親に対して、どう言葉をかけていいかわからなかった。見え透いた気休めはよけいに礼子を消沈させるだけだ。

礼子は正面から馨の目を見据えた。

「奇跡って、待っていれば来るの」

両手で馨の手を包み込んできた。癖なのだろう、礼子はすぐ手に触れてくる。

「わからない」

「もううんざりなの、こんな生活」

「おれだって同じさ」

「どうにかして、お願い。あの子とわたしを助けて。あなたならできるでしょ」

……できるもんか！

胸の中ではそう叫びつつ、しかし、決して声には出せなかった。

礼子の前髪の何本かが、水に濡れて額にくっついていた。その下で目が潤み、哀願の色が浮かぶ。今にも泣き出しそうに口許は歪み、見ているだけで愛しさが増した。どうにかして助けてやりたかった。この可憐な肉体が滅びるのを、なす術もなく眺めているわけにはいかないのだ。

すぐ横の流しでは、栓がしっかり締まってないために水が細く流れていた。ちょろちょろという音が狭い部屋に充満して、欲望を刺激する。水音によって、行為を促されているようだ。

礼子は水道の蛇口に目を向け、蛇口を締め直すために、馨から手を放そうとした。だが、馨はその手を逆に握り返し、強い力で全身を引き寄せていった。

最初のうち抗うポーズを取って、礼子は複雑に表情を曇らせた。相反する感情が肉体の内で闘う様が、肌触りで、馨には理解できた。母としての感情、そして女としての欲情。礼子を抱き締めたまま、身体の位置を変え、そのままベッドに倒れ込もうとした。ところがささやかな抵抗にあって、ベッドの縁に背中を押しつけるような姿勢で、礼子は座り込んでしまったのだ。

主人を欠いた病室のベッドに押さえ付けられ、背面に死を背負うような形で、礼子は前面から押し寄せる性衝動に立ち向かっていた。あちこちからひたひたと迫る死の影。その一方で湧き上がる性欲は、まさに生きているという証しだった。こうしている今、亮次は過酷な検査に身を晒しているのだと思うと、礼子の性欲は萎えかけた。母としての本能が、性欲を押しやろうとする。

だが、馨はそうではなかった。収拾がつかないまでに気は高ぶり、心と肉体は一体となってただひとつの達成へと向かう。

礼子が転移性ヒトガンウィルスに感染している事実など、どうでもよかった。性器の粘膜を摩擦し合う行為は、口と口を合わせるより以上の確率で、ウィルスを移すというデータも、馨の脳裏からきれいさっぱりと洗い流される。病室の床にペタンと重なり合って座り、唇と唇を重ねながら、馨は器用に礼子のブラウスのボタンをはずしていった。恋愛経験もろくろくないのに、一人前の遊び人のように振る舞う自分を不思議に感じつつ……。

馨が昨日の回想に浸る一方で、秀幸は、自分の息子だけは、この絶望的なウィルスに感染してほしくないという思いを、執拗に並べ立てていた。

……血液検査は陰性だったか？

……おまえは若いから、女には気をつけろ。

……何ごとにも十分な注意を怠らぬよう。

……いっときの誘惑に負けるな。

言葉は空しく頭上を通り過ぎてゆく。父の顔を正視できなかった。女を愛するという純な行動が、一方で父の期待を裏切っているのだ。

「おい、坊主。聞いてるのか！」

上の空で目を中空に漂わす馨に、秀幸は活を入れた。「坊主」と呼び掛けられるのは、ほんとうに久し振りだ。馨の意識は現実に引き戻されてゆく。

「心配するなってば」

そう言われても、秀幸は、疑わしそうな視線を引っ込めようとしない。

ふたりはしばらくの間、無言で見つめ合った。そうやって、言葉で得られる以上の情報を交わし合った後、秀幸は、さっきと同じように、馨の膝頭に手を伸ばしてきた。

「なあ、わかっているのか。おまえは、おれの、宝だ」

馨は父の手に、自分の手を重ねた。

「ああ、わかってるよ」

「だから、こんなことに負けるな。闘うんだ。全知力をふり絞り、おまえの、その若い身体を滅ぼそうとする敵に、立ち向かえ」

礼子からは「助けて」と縋りつかれ、父からは「闘え」と発破をかけられる。両方とも他人からの圧力だった。だが、仮に、ウィルスに感染して、転移性ガン発病の危険にさらされれば、もはやこれは他人事ではなくなる。自分の身体を守るための闘いに、自らを駆り立てる他なくなるのだ。

「ついさっき、斉木から、昔の同僚が、相次いでこの病気で倒れたというニュースを聞き、ふと思ったんだ。おれの回りにばかり、やけに多いじゃないかと」

秀幸は同じことを繰り返した。

「そうかもしれない」

馨は相槌を打った。父や自分の回りにいる人間は、なぜか転移性ヒトガンウィルスのキャリアが多い。

「何か理由があるのかもしれない」

「研究者が罹(かか)りやすいとか……」

「おまえなら得意だろう。世界の重力異常の分布図から、長寿村の存在を嗅(か)ぎ当てたぐらいだからな。いいか。日本とアメリカにおける、感染者の分布図を作ってみるんだ。あるいは職業別の感染者の割合……。集められる限りのデータを集め、統計を取れ」

「わかった、やってみるよ」

「予感がする。おれたちの回りに、この病気が多いのは、偶然ではないんじゃないかってな」

秀幸は顔を天井に向けたまま、左手をサイドボードに伸ばし、あたりをまさぐった。何かを探しているようだ。馨には、サイドボードに載った数十枚のプリントが目に入った。父よりも先に取り上げて、

「これかい？」

と示す。

一枚目のプリントには次のようなアルファベットの羅列があった。

AATGCTACTA(10)CTATTAGTAG(20)AATTGATGCC(30)ACCTTTT

CAG(40)CTCGCGCCCC(50)A……

チラッと見ただけで、遺伝子の塩基配列を示したものとわかる。

「そのプリントも、斉木が置いていったものだ」

「何の遺伝子を解析したものなの？」

「こいつに決まってる」

秀幸は、そう言って、自分の胸を叩いた。肺への転移が疑われ、検査漬けの毎日を送っている現在、転移性ヒトガンウィルスを指し示すには、憎しみを込めて胸を叩くだけでよかった。

……転移性ヒトガンウィルスの全塩基配列がここにある。

馨は、感慨を持って、アルファベットの羅列を眺めた。数十枚のプリントには、九つの遺伝子の塩基配列が記載されている。プリントを埋め尽くす数千から数千万の塩基配列が、悪魔のウィルスの設計図であった。

9

まず馨が訪れることにしたのは、『ループ』の膨大なメモリを管理している研究所である。ループという仮想空間の歴史は、620テラという容量を誇るホログラフィックメモリに分散されて保存され、二十年が経過した現在も、大切に保存されていたのだった。馨研究所に行くには、地下鉄を使うより新交通システムを使ったほうが早そうだった。

は大学病院を後にすると駅へと歩いた。

少し歩くだけで、Tシャツが汗で濡れていく。午後も早い時間とあって、乗客は少なく、そのせいで冷房が効き過ぎているように感じられた。濡れたTシャツがたちどころに冷えて、馨は肌寒さを覚える。

座席に腰掛け、ブリーフケースから、先程父親から受け取ったばかりの、転移性ヒトガンウィルスの全塩基配列が記されたプリントを取り出した。ヌクレオチド（塩基）の種類を表す、ATGC四つのアルファベットの羅列を、いくら眺めていたところで、何の役に立つというわけでもない。だが、馨には別段することがなかった。文庫本でも持っていれば、ページをめくっただろうが、あいにくブリーフケースの中に時間を潰せるものは何も入っていなかったのである。

遺伝子とは情報のひとつの単位であって、転移性ヒトガンウィルスの場合、それはたった九個しかない。ちなみに人間はおよそ三十万個の遺伝子を持っているから、その小ささが比較できるというものだ。

ひとつひとつの遺伝子は、数千から数十万に及ぶ塩基の配列で示され、三つの塩基はひとつのアミノ酸を指定する。たとえば、ATGC……、とアルファベットが三千個並んでいれば、アミノ酸が千個手をつないでタンパク質を作っていることになる。

馨はためつすがめつプリントをめくり、目が疲れると、顔を上げて外の景色を見たりした。文字が小さくて、揺れる電車の中で眺めていると気持ち悪くなってくる。アルファベットの上には、十の単位で数字がつけられている。ある塩基が、最初から何番目に位置するのか、すぐわかるようにするためだ。

その数字に従えば、九つの遺伝子を構成する塩基の数はすぐに知ることができる。

第一番目の遺伝子……塩基数　3072
第二番目の遺伝子……塩基数　39216
第三番目の遺伝子……塩基数　12288
第四番目の遺伝子……塩基数　786432
第五番目の遺伝子……塩基数　24576
第六番目の遺伝子……塩基数　49152
第七番目の遺伝子……塩基数　196608
第八番目の遺伝子……塩基数　6144
第九番目の遺伝子……塩基数　98304

それぞれの遺伝子が、塩基数数千から数十万というオーダーであった。

馨は、座席から立ち上がって、ドアのほうへと移動した。冷房の風が、さっきから身体の左側ばかりに当たっている。不自然に身体が冷えるのを、馨はことさらに嫌った。寒い思いをするくらいなら、立っていたほうがましだ。

電車のドアに身をもたせかけ、馨は、ぼんやりと礼子の顔を脳裏に描いたりした。と思うと、今度は、病床にある父のやつれた顔が浮かぶ。

今向かっている研究所は、父のかつての職場の一部をそのままの形で残したものであった。二十五年前、大学の博士課程を卒業するとすぐ、父は、『ループ・プロジェクト』の研究員として招聘され、約五年という歳月を人工生命の研究に捧げてきた。

自分が生まれる以前、父が研究していたテーマを、馨は詳しくは知らなかった。

訊き出そうとしてもなぜか口が重く、その口振りからは研究の結果があまりうまくいかなかったのではないかと推測できた。秀幸は、研究で手柄を上げれば調子に乗って大はしゃぎする一方で、失敗に対しては固く口を閉ざしてしまう傾向があった。だから、馨はそのへんの事情を察して、根掘り葉掘り訊くことはなかったのである。

だが、歳を取り、病気のせいで気が弱くなったからに違いない。ついさっき、転移性ヒトガンウィルス塩基配列のプリントを持って、父の病室を出ようとすると、

「おい、坊主」

と呼び止められ、父のほうから率先して、二十年以上前の研究テーマを持ち出してきたのだった。「おれのテーマは、生命の誕生をコンピューターでシミュレーションすることだった」

父は簡単にそう説明した。地球上の生命がどのように誕生したのかを解明するのが、長年の夢であったのだと。

だが、馨の思っていたとおり、その試みは予測できない結末を迎え、凍結されることになった。父は失敗という言葉を使わなかった。研究の過程は大成功といってかまわない。ただ、なぜあのような結果になったのか、その理由は今もってわからないという。

「ループは、言ってみれば、ガン化したようなものだ」

「ガン化」というのは、全てのパターンが特定のパターンだけに吸収され、多様性を欠いて停止してしまうことである。

馨は、ぼやきに似た父の言葉を聞いても、何のことかまるでわからなかった。進めていた研究の方法論や全体が見えないのだから、わからないのも無理はない。

ひとつには、父が昔手掛けていた研究を知りたいという欲求があった。もうひとつには、研究所の父の同僚が、転移性ヒトガンウィルスによって、ほとんどが死に絶えてしまったという事実が、偶然か否か、確認してみたいという欲求があった。

だから、研究所を訪れてみたいと言ったのは馨が先である。父は、存命中の研究員の名前を馨に教え、ことがスムーズに運ぶよう手筈を整えてやるのが精一杯だった。

父からの連絡は今ごろ既に、研究所の人間に届いているはずだった。出向きさえすれば、馨は丁寧に応対されるに違いない。

馨はそこで、何気なくプリントに目を落とした。

転移性ヒトガンウィルスの九つの遺伝子をコードする塩基数が、どことなく胸に引っかかってくる。四桁から六桁の数字がプリントの上で九つ並んでいた。数字は、すべて遺伝子の塩基数を表している。

3072
39216
12288
786432
24576
49152
196608
6144
98304

馨は、数字に関して、特異な能力を働かせることができる。その能力が、警告を発しているらしいのだが、今ひとつポイントを絞りきれない。

……九つの数字には共通点がありそうな気がする。

それは確信できる。直感が強く働きかけてくるのだ。

気分転換に、馨は窓外の景色を眺めた。両側に超高層ビルが林立し、その隙間(すきま)を縫って、流線形の車両は音もなく走っていた。

駅のホームに入りかけて、電車はスピードを落としていった。建築中のビルの向こうに、原色に塗装された派手なビルが見える。

地上三百メートルにまで伸びた四棟の超高層ビル群は、有機的に関連し合って、ひとつのタウンを形成していた。ビルの名前は、あまりに有名である。

……スクエア・ビル。

スクエア……、正方形という意味がある。それ以外にも……。

馨ははっとしてプリントに目を戻し、九つ並んだ数字に意識を集中する。

「そんな、ばかな」

小さく声をあげていた。スクエアには平方（2乗）するという意味もあり、その連想から、はたと思い至ったのだ。

3072　2の10乗×3
393216　2の17乗×3
12288　2の12乗×3
786432　2の18乗×3
24576　2の13乗×3
49152　2の14乗×3
196608　2の16乗×3

6144　2の11乗×3
98304　2の15乗×3

驚くべきことに、九つ並んだ数字がどれも2のN乗の3倍になっているのだ。

馨は頭の中で素早く計算した。四桁から六桁の数字をアトランダムに九個並べ、それがすべて2のN乗の3倍になる確率はどれほどのものだろうかと。六桁までの数字の中に、2のN乗を3倍した数字はたった十八個しかないのだ。

正確な数字を出さなくとも馨にはわかった。確率は限りなくゼロに近い。

……なぜ、このウィルスの遺伝子は、（2のN乗×3）個の塩基配列になっているのだ？

限りなくゼロに近い確率の壁を超えて、九つの数字が並んだとしたら、まず偶然はありえなかった。意味があると疑ってかかるべきだろう。

確か、十年前、父親と議論していたときも同じ結論に至ったように思う。あのときのテーマは、やはり、生命誕生の謎だった。それにジンクス……、偶然の裏には、裏で糸を引く存在があると考えたほうがいい。

アナウンスが、電車が目的の駅に到着したことを告げていた。どこか遠くからの声のように聞こえる。

馨は、ドアから弾き出されて、ホームに立った。駅から研究所まで、父の言葉を信じれば、歩いてほんの十分のはずである。

亡霊のような顔で、暑いホームへとさまよい出た。冷えきった車内からうだるような暑さへの、急激な変化が身体を疲れさせる。

馨は手に握ったままのプリントをブリーフケースにしまい、教えられたとおりの道順を研究所へと向かうのだった。

10

駅からの距離はそう遠くなかったが、なにしろ坂が多いため、研究所に着いたときは汗まみれになっていた。大使館裏の古めかしいビルの前に立って、馨は、メモしてきた住所と見比べた。間違いなさそうだ。このビルの四階と五階が、『ループ』のデータを管理する研究所のはずである。

馨はエレベーターで四階に上がって、受付で天野(あまの)という人間を呼んでもらうことにした。秀幸から教わってきた名前である。

……研究室に着いたら、まず天野という男を呼んでもらえ。おれから話を通しておく。

秀幸はそう言って何度も念を押した。

受付の女性は、手元のインターホンを取り上げて来客の意を伝えた。

「二見(ふたみ)馨さんという方がお見えですが……」

手短にそう言うと、受付嬢はにこやかな顔を馨に向け、「しばらくお待ちください」とホールに置かれたソファを指差す。

馨は、ソファに腰をおろして、天野という男が来るのを待った。その間、せわしなくあたりを見回し、父が二十年以上も前に在籍した職場がここなんだなあ、と感慨を深くした。自分が生まれる前、父は毎朝、今見ているこの受付の前を通って、研究室に入っていったのだろうか。

「お待たせしました」

まったく予期しない方向から、声が響いてきた。受付の向こう側、フロアの奥のほうから天野が現れるとばかり思っていたのに、逆にエレベーターホールからの登場となった。

馨は、立ち上がって、ぺこりと頭を下げた。

「はじめまして、二見馨です。父がいつもお世話になっております」

「いえいえ、お世話になったのは、こっちのほうですよ」

天野はそう言って名刺入れから名刺を一枚取り出して、馨に渡した。医学生の馨はもちろん名刺などなく、一方的にもらうばかりであった。

研究所の名称の下に、医学博士という肩書きが記され、名前は「天野徹（とおる）」とある。一応コンピューター系の体裁を取る研究所にあって、医学博士という肩書きが奇異に思われた。しかし、考えてみれば、父の秀幸も医学部の出身である。そう変なことでもないのだろう。

「ご専門は？」

馨が尋ねると、天野は、両頰（ほお）にえくぼを浮かべてにこりと笑った。

「微生物学です」

天野は、小柄で華奢な身体つきだった。父の二年後輩というから、四十代後半のはずだが、とてもそんな歳には見えない。三十代半ばといっても十分に通用するだろう。

「すみません、お忙しいところ」

「いえ、どうってことありません。さ、それじゃご案内しましょう」

天野は、馨をエレベーターへと導き、上の階のボタンを押した。

上の階にも同じような受付があったが、天野は馨を伴って受付を素通りしていった。

案内されたのは、二十畳程の広さの個室だった。両側の壁一面が書物で埋まり、デスクの上には数台のパソコンが置かれてある。

天野は自分の椅子に腰をおろし、来客用の椅子を馨にすすめた。

「二見秀幸先生の研究内容を詳しくお知りになりたいとうかがってますが」

「はい、そうです」

「ところで、先生、お身体の具合、いかがですか」

天野は、社交辞令でなく、心から心配している様子である。肺への転移が確認されれば、症状は絶望的といっても近い。馨は適当に言葉を濁した。

「ええ、まずまずです」

「先生からはいろいろと教えていただきました」

天野は過去を懐かしむ表情をして、続けた。「でもここ数年で変わっちまってねえ。なんだか、閑散としてきちゃった」

閑散としてきたのは、研究所のことだろうか。そういえば、馨は、受付の女性と天野以外に、研究所で人の姿を見かけていない。馨は、その理由が、転移性ヒトガンウィルスにあるのだろうかと訝（いぶか）った。

「父から聞いております。『ループ』の研究に携わってきたみなさん、ガンで亡くなられた方が多いとか……」

「実際、多いですね」

「何か、理由があるのでしょうか」

「さあ、その点に関しては、まだ何の言及もなされてないんじゃないかな」

馨には単なる偶然と思われなかった。もし、何らかの因果関係が発見されれば、ウィルス性ガンを治療する画期的な方法を発見できるかもしれないのだ。

「最初の患者が発見されたのがどこか、ご存じですか」

微生物学の博士である天野なら、そういったことに詳しいはずである。

「従来型のガンとの区別が難しいので、統計は取りにくいんですが、転移性ヒトガンウィルスが最初に発見されたということであれば、アメリカの患者ですね」

馨も、転移性ヒトガンウィルスの発祥地がアメリカらしいという噂（うわさ）は聞いていた。

「アメリカのどこですか？」

「ニューメキシコ州アルバカーキに住むコンピューター技師です」

そう言うと、天野は顔をしかめた。奇妙な符合に気づいたのだ。世界で最初に転移性ヒトガンウィルスが発見されたのが、コンピューター技師の体内からであったという事実。そして、コンピューター関連の当研究所に所属する研究員の罹病率（りびょうりつ）が、一般的な割合に比して明らかに高いという事実。だからといって、偶然で説明できる範囲を超えるものではないのだが……。

天野が顔をしかめたのは一瞬に過ぎなかった。「おやっ」と感じた程度で、特別な理由をつけるには値しないと思い直し、打ち消したようなのである。

そういった心のうちを表すように、天野は勢いよく立ち上がった。

「そうそう、ひとつ大昔のビデオでもご覧になりますか」

「ビデオ……」

馨は理由もなく、身構えた。

「二見先生のスタッフが制作したものです。研究のテーマや方法をわかりやすく説明するためにね。あちこちに働きかけて予算をうまく引き出すのも仕事のうちです。プロモーション用のものですが、『ループ』の目的が何なのか、てっとり早く理解するにはこれが一番です」

天野は、先に立ってドアから出ると、「さあどうぞ」

と馨を促した。

各研究室を取り巻く回廊状の廊下を半周して、天野は、ソファとテーブルの置かれた、応接室ともとれる部屋へと馨を案内した。

研究所のちょうど中央に位置するためか、部屋には窓がひとつもなかった。研究所の応接室というより、アートギャラリーを思い起こさせる室内調度品の数々。壁には現代芸術を写した写真や、絵画が額に入れて飾られてあった。

一際異様なのは、東西南北の壁にそれぞれ一枚ずつ、まるで魔除けのように、縦横高さをぴたりと同じ位置に合わせて、同じ大きさの額が掛けられていることであった。額の中には写真を使った現代絵画が収まっている。

馨の目は絵に釘付け(くぎづ)になった。直方体の形をしたモダンアートを、前後左右の方向から写真におさめてデフォルメしたものらしく、ぐるりと眺め渡すと、一個の角張った創造物の中に、自分自身が取り込まれてしまったような印象を持つ。不思議な気分だった。モダンアートのオブジェには、丸みを一切欠いた、冷徹で硬いイメージがある。さらに、現物ではなく、その絵画を四方の壁に寸分違(たが)わずに配置するという趣味。その几帳面(きちょうめん)さは、絵によって強制されているかのようだ。

馨は絵に顔を近づけて、制作者の名前を読み取ろうとした。外国人の名前がサインされているがうまく読み取れない。C……、Eriot……。

「さあ、どうぞお座りください」

背後から、天野の声がして、馨ははっと我に返った。

天野が指差すソファに腰をおろすと、すぐ正面に32型のテレビが現れていた。キャビネットに埋め込まれていたものを、天野が引き出したらしい。

天野は、さらに横のキャビネットを開け、ビデオテープを一本取り出してきた。ビデオテープの背にはラベルが貼られ、タイトルが大きく記されている。馨は、素早くそのタイトルを読んだ。

『ループ』

一際大きく記されたそのタイトルを、馨は見逃すはずもなかった。

11

ビデオテープは、人工生命の概念についての説明から始まっていた。一般向けに制作されたビデオテープのため、まずは基礎的な押さえが必要だろうという配慮からである。

天野は、馨のほうに顔を向け、笑いながら、

「飛ばしましょうか」

と訊いてきた。二見秀幸の息子である以上、人工生命がいかなるものであるかぐらい正確に把握しているだろうと見込んでのことだ。馨は、首をたてに振って、早送りをしてくれるように頼む。

テレビ画面には、様々な幾何学模様が生成し、パターンを変えながら点滅し、流れ去ってゆく様が映し出されていった。

人工生命といっても、実験室の中でバイオ技術を駆使してＤＮＡを切り貼りし、人工の

モンスターを誕生させるのとは訳が違う。コンピューターを使ってのシミュレーションであり、実際の生命と同様の、人工的な生命がモニター上に浮かんでは消えていくのであって、クローン等を誕生させる技術とは異なる概念である。

人工生命発想のきっかけは、前世紀の終わり頃に一般化されたライフゲームであるといっても過言ではない。ライフゲームというのは、その名の通り、コンピューターを使ったゲームである。

初期のものは、まるで碁盤の上で遊んでいるような具合であった。

コンピューターのモニター上に、二次元平面の碁盤の目を作り上げ、各マス目のことをセルと呼ぶことにする。セルは、「生」と「死」のふたつの状態を取ることができ、それを「黒」と「無色」で表現する。すると、碁盤目の上には、生きているセルだけが、黒い点となって表されることになる。おのおののセルは、上、下、左、右、右上、右下、左上、左下、と八つのセルで囲まれている。ここで、各セルの間にルールを決めてやるのだ。例えば、ある「生きている」セルに、二つか三つの「生きている」セルが隣り合っていると、そのセルは次の世代で「生き残る」ことができ、それ以外の、周囲に「生きている」セルがゼロか一つ、あるいは四つ以上ある場合、そのセルは次世代で「死」ぬことになるというふうに……。

さて、最初に「生きている」セルと「死んでいる」セルを適当に決めておき、次世代、次々世代、次々々世代といった具合に時間をデジタルに進ませていくと、世代を経るごとにセルは「生きたり」「死んだり」を繰り返すことになる。周囲に二つか三つのセルがあれば、「生きている」セルに助けられて「生き残る」ことができ、ゼロか一つでは寂しさのあまり、四つ以上では人口過密のため、セルは「死」を余儀なくされてしまう。「生きている」セルは無数にある碁盤目の中で黒い点で表されるため、世代を経るごとにモニター画面はモノクロの模様（パターン）が変容していくことになる。

　原理は実に簡単であるが、実際に動かしてみると、様々なパターンが生じて、示唆に富む結果を産むことになる。ある一定の世代を経ると、碁盤目を斜めに移動していくパターン。振動だけを繰り返すパターン。変化することのない安定したパターン。パターンどうしは互いに干渉し合い、まるで生き物のように碁盤目上で姿を変えていく。その変化は、すべてのセルが「死に絶える」か、パターンが固定して動かなくなるまで続くことになる。

　こういったライフゲームの概念を推し進めるうちに、研究者たちは、コンピューターの中に生物の気配を嗅ぎ始めるようになっていった。生命の定義はまず第一に自己複製である。ライフゲームにおいて、自己増殖するパターンが実際に発見されるや、ここに地球上の生命進化や発生の謎を解くカギがあるのではないかと、様々な分野の研究者が、知恵を寄せ合うことになったのである。

　医学部出身の二見秀幸が、人工生命の研究者としてコンピューターを扱うようになったのも、背景にこういった流れがあったからだった。おそらく、微生物学者である天野がこの研究所に在籍するのも、理由は似たりよったりではないか。各ジャンルの垣根を取り払い、よりダイナミックな交流をしなければ、当時の科学はやっていけないところまできていたのである。

天野は、早送りしていたビデオを適当なところでストップさせ、プレイボタンに切り換えた。

「さて、ここからがいよいよ『ループ』の研究テーマです」

テレビ画面には、秀幸の顔が映し出された。結婚して間もない頃の、若々しい父の顔を見て、馨は、懐かしさのあまり、胸が締め付けられる思いがした。髪も豊富にあり、全身に情熱と自信がみなぎっている。筋肉の張りが、服を通してでもうかがい知ることができた。

考えてみれば、自分が生まれる以前の父の映像を見るのは、これが初めてだった。予期せず現れた映像だけによけい、馨は、不意をつかれて動揺してしまった。

打って変わって、画面には広大なアメリカの砂漠地帯が映し出されてゆく。はるか以前に計画は中止され、使われなくなった直径五十キロにも及ぶ超伝導超大型加速器の航空写真による外観から、その内部の模様を、カメラはとらえていた。無用の長物と化したリング状の巨大研究施設の内部には、膨大な数の超並列スーパーコンピューターが並んでいる。砂漠の地下に眠るコンピューターの数は実に六十四万台、まさに圧巻の光景であった。

場面は突如、超高層ビルが林立する東京へと変わった。カメラは地下へと潜ってゆく。現在は使われなくなった地下鉄のトンネルが蜘蛛の巣のように張り巡らされた地下の迷路……。そこにもまた六十四万台の超並列スーパーコンピューターが設置されている。一年を通して温度差が少なく、湿気も少ない地下という環境は、コンピューターを設置するのに最適である。

日米合わせて百二十八万台という想像を絶する数の超並列スーパーコンピューター群が、『ループ』を支えるのだ。

再び、画面には秀幸の顔が現れた。『ループ』を動かすハードを見せてから、ソフト面の説明に入るつもりであろう。

秀幸は、コンピューターのモニターを指差し、細胞の分化が記号を使って表現されていく様子を、ひとつひとつ言葉を切り、丁寧に説明していた。普段の父は、早口にまくし立てるタイプであったが、画面に登場する父は、自信を保ちながらも、恥ずかしそうにカメラから目を逸（そ）らしている。初々しい父の姿が微笑（ほほえ）ましかった。

今、秀幸が説明している内容を、馨はとっくに理解していた。二十年以上も前に進められていた研究を、現在の時点で理解するのはかなり容易な作業である。

追究しようとしたテーマに、研究者たちはどのような方法論で立ち向かおうとしたのだろうか。具体的な映像を見るのはこれが最初であり、興味はかき立てられる。

父が指差すモニターには、ある生物細胞の発生が流れを追って描かれ、その横には記号を使ってまったく同じように人工的に再現した図が、描かれていた。自然の細胞と、人工的な細胞の並列。時間を経るにしたがって、両者は、ほぼ同じ形状に、形成されていく。

実際の生物が形成されていく過程が、記号の書き換えとして、コンピューターでシミュレーションされていた。これに様々なアルゴリズムを組み合わせると、モニター上に生物の形が出現されてくる。

さて、日米共同の巨大プロジェクトとして『ループ』が立ち上げたテーマとは、コンピューターの仮想空間に生命を誕生させ、DNA情報を次世代へと伝えながら、突然変異や寄生、免疫などのメカニズムを盛り込み、地球生命の進化を模した独自の生物界を作り上げること……、簡単に説明すれば現実とそっくり同じ、もうひとつの世界を作り上げることであった。

天野は、そこでビデオテープを一旦停止させ、馨のほうに顔を向けた。

「ここまでのところで、何か疑問はありますか」

馨は顔を横に振ろうとして、

「そうですね」

と声を上げた。「この研究は、実際にはどんな分野で役立つはずだったのですか」

さっきから疑問に思っていたのは、研究の費用がどこから出て、どういった分野への応用が可能なのかということである。予算は国家的な規模に上るはずだ。地球生命誕生の謎や進化のメカニズムが解明されれば、純粋に学問的な好奇心は満足できるだろうが、金儲けの役に立つとは思われない。

「かなり先まで見通していましたよ。目先だけ追っていては、将来はたかが知れていますから。基礎的な研究で裾野を広げておけば、先の展開で何が飛び出すかわからない。応用できる分野はそれこそ無数にありました。医学、生理学を始めとして、生物学、物理、気象学……。理化学分野だけではなく、株価の動向から、人口増加という社会科学の問題にまで言及できるはずでした」

天野はそう言って笑った。

実際、ループの研究成果は各方面に多大な利益をもたらしたのである。地球環境や生態系の均衡が破れる限界点がわかり、その制御理論が打ち立てられたり、個体発生や脳の発生の過程において、どこで意識が出てくるのかの研究が画期的に進んだりした。いくつかの難病の治療方法が明らかになり、医学生理学における貢献も大きかったのである。

後半は、主に、方法論の説明に費やされていた。カオス、非線形性、Lシステム、遺伝的アルゴリズム等の理論を応用して、プログラム自体が学習し、進化していく複雑なメカニズムを、図柄を使ってわかりやすく説明する。

例として、細胞分裂の映像が断片的に差し挟まれていた。一個の細胞が分裂し、さらに分裂を繰り返すうちに、一匹の生物として成長し、脈動しながら画面を横切っていく様が、早送りの映像のように展開する。ネットワークがダイナミックに形成されていく過程は、まるでガン細胞に毛細血管が大挙して伸びていくようだ。機械的なシミュレーションとわかっていても、それはどう見ても生命そのものであった。

方法論を詳しく述べ、導入部分を提示したところで、ビデオテープは終わっていた。これ以降のことは、現実の研究過程を見守ってほしいということらしい。

馨には、十分に説得力のあるプロモーションビデオと感じられた。

生命の誕生と進化をコンピューターでシミュレーションすること自体、なにも珍しいことではなく、世界で幾度となく行われてきた。しかし、これほど複雑かつ綿密に、無数のパラメーターを盛り込んだプログラムは、初めての試みなのではないかと、馨は驚きを覚える。

生命誕生以来、四十数億年に及ぶ進化の歴史を、把握可能なデジタル時間に凝縮しようという実験なのである。数十億年という時間は、コンピューターの中で十数年という時間に短縮されるけれど、世界の様相が、仮想空間に完璧に再現されることになるのだ。

馨は、これ以降の研究の流れに興味を抱いた。

「で、『ループ』はどこまで進んだのですか」

馨は、テープを巻き戻しにかかっている天野に尋ねた。

「二見先生からお聞きになっていないのですか」

「聞いているのは、パターンがガン化したという結果だけです」

天野は困惑気味の表情を浮かべていた。

「ま、そんなところです」

「経過をもっと詳しく知りたいのですが」

「おわかりかと思いますが、時間が無限ならともかく、見るだけであなたの一生は簡単に終わってしまう」

馨は、わざとらしく溜め息をして見せた。

「わかりました。ちょっと部屋を移動して、コーヒーでも飲みながら話しませんか。こっちも、二見先生の近況など知りたいところです」

天野は馨を、新しい部屋へと案内した。最初に案内された個室ではなく、スチール机とパイプ椅子が並んだ、研修やミーティングに使われそうな殺風景な部屋である。壁にはモダンアートの代わりに世界地図が貼られ、学校の教室を小さくしたような、何の変哲もない部屋だった。

テーブルに向かい合って座っていると、どこからともなく受付の女性が現れて、コーヒーをふたつ置いていった。

使い捨てのコップから湯気がたち昇り、コーヒーはいかにも熱そうだ。天野は、両手で包み込むようにしてホットコーヒーを口に運んだ。窓のない部屋は、冷房が効き過ぎている。話を聞くのに夢中なあまり、馨は研究所の寒さに無頓着になっていたらしい。寒そうにコーヒーを口に運ぶ天野の格好を見て、馨はようやく、腕に鳥肌がたっているのに気づいた。

天野は、コーヒーを口に運びながら、仮想世界の歴史を話し始めた。

天野の口調は、昔話を語り聞かす老人のようであった。シミュレーションの過程を物語として語るのは、もっとも原始的で簡単な方法だろう。しかし、馨には違和感がなかった。

いくらシミュレーションとはいえ、生命の歴史である以上、物語の要素を含んでいるのは当然だからだ。

そのせいもあって、馨は心地よく、天野の語る歴史に浸ることができた。地球の歴史を再体験するのは、けっこう楽しいものである。しかし、楽しさを感じられたのは、ラストに至る直前までであった。

12

「…………、自己増殖可能な意味のあるRNAを植えつけてからも、しばらくの期間、平板な、混沌(こんとん)とした世界が続きました。ひょっとしてこのまま何の変化もないのかと、スタッフの一部には嫌なムードが漂ったとのことです。しかし、楽観論を持っている人間も何人かいました。実際の生命も同じような展開をしてきたからです。原始生命が誕生して、約三十億年は進化の様相を見せることはなく、単細胞生物のままほとんど変化はありませんでしたから。

予想どおり、ちょうど現実の生命がカンブリア紀に大爆発を起こしたごとく、ある日を境にして、突如複雑な生命が出現し始めました。なぜ、この時期になって、急に多種多様な生命が現れたのか、理屈では到底説明できません。単細胞生物と同様のごく単純な生命が、多細胞生物を生み出していくメカニズムは、現実の地球で起こった経過と瓜(うり)二つであったといいます。

ここで発生した生命は、その後に展開する生物世界すべての原形となるものでした。ある生命は、同じ形態を保持したまま自然消滅していき、ある生命はさらに複雑なものへと進化を始めました。系統樹は枝分かれし、寄生や共生という現象も現れ、興味深い動きかたをする生命が生じてきました。ミミズに似て、地中をのたくるような動きかたをするもの。海中を素早く移動して動くもの。鳥類のように空間を飛翔するもの。あるいは、完全な停滞に支配され、単細胞のまま進化をすることをやめてしまった生命。これは恐らく細菌やウィルスにたとえることができるでしょう。図体だけは大きくても移動することのない生命は、地球上と同じく樹木の形態を取っていきました。

ひとつひとつの生命はもちろん遺伝子に相当する情報を持っていて、増殖をするたびに、ある一定の割合でエラーが生じ、突然変異を起こしてよりよい方向に進化したり、停滞したり、消滅したりしていくのです。自然淘汰、あるいは生存競争の論理が十分に盛り込まれている。

そういった過程の中で驚かされたのは、性の誕生としか考えられない現象が生じたことです。自然界においても、なぜ雄と雌に枝分かれしたのかは謎とされています。この世界でも、明らかに雄と雌としてとらえなければ説明できない、ひとつの分岐が生じたのです。

ある単純な生命は、同種との交尾なしの増殖が可能だけれども、複雑な形態の生命は、同種間における交配なくしては新たな自己複製ができないようになっていったのです。予想されたとおり、性別を手に入れたことにより、遺伝情報はよりダイナミックに組み替えられて次世代に伝わり、多様性を手に入れ、進化の速度も増しました。

誤解なさらないように。わたしは実際に見たわけではありません。先輩たちが話しているのを聞いただけです。

でもなんだか、わくわくしますよねえ。コンピューターの中で進化した人工生命が、セックスをするなんて、おもしろいじゃありませんか。

カンブリア紀の大爆発をきっかけに、生命は素晴らしい勢いで、複雑なパターンへと変化していきました。恐竜に似た巨大な生命が現れたかと思うと、あっという間に滅亡していきました。

その後に現れたのは、次世代の情報を親世代の内部であたため、ある程度成熟するのを待ってから、分裂していく生命でした。おわかりでしょう。哺乳類の登場です。

それからしばらくして、とうとう、人類の祖先と思われる生命が出現してきたのです。

わたしはそのシーンだけ抜き出して見たことがあります。

イメージできますか。全体としてオランウータンの動きに似ているのです。試行錯誤を繰り返しながら、歩行は次第にスムーズになり、初めのうちに見られたぎこちなさが取れていきました。

内部に宿す遺伝情報は膨大になり、おそらくこれが人類ではないかと思われる生命が、その直後に登場します。

それは明らかに自分を意識し、知能を持っていました。というのも、生命同士がなんだか信号のやりとりをしているような気配がうかがわれてきたからです。

0と1のデジタル信号を交換することにより、生命が扱うことができる情報量は明らかに増えていきました。結果として生き残る率も高くなった。これはもう言語を手に入れたとしか考えられなくなりました。

生命同士がやりとりする0と1の羅列を分析した結果、彼らが行っている情報のやりとりが、言語として翻訳できるようになってきました。ループ内部の生命にしてみれば、二進法でやりとりしているつもりはさらさらなかったでしょう。わたしたちと同じような、複雑な言語を使っていると意識していたはずです。

彼らの言語が分析され、自動翻訳機を使って理解できるようになると、世界はさらに面白みを増したといいます。どのシーンをディスプレイの三次元映像に映し出しても、まるで自分が映画の登場人物になったような気分になってくる。

人工の生命は、自らの歴史を作り始めたのです。似た者同士が寄り集まって集団を作り、国家間で闘争したり政治的な駆け引きを行ったりもしました。文明を進歩させ、我がもの顔で、世界をデザインしていったのです。その様子は、人間の歴史そのものを見ているようであったと言われています。

その代わり、歴史が進むにつれて情報量は増え、時の流れはゆっくりになっていきました。コンピューターの計算能力に限界があったからです。

地球誕生以来最初の三十億年は、半年間コンピューターを動かすだけで進みました。ところが生命が誕生するとその速度は徐々に遅くなっていった。そして、人間とまったく同じ知的生命に進化すると、最終的にはループを数百年進ませるのにコンピューターを二年も三年も動かさざるを得なくなってしまいました。

研究所のスタッフにとって、この仮想世界『ループ』は認知可能です。でも、『ループ』に生きている知的生命が、創造主であるわれわれを認知するのは、絶対に不可能なのです。彼らにとって、われわれはまさに神そのものでしょうねえ。ループの内部にいる限り、彼らは世界の仕組みまでは理解できない。唯一可能になるとしたら、外部に出ること。ほかにはあり得ません。

文明の成熟は見事でした。彼らの作り出した街には、歓楽街のネオンサインが点滅し、音や色彩が氾濫(はんらん)していきました。様々なメディアが出現して情報は迅速に広がり、人々は音楽や文字を使った芸術を存分に楽しむ生活を送っている。もう、われわれの生活とほとんど変わることはない。モーツァルトやレオナルド・ダヴィンチそっくりの芸術家も存在し、現実の歴史に刻んだと同じ役割を果たして、文化に彩りを添えていったのです。美しいと同時に退廃のムードを漂わせ、あるスタッフはうっとりと見入り、またあるスタッフは滅亡の予感めいたことを口にするようになりました。なにか予期せぬことが起こりそうな兆候はあちこちに見られたのです。

そして、予感はみごとに的中しました。ループという生命世界全体がガン化し始めていったのです……」

そこまで話すと、天野は、一呼吸おいて、コーヒーカップを口許に寄せた。コーヒーカップが空なことを知りながらの、手持ちぶさたを補う行動であった。煙草を吸う人間なら、ここで煙草に火をつけたことだろう。

「ガン化とは？」

天野は、両肩を軽く上げ、手を広げて見せる。お手上げのポーズのつもりだろう。

「ループの生命界は、同一の遺伝子のみに占められ、多様性をなくし、滅亡の道を辿ったのです」

馨は、いつもの癖で、顔を天井に向けた。天野が語った内容を、頭の中で整理してみたかったからだ。

超高速スーパーコンピューター内部に、現実には存在しない、三次元の仮想空間を作り上げ、その空間を『ループ』と名づけた。『ループ』内部の生命からすれば、無限といってしまって構わない、宇宙規模の広大な空間である。さらに原始の地球と同じになるように土壌を整え、地形を一致させ、物理条件を等しく設定した。数学的に見て、現実の地球とまったく共通の公式や論理に支えられる世界。重力加速度や水が沸騰する温度だけでなく、風景までが現実とすべて同じなのである。

炭素（C）、水素（H）、ヘリウム（He）、窒素（N）、ナトリウム（Na）、酸素（O）、マグネシウム（Mg）、カルシウム（Ca）、鉄（Fe）……など、百十一の元素は、その性質を踏襲したパターンで鏤められていた。たとえば、ふたつの水素原子（H_2）と酸素原子（O）

が一緒になると水（H_2O）という分子になり、窒素分子（N_2）と反応するとアンモニア（NH_2）になるといった具合に、地球を取り巻く宇宙となんら変わることがないように、ルールを決めておくのである。

もともと、ふたつの水素原子と酸素原子が合わさるとなぜ水になるのかという理由は、この世に存在しない。ルールとして決められているからとしか言えない問題なのである。だれがルールを決めたのか、敢えて名を上げれば、神という以外にないだろう。

『ループ』における進化の様相が、実際の生物界の進化と同じなのは、最初に誕生させたRNA原始生命にその原因があるとも思われた。というよりも『ループ』自体が、現実の世界を模して、物理条件をそっくり同じにしたのだから、かつての進化の道筋からはずれることもなかったのだろう。

『ループ』の研究目的のひとつは、実際の進化の過程を辿ることでもある。仮に、『ループ』が現実の進化をそっくり辿ったとすれば、『ループ』の結果は未来を予測していることになってしまう。

そこで馨の背筋には悪寒が走った。そう、『ループ』には、地球生命の今後を予測するという意味あいが含まれていたのだ。その結果が、全生命のガン化。

……なんてこった。今の状況とそっくりじゃないか！

ガン細胞は、傍若無人に増殖し、雌雄もなく、おまけに不死である。まだ全世界で数百万規模の患者しか出てないが、転移性ヒトガンウィルスの突然変異や爆発的増殖により、患者数が急増しないとも限らない。『ループ』の顚末とそっくり同じだった。これは偶然なのだろうか。それともやはり『ループ』は未来を正確に予測したことになるのか。

今、馨の目の前にいる天野は、現実と『ループ』の結末が似ていることを、科学的に関連づけてはいないようだ。当然だろう。こんなばかげたことを信じる人間など、そう簡単にいるわけがないのだ。

驚きを無理に隠し、馨は冷静さを保ちながら尋ねた。

「ループの生命がガン化した原因はどこにあるのでしょうか」

天野は、きっぱりとした口調で言ってのける。

「そりゃもう、なんてったって、『リングウィルス』の出現です。『リングウィルス』は、まったく我々に理解のできない、魔法を使ったかのような方法で出現しました」

「たったひとつのウィルスが、『ループ』上の全てのパターンに影響を与えた、と」

「そうです。一匹の蝶の羽ばたきが、世界の気象を変えてしまうほどですから、まあ、あり得ないこともないでしょう」

蝶の羽のほんの小さな動きが、世界の気象に影響を及ぼすという譬えはバタフライ効果と呼ばれている。『リングウィルス』の出現によって、『ループ』の運命が大きく変わってしまったとしても不思議はない。

しかし、奇妙なのは、なぜ『リングウィルス』が出現したのかということだ。

「『リングウィルス』出現の謎に関して、何か仮説はあるんですか」

「たとえば、研究スタッフのだれかが、プログラムに介入したとか……」

「仮説ですか」

「いや、セキュリティは完璧でしたから」

「じゃコンピューターウィルスの侵入は……」

「可能性がなくはない、実際、その説を取る意見がもっとも多かったと言います」

天野は、どこか気にかかることがあるらしく、考え込む仕草をした。

「失礼ですが、当時の研究スタッフの方で、現在でも、連絡を取れる方は……」

天野は力なく笑った。

「わたしだけですから、生存者は」

言ってから、天野は、しまったという表情で口に手を当てた。二見秀幸はまだ死んだわけではない。馨は気にもとめず、苦笑いを漏らす。

天野は、あわてて言葉を補った。

「わたしにしたところで、このプロジェクトに参加したのは終了間際だったんです。プロジェクト全体の産みの親でもある、クリストフ・エリオット氏を訪ねるのが一番手っ取り早いんでしょうが、彼は現在世間から身を隠していますし……」

天野は、意味ありげな視線を馨に投げてから、先を続けた。「そうだ、アメリカ人の研究者なんですが、かなり中央部にいた人間をひとり知っています。なんだか癖のある人物らしく、チームワークが乱れたそうですが」

「名前はわかりますか」

「ちょっとお待ちください」

天野はそう言い残して、部屋を出ていった。数分後、戻ったときは、小脇にファイルを抱えていた。ファイルをめくりながら、

「ああ、ありました」

とつぶやき、上目遣いで馨を見る。「ケネス・ロスマンです」

「ケネス・ロスマン……」

馨は名前を繰り返した。父の古くからの友人である。五年前、家に遊びに来た折には、マンションのバルコニーに並んで立ち、東京湾を背景に写真を撮ったりもした。研究発表を兼ねて来日した際、以前からの友人であった父の家に立ち寄り、数日間滞在したのである。

ロスマンと過ごした数日間は、馨の記憶に深く刻まれていた。痩せた顎から山羊のように髭を垂らして、首といわず手といわずいつもジャラジャラと金の鎖を巻き付けていた外見もさることながら、科学談義の途中、シニカルな笑みを浮かべ、どきっとするほど悲観的に将来を分析する論理の切り口が印象的であった。

「この人物のことは、二見先生から何か？」

「ええ、父の友人です。ぼく自身、五年前に一度お会いしたことがあります。顎の髭がとても印象的な方でした。彼は今どこに？」

天野は再度ファイルをめくった。

「この資料によれば、十年前、ケンブリッジから、ニューメキシコ州のロスアラモス研究所に、研究の場を移したとあります」

ニューメキシコ州……、その地名は、聲の脳裏に電流を走らせた。部屋をぐるりと見回して立ち上がり、壁に貼られた世界地図の前に顔を近づける。

……ニューメキシコ州、ロスアラモス。

その場所を指で押さえる。十年前から、一家で出かけようと計画した場所、ニューメキシコ、アリゾナ、ユタ、コロラドの州境からほど近い距離にある。

ケネス・ロスマンは、十年前に、ロスアラモスに移動している。しかも、転移性ヒトガンウィルスによる最初の犠牲者が出たのが、やはりニューメキシコ州からであるという符合……。

聲は強く両目を閉じた。やはり彼の地に重大なヒントが隠されているような気がする。

「彼と連絡が取れますか」

祈るような気持ちで、聲は訊いた。ところが、天野は、素っ気なく、

「無理でしょうね」

と言ってのける。

「え、なぜです？」

「最後に連絡があったのは半年前でした。気になる台詞を残したまま、連絡が取れなくな

ってしまったんですよ」

「気になる台詞とは？」

「転移性ヒトガンウィルスの正体がわかったかもしれない、カギを握るのはタカヤマだ……、なんだか思わせぶりな台詞でしょう」

「タカヤマ……、人の名前ですね。一体だれなんです」

「簡単に説明します。ループにおけるガン化は、原因不明のウィルスの出現と、それを軸に展開されたある事件をきっかけにして生じました。その事件の中心にいた人工生命が、高い山という意味で、タカヤマと呼ばれていました。彼を含め、浅い川という意味のアサカワ、山の村という意味を持つヤマムラ……、この三つの人工生命が、ループのガン化に関して、重要な役割を果たしたことが判明しています」

「人工の生命にも名前がついているのですね」

「当然ですよ」

「それで、タカヤマという名前を告げたまま、ケネス・ロスマンはいなくなってしまった？」

「ええ、なにしろ、転移性ヒトガンウィルスが猛威を振るいつつあるご時世ですから、突如連絡が途絶えたとしても、ああ、彼もいよいよやられたかっていう程度で」

天野は軽く両手を上げてみせる。「特に、彼の場合、ウェインスロックという、周囲から孤立した小さな街で、個人的な研究を続けてましたから、いつ消息が途絶えてもおかしくない環境ではあった」

「ウェインスロック？」

「ニューメキシコ州、ウェインスロック。砂漠のど真ん中の、ほとんど廃墟のような街です」

馨は溜め息をついて、世界地図と向かい合った。指の先であるひとつのポイントを押さえる。

……ニューメキシコ州、ウェインスロック。

その街の小さな研究室で、ケネス・ロスマンが待ち構えているような気がした。

地図を押さえたまま、馨は天野を振り返った。

「天野さんは、タカヤマやアサカワが絡んだ事件の全貌を見たことがありますか？」

「いいえ」

天野は首を横に振った。「スタッフの中でも、実際に見たのは一部の方だけではないでしょうか。メモリは、ここではなくアメリカに保存されています」

馨の興味はよけいにかきたてられた。

「ぼくが、見ることは、可能ですか」

「時間はかかりますが、不可能ではありません。でも、時間の無駄遣いだと思いますがね」

天野の返事を聞きながら、馨は地図の一点を押さえ続けていた。

13

自宅のバルコニーに出て夜空を眺めるのは、ずいぶん久し振りだった。地上百メートルの高みからでも、湾の黒い海面にさざ波ひとつたっていないのがわかる。立っているだけで湿気のまとわりついてくる、風のない、暑い夜だった。

今日の昼間、父の部下であった天野から、『ループ』の中身を詳しく知らされただけに、こうやって眺める夜空も、印象がこれまでと違って見えた。子供の頃は、世界の仕組みを知りたくてならず、眺めてさえいればわかるかもしれないという熱心さで、星々の輝きに目を凝らしたものだ。

……宇宙の果てはどうなっているのだろう。

こういった素朴な疑問がよく頭をもたげた。今、眺めている宇宙の外側はどうなっているかなど、イメージしようとしても想像力の及ばない領域だった。

馨は、『ループ』の生命になったつもりで、想像力を働かせてみる。もし自分が、時間と空間を認識できる生命であるとしたら、その宇宙をどうとらえるのだろうかと。おそらく、宇宙は膨張しているように見えるのではないか。『ループ』は時間の変化とともに徐々に大きくなっていったのだ。プログラムをスタートさせる前、そこには何もなかった。シリコンチップの山が築かれていたとはいえ、時間も空間も存在しなかった。研究スタッフがプログラムをスタートさせた瞬間から、空間は爆発的に大きくなっていった。ビッグバンそのものである。

地下に鎮座する超並列スーパーコンピューターの中に『ループ』という空間が存在するのではない。映画館のスクリーンに広大な大自然が映し出されていたとしても、スクリーン自体がその空間を内包していないのと同じである。コンピューターの内にも外にも、空間など存在はしない。認識可能な生命にだけ、空間として感じられるのだ。進化して生命の認識能力が高まれば、認識しようとする目から逃れるように、空間は膨張するだろう。

馨は、現実の空に目を向けた。今眺めている宇宙も膨張しているのだが、単に、われわれ地球上DNAの認識能力から逃れて遠くに行こうとしているだけのことではないのかと、そんな疑問がふと浮かぶ。『ループ』と同様の仮想空間が、現実の宇宙である可能性も捨てきれない。そう捉えたとして、一体どんな不都合が生じるのだろう。

それどころか、現実もまた仮想空間であると捉えたほうが、より真理に近づくような気もする。古来からある「色即是空」的なものの見方、あるいは、イデア論的な捉え方のほうが、真実をうまく言い当てていることにはならないだろうか。

仮に、この宇宙が仮想空間であるとしたら、空間にぽっかりと開いた窓から観察されている可能性があった。人間が、ループ界を覗き見ることができるのと一緒だ。時間と空間を設定すれば、ディスプレイには、ある地点でのある時間の映像が三次元で展開されるのである。

片手を自分の腕に当て、胸から腹、さらにその下へと手をずらしてみる。

……肉体があると感じているだけで、現実には何もないのだろうか。

身体の中心から少し下に位置するちっぽけな器官。そこから発する欲望が、実体のないものとは思えなかった。撫(な)でたり触ったりしながら、夜空に礼子の顔を映し出してみる。背後の、ガラス窓の向こうにはだれもいなかった。テレビ画面からはさっきと違う映像が流れ出ている。母は今ごろ、自分の部屋にこもって、ネイティブアメリカンの神話に夢中になっているのだろう。

馨は、そっと後ろをうかがい、前方にあるかもしれない宇宙の窓に向かって器官を屹立(きつりつ)させ、存在をアピールした。

……この肉が架空の存在であるはずがない。抱き締める礼子の肉が架空のものであるはずがない。

夜空に向かって、馨は声高にそう叫びたかった。

14

気まずい沈黙の中で、馨は、たった今知らされたふたつの事実を反芻(はんすう)していた。ふたつとも極めて悪いニュースであり、自分を納得させるのに手間取ってしまう。いつかこうなるとは覚悟していたが、いざ告げられてみると身体は緊張し、不自然に力んだ姿勢で父を見下ろしてしまうのだった。

ついさっきまで、馨は、亮次の病室にいた。亮次が検査に連れ出された後、個室のドアに内側から鍵をかけ、礼子との情事に耽っていたのだが、父の部屋に立ち寄ってすぐに聞かされたニュースは、場所柄もわきまえぬ淫らな行為の罰であるかのような気がした。礼子の肌の匂いは、鼻孔の奥にまだ残っている。柔らかな肉の感触も、身体のあちこちに痕跡をとどめている。細胞の奥深くで興奮は未だ冷めず、こんなふうに余韻を引きずったまま、父の病室に寄るべきではなかったのだと後悔した。

ここ数日間のうちに、父の身体はまた一回り小さくなってしまった。ベッドに寝ている姿には、胸のあたりの厚みが足りない。子供の頃、父の身体は巨人のごとく見えた。分厚く盛り上がった胸の筋肉は、両拳で殴ってもびくともするものではなかった。科学者とは不釣り合いの屈強な肉体が、シーツとシーツの隙間のわずかな厚みに変わってしまった。だから、肺へのガン転移が決定的になったと知らされても驚きは少なかった。先延ばしにしていた、聞きたくもない悪いニュースを知らされたのであり、嫌悪感がまず先に立ち、事実が浸透するにつれ怒りにも似た感情が湧き上がってくる。

「立ってないで、まあ、座れや」

憤怒の表情で立ち尽くす馨に、秀幸は柔和な顔を向けた。言われて初めて、馨は、立ったままの姿勢で、ふたつの悪いニュースを聞いていたことに気がついた。

馨は父の言葉にしたがって、スツールに腰をおろした。どこからともなく力が抜け、同時に怒りは治まっていく。

「手術はするの？」

自分の声が空ろに聞こえた。

「いや、やめとくよ」

秀幸は即答した。馨も同じ意見である。肺に転移したガンを切除したところで、寿命が伸びるわけではない。結果はわかり切っている。命を縮める可能性のほうが強いだろう。

「そうだね」

父の決心に、馨は相槌（あいづち）を打った。

「おれのことなんてどうでもいい。それよりも、大変なことになっちまったなあ」

秀幸は、ついさっき斉木助教授からもたらされたニュースのほうに話題を振った。

二番目のニュースとは、日本とアメリカでほぼ同時に行われた動物実験の結果に関する情報である。転移性ヒトガンウィルスはこれまでのところ、ヒトにのみ感染し、ヒトの細胞だけをガン化させると思われていた。ところが、マウスやモルモットでの動物実験を繰り返すうち、これが人間以外の動物にも感染することが判明したのである。

突然変異を起こしたのか、あるいは動物に感染するという特徴を見逃していただけなのか、はっきりした結論は出ていなかった。ただ、重要なのは、人間の近くに住む犬や猫、あるいはもっと小さな動物にまで感染し、それらの動物がウィルスの運び屋となる可能性が出てきたことだ。となれば、これまで以上の爆発的な感染が予測されてくる。皮肉なことに、『ループ』の結末と現実が、ますます接近してきたといえる。『ループ』におけるガン化はすべての生命パターンに波及した。この類似でいえば、地球上のすべての生命をガン化させるまで、転移性ヒトガンウィルスは攻撃の手を休めないのかもしれない。

礼子からウィルスをもらわなくとも、いずれ別ルートから侵略を受けるのは必至だろう。

馨は、そうやって、礼子との交わりを正当化しようとしていた。その後に待ち構える滅亡への想像力を閉ざしたまま……。

耳に届く父の声は、どこか遠くからのように聞こえる。

「え？」

馨は聞き返した。

「おい、上の空かよ」

「ごめんなさい」

「天野君と会って話は聞いただろう。印象は、どうだった」

印象はどうかと、秀幸は曖昧な聞き方をする。

「まあ、引っ掛かるところはある」

秀幸は、首を縦に振って相槌を打ち、

「そうだろう」

とつぶやく。

「父さん、本当につい最近のことなのかい？　『ループ』の結末と、現在の状況が似ていることに気づいたのは」

「『ループ』というプロジェクトは三十七年前に始まって、十七年間継続された。おれが参加して五年後、あのプログラムは閉じられた。もう二十年も前のことだ。世界は、遠い記憶の彼方に行ってしまったってわけさ。本当にここ数日のことなのだよ。あの結末が、気になり出したのは」

馨には、全面的に父の言葉が信じられなかった。

十年前のあの夜、秀幸が『ループ』から話題を逸らし、結末を馨に語らなかったのは、終わり方が気になっていたからに違いない。仮想空間のすべての生命は多様性を失い、ガン化して消滅した……、十歳をいくらも出ない馨に語るような内容ではなかった。これに現実の世界をダブらせ、不健全な終末観を抱くのを、秀幸は嫌ったのではなかろうか。子供が描く人類の未来は明るいものであってほしいという願いが、馨から『ループ』を遠ざけてしまう結果になったのだ。つまり、秀幸は、心の片隅において、『ループ』の結末がずっと気になっていたはずである。

「『ループ』がガン化した原因だけど……」

馨がほのめかすと、秀幸は即答した。

「『リングウィルス』の出現だ」

「なあ、父さん、だれかがプログラムに介入したってことは考えられないの」

秀幸は、考えているのか、しばらく無言でいた。

「なぜ、そんなことを言う？」

「『リングウィルス』はまったく説明のつかない誕生の仕方をした。自然発生は考えられない。とすれば、『内部』から生まれたのではなく『外部』からもたらされたと見るほうが自然じゃないかと」

「ふん」

「どうなの?」

「一旦進化し始めたプログラムに介入されたら、実験の意味がない。セキュリティは完璧だった」

そこで、謦は、ひとりの人間の名前を出した。

「ケネス・ロスマン、って知ってるでしょ」

仰向けの姿勢のまま、秀幸は目だけを謦のほうへ向けた。

「彼が、どうかしたか?」

秀幸は吐き捨てるように言った。また死亡通知を受けるのではないかと、身構えているようだ。

「今、どこにいるか知ってる?」

「ニューメキシコで、相変わらず、人工生命を研究していると聞いたが……」

「うん、ニューメキシコ州ロスアラモス研究所に移ったらしい。でも、現在のところ消息は不明。ところが、その直前に、彼は意味深な言葉を残しているんだ。転移性ヒトガンウィルスの正体がわかった。カギを握るのはタカヤマだ……」

「タカヤマ……」

「父さんはループの中でタカヤマが絡む映像を見たことある？」

馨の問いに、秀幸はしばし考え込んだ。目の動きが激しい。弱々しい生命活動の中、それでも必死で何かを思い出そうとしている。

秀幸は、見た目にも明らかなほど動揺していた。数回の大きな手術と、その後の闘病生活では、記憶が不鮮明になるのも当然だった。記憶の闇に立ち向かい、何の手応えも得られぬことに、秀幸の神経は激しく苛立っている。

「いや、見てはいない、と思う」

馨は、父の葛藤を和らげてやりたく、話題を変えることにした。

「ああ、それと、父さん。転移性ヒトガンウィルスの全塩基配列が判明したでしょう。遺伝子はたった九つしかない」

「二日前に、斉木が、プリントアウトして持ってきた」

「ちょっとこの数字を見てくれないかなあ」

馨は、塩基配列を記したプリントを父に見せる。遺伝子ごとの塩基数のところがマーカーで強調されていた。

「これがどうした？」

「塩基の数だよ」

３０７２、３９３２１６、１２２８８、７８６４３２、２４５７６、４９１５２、１９

６６０８、６１４４、９８３０４

秀幸は九つの数字を順に読み上げていった。しかし、何も気づくところがないらしく、不審気な目を馨に向ける。

馨は、はっきりとした発音で言った。

「いいかい、父さん。九つの数字は、ぜんぶ、2のN乗掛ける3になっている」

言われて、秀幸は、数字に目を戻した。何度か吟味した後、感嘆の声を上げる。

「ほう、よく気づいたな」

一瞬、秀幸の顔に、科学問答に耽っていた頃の輝きが浮かんだのを見逃さなかった。うれしいと同時に、胸が詰まる思いだ。父から褒められるのは、馨にとって久し振りのことだった。

「これも偶然だと思う？」

「いや、偶然のわけがない。六桁までの数字が九つとも2のN乗掛ける3である確率は極めて低い。偶然の壁を乗り越えたものには、すべて意味がある。おまえだろ、十年前の夜、そんなことを口にしたのは」

秀幸はそう言って、力なく笑う。馨の脳裏には、十年前の家族のやりとりがフラッシュバックして展開した。同じように暑い夏、北米砂漠への旅に期待を募らせた子供時代の夢。楽しげな家族旅行の目的地は、おぞましく変貌を遂げ、今も強い吸引力で馨を縛り続けている。

馨と秀幸が、共に過ごした時間に思いを馳せているときだった。にわかに病院の廊下が騒がしくなった。

救急病棟でもないのに、廊下を走る二、三人の足音からは異様な緊張感が感じられた。馨は、不安をかきたてられ、音のするほうに耳を澄ます。

短い、命令口調の男の声に混じって、悲鳴に似た女の声が聞こえた。声に、聞き覚えがある。間違いない。礼子の声だった。

「ちょっと」

父に目配せして、馨は椅子を立った。

ドアを開けて、廊下を見渡す。警備員の制服を着た男に先導され、小走りに廊下を急ぐ女の後ろ姿が見えた。黄色のラフなハウスドレスの後ろ姿……、背中にあるジッパーがわずかに下がっている。ついさっき、馨が手探りで下げたばかりのジッパー。その上の白いうなじ。間違いなく礼子だった。

素足にサンダルを引っ掛けただけの格好である。よく見るとサンダルを履いているのは片方の足だけだった。歩を進めるたびに、がくんがくんと片方の肩が下がる。よほど慌てて病室を飛び出したに違いない。

ただごとではないその気配に、馨は礼子の名を呼びながら後を追った。

名を呼ばれて振り返ることもなく、礼子とふたりの警備員は共に廊下の角を曲がり、エレベーターの隣にある階段室のドアへと飛び込んでいく。

礼子は意味不明の叫び声を上げていた。名前を呼んでいるようにも聞こえるのだが、騒音にかき消されて、判然としない。

「礼子さん」

足早に追いつき、目の前で閉じられたドアを再度こじ開けて、馨も階段室へと飛び込んだ。階段室の奥には、荷物運搬用のエレベーターがあり、さらにその向こうに、非常階段の防火扉がある。緊急時に使われる非常階段はいざという場合に備えて内側からも開く。しかし、用もなくここに侵入する者は、警備室のモニターに映し出され、警備員が大至急駆け付けるシステムになっていた。もちろん飛び下り自殺を未然に防ぐためである。

礼子たちが、防火扉を開けたとき、馨は警備員の頭越しに、小さな人影を見た。赤い三角形が記された窓……、火災時に消防隊員が出入りできるよう、内側からも外側からも開く窓の枠に、身体を屈めて腰をかけているのは……、亮次だった。

亮次は、からかい半分のまなざしで大人たちの慌てぶりを見上げ、いつもの癖で膝をぶらぶらと揺らせている。

亮次の姿を目にするや、警備員たちは動きを止め、口々に説得を始めた。

「落ち着いて」

「やめなさい」

「さあ、こっちにおいで」

礼子は、小窓に座る亮次ではなく、狭い天井を見上げて、声をふり絞る。

「りょうちゃん！」

亮次は、母の後ろから顔を出す馨の姿にも気づいたようだった。馨は亮次と目があった。

亮次は、くるんと眼球をひっくり返すようにして白目を剝き、斜め後方に身体を傾けていった。最後に見た、亮次の白目は、もはや生きている人間のものではない。

一瞬の後、亮次は、窓の背後にある夕闇に身を投げて、消えてしまったのである。

15

ぬるめに調整しながら、馨は、バスタブの横に座り、流れ出る温水に手を当てていた。最初は少し熱く感じたが、慣れれば体温に近い温度だとわかってくる。その湯の中に肩まで浸り、しばらくじっとしていた。蛇口から水滴が垂れるのが止むと、バスルームは静かになる。こんなふうに、平日の午後から風呂に入るなんて滅多にないことだ。

じっと耳を澄まし、馨は、バスタブの縁に後頭部をつけて目を閉じた。そのまま両膝を抱き、身体を丸くして胎児のポーズをとる。心音が水中を伝わり、バスタブ全体を波立たせているような気がする。

心を無にしようとしても無駄で、いつも同じシーンばかりが浮かんだ。

亮次が病院の非常階段から飛び下り自殺をしてから、ちょうど一週間が過ぎようとしている。

……わたしと、亮次を、助けて。

礼子の思いを振り捨てるように、馨の目の前で、亮次は若い生を終えたのだった。

飛び下りる前後の光景は、馨の脳裏に強烈なインパクトを与えた。非常階段の小窓から外に身体を傾けていった亮次の、空ろな目つき。礼子の悲鳴。映像と音響の子細な断片が、不幸なことに、馨の脳裏に深く刻まれてしまったのである。この一週間というもの、夢に現れない夜はなかった。

亮次が飛び下りた直後、馨と礼子たちは小窓に殺到して外を覗いた。コンクリートにたたきつけられて、亮次の身体が不自然にねじれているのがわかった。夕暮れの中で赤黒く光っていたのは、一方向に流れていく血の筋だった。気絶してその場に倒れ込んでしまった礼子をかつぎ上げ、亮次の身体を救急病棟に収容するように手配したのだが、既に手遅れなのは見た目にも明らかであった。十二階からコンクリートにたたきつけられれば、生存の可能性はゼロに等しい。

夢に、コンクリートの染みとなった亮次の血の跡が出てくることもあった。実際、今でも病棟中庭の一部にその染みは残っている。消えた命が、影となって路面に映っているような気がして、馨はその場所に近づく気にもならなかった。

亮次の自殺は、発作的でもあり、計画的なものでもあった。非常階段の窓だけが内側から開くのを知っていて、一目散にあの場所に駆けたのだから、以前からある程度の目星をつけていたことになる。

自殺の理由は明らかだ。シンチグラム検査が終わり、第四回目の化学療法を目前に控え、またあの苦しい闘いが始まるのかと、心底うんざりしていたのだろう。しかも、闘って勝てる相手ではない。いずれは、苦しみのうちに生涯を終えることになる。少し長く生きて苦しみを蓄積させるのと、人生を短く切り上げて、苦しみの量を減らすのとどちらがいいか秤にかけたに違いない。あるいは、そばで見守る母の苦しみも考慮に入れたのかもしれない。

馨には、転移性ヒトガンウィルスに侵されて死を選んだ亮次の気持ちが、痛いほどよくわかった。他人事ではなく、そう遠くない将来、間違いなく自分に降りかかってくる災厄でもある。馨自身、闘わなくてはならない相手だ。亮次の気持ちがわかるからといって、彼と同じ末路を辿りたくはない。

……全知力をふり絞って、おまえの若い身体を滅ぼそうとする敵と闘え。

父の言葉だ。死を免れようと思えば、敵と闘って、勝たねばならない。武器はひとつ。父の言うとおり、知力のみだ。

馨はさらに深く、身体をバスタブに沈めた。湯の表面が耳たぶの下のラインにきている。

……おれにそんな力があるのだろうか。

考えてみれば、実に不思議だ。転移性ヒトガンウィルスをめぐる出来事は、自分の身近なところから生じているように感じられてならない。世界を救う使命が課せられているかのように、一方的にこの身体にのしかかってくる。

……買いかぶり過ぎだ。

熱さに耐え切れず、馨はバスタブから立ち上がった。

世界を救うという響きは耳に心地いい。救世主を気取っての行動は実にヒロイックである。しかし、馨にはさしあたって片付けなければならない、個人的な問題があった。世界規模ではない、もっと卑近な領域に関すること。今日の夕方、一週間ぶりの、礼子との逢瀬が待っているのである。

きれいに汗を拭き取ると、馨は真新しいTシャツとジーンズに身を包んでいった。

礼子の顔を見るのは、亮次の葬式以来である。以来、彼女は、頑なに会うことすらも拒み続けてきた。ようやく、今晩の一時間だけ、話す時間を差し出してくれたのだ。唯一与えられたチャンス。礼子が心を閉ざす理由を、馨はどうしても聞き出さねばならなかった。

16

緑多い高台の一角に、礼子の住むマンションはあった。赤レンガの外壁を持つ、豪華な三階建てである。

馨は、エントランスに回ると、部屋番号をプッシュして応答を待った。スピーカーから、

「はい」

と小さく礼子の声が聞こえた。ワンテンポおいて、エントランスの扉が開く。

病院の個室に亮次を入院させていたことからして、金に余裕のある身分であると想像は

ついていた。ロビーからエレベーターホールまでの、絨毯（じゅうたん）を敷き詰められた廊下を歩くだけで、想像に間違いなかったことを実感できる。

もちろん馨は、金の出所に関して詮索（せんさく）したことはなかった。礼子に直接尋ねたこともなければ、本人自ら語ったこともない。ただ、口振りから、夫が社会的に成功していたらしいことをうかがわせるのみだ。年上の、その夫にしたところで数年前にガンで亡くなっている。

三階の角部屋が礼子の部屋であった。呼び鈴を押すまでもなく、部屋の前に立つとすぐ、ドアは開かれた。時間を見計らって、魚眼レンズから覗（のぞ）いていたのだろう。

一週間ぶりで見る礼子の横顔だった。ドアの隙間（すきま）から半分ばかり顔が差し出され、馨のすぐ鼻先に礼子の頭がある。髪を後ろで束ね、ゴムでとめてあった。きれいに櫛（くし）の通った髪の中、数本の白髪が目についた。

「入って」

消え入りそうな礼子の声。

「久し振りだね」

応接間に案内されてソファに腰をおろしてもしばらく、ふたりは口をきかなかった。馨は居心地の悪さを感じていた。礼子が、なぜ自分に冷たくするのか、その理由がわからず、何をどう話していいのか、会話の糸口が見つからないのだ。

礼子は無言で、麦茶の入ったグラスを馨の前に置き、正面から向き合って座った。

馨は礼子の身体に手を伸ばそうとした。だが礼子はその手を避け、ソファに深く座り直して馨との距離を大きくする。

似たような仕打ちは葬式のときにもされた。一人息子を亡くした悲しみを癒せるのは自分だけだろうという自負のもと、喪服姿の礼子の肩にそっと腕を回そうとしたのだが、身体をよじるようにして拒否されてしまったのだ。いくら女性経験の少ない馨とはいえ、同じような行為を何度も見せられれば察しはつく。ただ、執拗に拒絶される訳がどうしても理解できない。深く肌を合わせていた女から、ある日を境にして、触れられるのも嫌がられてしまったのだ。

礼子は、自分を抱き締めるように両腕を組み、手の平で腕をさすり、寒そうにしている。部屋の冷房は適温に抑えられていて、寒いというにはほど遠い。馨にはまだまだ暑すぎるぐらいだった。

礼子の外見を観察して、彼女の心の痛みがわかればと思う。息子を亡くした悲しみに心を閉ざしているとしたら、これを慰める方法を発見できないものかと。

相手を勇気づけたり慰めたりする言葉……、胸に浮かんでくる言葉はどれも無力で、わざとらしく、恥ずかしい。元気を出してよ、などと口が裂けても言えるものではない。会話が成り立たないのはそのせいだった。

「いつまで黙っているつもり」

「逢いたかった」

目を下に落とし、礼子は冷たく言う。黙る他ないように相手を仕向けておいて、その言い草はないだろうと、馨はむっとする。

「いいかげんにしてくれ」

馨は声をふり絞った。

「なによ」

両手で頭を摑み、礼子は、身体を激しく震わせた。泣いているのだろう、ときどき嗚咽を漏らす。

「あなたの悲しみを、ぼくはどうにかして減らしてあげたい、でも、どうすればいいのか、方法がわからないんだ」

礼子は、「ああ」と声を漏らして顔を上げ、下唇を歯で嚙んだ。赤く泣きはらした目の下は涙で濡れている。

「逢わなければよかったのよ、あなたとなんか」

馨は愕然とした。

「ぼくのことが嫌になったのかい」

……そんなはずはない。

馨は無言の叫びを上げた。本当に嫌になったのなら、逢うことすら拒むはずだ。逢いたいと訴える電話を無視し続ければ、こういった気まずい時間を持たないでもすむ。一時間だけという条件付きで、今日の逢瀬はセッティングされた。礼子は、何か相談ごとを抱えているはずだし、会うべき正当な理由を持っていると思われてならない。

「あの子、知っていたのよ」

不意に礼子の声は穏やかになった。

「なにを」

「あなたと、わたしのこと」

「あなたと、ぼくが、愛し合っているってこと?」

「愛し合っている? あれが、愛し合っている姿なの?」

礼子は自嘲気味に笑みを浮かべた。

……愛し合う姿。

「知っていたって、何を?」

馨ははっとして背筋を伸ばした。

「あなたと、わたしが、あの部屋でしていたことよ」

二の句がつげなかった。馨は、ごくりと唾を飲み込み、

「そんなはずはないだろう」

と言う。

「あの子は勘のいい子だったわ。とっくに気づいていたのよ。わたしたちがばかだった。あんなことをするなんて、あんなことをするなんて」

礼子の心は崩れようとしていた。

「しかし……」

「遺書に書いてあったのよ」

「え」

「なんてあったと思う？」

「…………」

　馨は覚悟して、唾を飲み込んだ。

「ぼく、いなくなるから、あとは、ちゃっかりやってよ」

　礼子は亮次の口調を真似て、そう言った。

……なんてこった。

　スイムキャップを被った亮次の笑顔が浮かんできた。プールサイドに立ち、だぶだぶの短パンをはいた格好で、同じ台詞を繰り返す。

……ぼく、いなくなるから、あとは、ちゃっかりやってよ。ぼく、いなくなるから、あとはちゃっかりやってよ。ぼく、いなくなるから、あとはちゃっかりやってよ。

　念には念を入れたつもりだった。二時間を要する検査で亮次がいなくなったときにだけ、ふたりは交わった。行為そのものは十分も続かず、果てた後は、虚脱と悔恨の表情を浮かべて、今にも泣き出しそうな視線を交わし合ったものだ。「愛してる」と囁きながら、馨は礼子の涙を舐めたりした。

　礼子は、発作的に上半身を激しく上下させていた。亮次の遺書を読み上げたことで、冷静さを失ってしまったようだ。

しばらくの間、泣くにまかせる他なかった。泣き疲れれば、いつかは落ち着きを取り戻すだろう。

馨は、亮次の立場に立ってイメージしようと試みた。苦しい検査に身を晒される瞬間を狙うようにして、母は、快楽に耽っていたのだ。亮次にしてみれば、裏切りに等しい行為と映っただろう。共に闘ってくれるはずの母が、苦しい闘いに駆り出された留守をちゃっかり利用して楽しんでいる。幻滅するのも無理はなかった。闘おうという気は失せる。亮次が自殺したのは、病気との闘いを諦めたからだと理解していたが、真相はどうも異なっていたらしい。

馨が、亮次の自殺に対してあまり深い悲しみを抱かなかったのは、近い将来確実に死ぬであろう運命を考慮に入れてのことである。もうすぐ召されようとする命を、自分の力で少しだけ縮めたのだとすれば、そのほうがかえってよかったかもしれないと、どこかほっとするところがあったからだ。

だが、母の行為が自殺の引き金になったのなら、死を決意した亮次の思いは複雑であったに違いない。

礼子にしても思いは同じだろう。高いお金を払って個室をとり、いつかは学校に戻るという想定のもとに家庭教師を雇って、生への意欲を見せたつもりだった。死ぬとわかっている相手に対して、一緒に闘うという姿勢をはっきり示すのが愛情の証しである。最後の瞬間まで、わたしはあなたを求めているという態度を示したかったにもかかわらず、逆に死への引導を渡してしまったのだ。

亮次が絶望するのも無理はなかった。そうして今、礼子は、自分の息子に、絶望の果ての死をもたらしてしまったことを激しく悔やんでいる。共犯者である馨に、怒りの矛先を向けてしまっている。葬式のとき、肩を抱こうとした馨の手から、身をよじるように逃れた理由が、馨にはようやく理解できた。亮次の位牌の前で、一瞬の触れ合いすら晒したくなかったのだ。

少し考える時間がほしかった。若い馨にはどう対処していいのかわからない。ふたりの関係を終わりにしたいのなら、何の問題もなかった。しかし、馨にそのつもりはない。絶望的な今の状況を克服し、修復を図る方法を必死で探るのだ。

「少し時間をくれないか？」

正直に気持ちを訴えた。時間をおいて、ふたりのこれからを冷静に考えてみたかった。

「だめよ」

礼子は、激しく首を横に振る。

「ぼくには、どうすればいいのかわからない」

「わたしもよ、だから、こうやって……」

せめてもの救いである。礼子は、ふたりの関係に終止符を打ちたくて馨を呼んだのではない。彼女自身、どうしていいかわからないと、心の迷いを吐露していた。自分でも決めかねているのだ。

一時間だけという約束であったが、窓の外にはもう秋の夕暮れが迫っている。礼子と知り合ったのは梅雨の頃。付き合ってまだ三か月が過ぎただけだ。馨には、もっと長いような気がするのだが。

言葉を交わすより、黙り込んでしまう時間のほうがずっと多い。沈黙はときに十数分に及んだ。それでも、礼子は、「帰って」と言わなかった。馨には、礼子の態度がどこか不自然なように思われてきた。さっきから何度も、口に出かかった言葉を飲み込んでばかりいる。

「礼子さん、なにか、ぼくに、隠していることないかい？」

馨に促され、礼子は意を決して顔を上げた。挑むような表情があった。

「できたらしいのよ」

意味を理解するまでに、数秒を要した。

「できた？」

「ええ」

馨と礼子は、目と目で、事実を確認し合った。

衝撃が背筋を走る。まったく手に負えなかった。病院の狭い個室で、まさに死と誕生が隣り合っていたのだ。世界の皮肉な現実に苛立（いらだ）った。目に見えない悪意さえ感じる。

「そうだったのか」

馨は深い溜め息をついた。

「どうしたらいいと思う？」

「産んでほしい」

馨は身を乗り出した。礼子とは遊びで付き合ったのではない。子供ができたというのなら、産み育て、一緒に生活していきたかった。

「なに言ってるのよ」

礼子は、ソファ横のマガジンラックから新聞を一部取り出して、馨のほうに投げつけた。

今朝の朝刊だった。

見なくとも、礼子が言いたいことはわかる。馨も今朝の新聞で、社会面のその記事に目を通していた。

記事では、アメリカのアリゾナ州にある砂漠性樹木群の写真が紹介されていた。フラッグスタッフとグランドキャニオンを結ぶUSハイウェイ180号線の沿線で、その樹木群は偶然に発見されたらしい。褐色の大地に茂る丈の低い灌木や植物の多くが、幹や枝の部分、葉の先端に至るまで、異様な形状に膨れ上がっているという。ウィルスが樹木に感染し、瘤を作り上げたり、葉を枯らしてしまうことはよくあるが、付近一帯の光景はかつてない規模でのウィルス感染を思わせた。幹や枝、葉の形態を変えてしまったもの……、それはある種のウィルスの仕業らしい。しかも、世界的に猛威を振るいつつある、転移性ヒトガンウィルスの変異種が犯人であるという説がにわかに浮上してきたという。動物だけではなく、転移性ヒトガンウィルスの触手は植物にまで及びつつあった。砂漠に出現したグロテスクな樹木群はこの世の終わりを強く視覚に訴えかけてくる。新聞の論調も、ことさら終末感を煽るような格好で終わっていた。

礼子は発病していないだけで、既に、転移性ヒトガンウィルスのキャリアでもある。その脅威が、動物だけでなく植物にも及ぶとなれば、世界に対する希望など抱きようがない。礼子の子宮から生まれようとする子供には高い確率でガンウィルスが感染する。

産んでほしいなどと、よくも安易な言葉を吐いてくれたわねと、礼子は、馨に食ってかかる。

「どこに希望があるっていうのよ」

『ループ』の中で、リングウィルスはすべての生命パターンに影響を与え、絶滅に追い込んでいった。馨は実感する。

……いよいよ、『ループ』の終末と現実が似かよってきたぞ。

「時間をくれないか」

懇願する他なかった。今、結論を出すのはとても無理だ。

「決定を先延ばしにすれば、道は開けるのかしら。もういやよ、わたし。ほとほとうんざりだわ。堕ろしたくはないのよ。だって、わかるでしょ。あの子の死と引き換えに誕生した生命なのよ。大切にしたいに決まってるじゃない。ただ、やり切れない。またあの子と同じ運命を辿るんじゃないかと思うと。せっかくこの世に生を享けても、短くて、ただ苦しいだけの人生なんて……、ねえ、助けて、お願い。何をどうすればいいのか、もう、ぜんぜんわかんない」

礼子の隣に移り、耳元で訴えを聞いて上げたかった。抱き締めて、心の迷いを取り除いてあげたい。だが、時期尚早だろうと、馨はその思いをどうにか押さえた。

「堕すことは考えてないんだね」

馨が念を押すと、礼子はゆっくりと首を縦に振る。

「その気力さえないのよ」

堕すつもりはないらしい。しかし、産むという判断もつきかねている。

馨は、礼子の瞳（ひとみ）から胸の中を覗（のぞ）き、ある決意の片鱗（へんりん）を感じ取っていた。堕胎はしない、かといって産みもしない。ということは、自殺という選択肢を選びつつあるのではないのか……。

馨の願いはひとつだ。礼子には、生きていてもらいたかった。そのためには、礼子と、新しく生まれてくる命に対して、世界が生きるに値することを明確に示す必要がある。いやそれだけではない。自分自身に対しても、生きる価値を発見させるのだ。世界が多様性を失い、ガン化して滅ぶ過程を放置しては、生きる価値を人に説けるはずがない。

……有無を言わせぬ仕方で、納得させてやる。

方法はひとつ、この手で、混沌（こんとん）へと向かう世界の流れを変えるのだ。

……そのために必要とする時間は、一体どのくらいだろうか？

二か月、あるいは三か月。どっちつかずのまま、お腹が大きくなれば、礼子は死を選ぶだろう。この先三か月がせいぜい、それ以上は神経が持ちこたえそうもない。

「三か月、待ってくれ。頼む、ぼくを信頼してほしいんだ」

「三か月なんて無理よ。身体が、どうかなっちゃう」

礼子は弱々しく悲鳴を上げた。

「じゃ、二か月」

恨めしそうに、礼子は馨を見上げる。

「約束はできないわ」

「だめだ。約束しろ。これから先、二か月間、何があっても自殺はしないと」

馨は両手をテーブルについて礼子に迫った。迫力に気圧(けお)されてたじろいだ後、礼子は、解放された、妙にすがすがしい表情を顔に浮かべた。どっちつかずの心の状態が、一方に落ち着きつつあるらしい。さしあたっての方向さえ定まれば、わずかながら苦しみは軽減されるものだ。

肉体的に拒否されるという不名誉な事態を回復するためにも、礼子との間はしばらく距離を置いたほうがよさそうだ。二か月という期間はほどよい間隔だろうと、馨は思う。

「二か月……」

礼子は小声で呟(つぶや)いた。

「そうだ。二か月後に会おう。それまでは、なにがあっても、とにかく生きていてくれ」

「生きていればいいのね」

「あなたの胸が鼓動を打ち、呼吸して、そして、ときどきぼくのことを思い出してくれればね」

礼子はかすかに笑みを漏らした。

「三つ目の条件は、どうかな」

今日初めて見せた礼子の明るい表情に、馨の心は和んだ。

礼子には、何も訊かないでただ信頼していてほしかった。自信があるのかといえば、怪しいと言わざるを得ない。ヒントはいくつか手に入れたように思う。転移性ヒトガンウィルスの塩基数が2^n×3という際立った特徴を持つのはなぜか。このウィルスは身近なところから発生しているのではないかとの勘も働く。出生の秘密が明らかになれば、終息させる方法が発見できるかもしれない。期間は二か月。礼子と運命を共にするつもりで事態に臨むほかなかった。

17

自宅マンションの二十九階へと昇るエレベーターの中で、馨は耳鳴りを感じていた。エレベーターは気圧の変化を受けない機構になっているはずなのに、今日に限って、耳の奥がツーンとくる。と同時に、残像がちらちらと揺れた。

亮次の身体がコンクリートに叩きつけられ、骨の砕ける音が、耳の奥に残っている。落下していく彼の姿を実際に見たわけではない。窓に駆け寄る途中、身体が激突する鈍い音を聞いたような気がするだけだ。しかし、音の記憶はなかなか薄れることはない。上昇するエレベーターの中、何かの拍子に、音の記憶に触発されて、見てもいない映像が蘇ることがあった。

馨は、いくぶん俯き加減で自宅マンションのドアを開け、

「ただいま」

と、奥に向かって声をかけた。返事はない。気にもせず靴を脱ぐと、下駄箱にしまって顔を上げた。いつの間に現れたのか、そこには母の真知子が立っていた。

「ちょっと、こっちに来て」

手を掴まれ、有無を言わさず母の部屋へと引っ張られた。母の目には、なにかを発見したときの興奮が見てとれた。

「なんだよ、母さん」

面くらいながらも、母の気迫に圧倒され、馨は逆らわずについていった。

久々に入る母の部屋には、本や雑誌やコピーなどが乱雑に積み重ねられている。これまで、母の部屋はもっと整然としていた。顔の表情からも別人のような印象を受ける。一緒に暮らしていて、母の顔を見るのさえ久し振りな気がする。

「どうしたんだよ、一体」

亮次が自殺した後でもあり、馨は神経過敏になっていた。母の心理状態が心配でならな

いのだ。

だが、母は馨の心配などまるで眼中にないようだ。

「これを見てほしいの」

真知子は、『THE FANTASTIC WORLD』という名の、一冊の雑誌を馨に手渡した。

「ファンタスティック・ワールド……、これがどうかしたの」

馨はうんざりした。雑誌名から、神秘的な世界に関する様々な話題を取り扱ったものと推測できる。

真知子は、馨から雑誌をひったくってページをめくり、四十七ページを開いて、また馨の手に戻した。母に似合わない、乱暴なやり方だった。

「この記事を読んで」

馨は率直に母の言葉にしたがった。記事のタイトルには『末期ガンからの生還』とある。

……なるほど、そういうことか。

馨は納得した。このところ母が夢中になり、情熱を注ぎ込んでいるのは、この手の、画期的なガン治療法を発見することだった。現代医学の領域からではない。真知子は、民話や神話を始めとする神秘な世界から、その糸口を発見しようとしていた。錬金術といってしまえばそれまでだ。だが、ここは我慢してでも母に付き合う他ないだろうと、馨は記事に目を通していった。

オレゴン州、ポートランドに住む、引退した測量技師、フランツ・ボウアは、数年前、転移性ヒトガンウィルスに感染し、身体中に転移したガンのため、余命三か月と医師から死の宣告を受けたのだった。

ところが、彼は医師の勧める治療を拒否して旅に出て、ある場所で二週間ばかりを過ごす。一か月ばかり後、フランツ・ボウアが生きてポートランドに戻ると、彼の身体を診察した医師は、信じられぬ思いで首を横に振ることになった。切除不可能なまでに広がっていたガン細胞が、きれいに消えていたのだ。しかも、五十九歳のフランツ・ボウアの細胞を採取して、分裂回数を調べたところ、同年齢の平均よりずっと多いことが判明した。

つまり、フランツ・ボウアは、彼の地でふたつのものを手に入れたことになる。失ったはずの命、そしてもうひとつは、長寿。ところが、一人暮らしのフランツ・ボウアは、どこでその奇跡を手に入れたのかを人に語ることなく、事故であっけなく死んでしまったのである。だれもが、彼が、どこで何をしていたのか知ろうと躍起になった。

手掛かりはほとんどない。ただ、ある雑誌記者が執拗に調査した結果、死の宣告を受けた直後、フランツ・ボウアがロスアンジェルスでレンタカーを借りた事実が判明した。それ以外に、彼がどこに向かったかを知る手掛かりは一切ない……。

記事に書かれている内容は、ざっとそんなところだった。

真知子は、馨の反応をじっと見守っていた。末期ガンからの奇跡的な生還など、別段珍しくもない。どこにでもよくある話だった。期待に胸を膨らませる真知子の気配がわかるだけに、馨は、さてどうしたものかと、ゆっくりと顔を上げた。

「どう？」

真知子は、記事の感想を尋ねる。

ポートランドからL．A．まではたぶん飛行機で飛ぶだろう。向かったのが、アリゾナとニューメキシコ近辺の砂漠地帯だとしたら、当然L．A．でレンタカーを借りる必要が出てくる。辻褄は合う。

「母さんの言いたいことはわかる。フランツ・ボウアが向かった場所こそ、ぼくが昔から言っている砂漠の長寿村だと、そう言いたいんでしょ」

母は、肯定もせず、ぎらぎらと燃える目を馨のほうに近づけてきた。確信があるのだと、瞳は訴えている。

「実はもうひとつ、証拠があるのよ」

「なんだい？」

「これも、見て」

真知子は背中に隠していた原書を、馨の前に差し出した。

『FOLKLORES OF NORTH AMERICAN INDIANS（北米インディアンの民間伝承）』

タイトルの下には、太陽と、日差しを正面から受けて丘に立つ人間の絵が描かれていた。頭に羽飾りをつけた男性インディアンが、影絵のように黒く染まっている。インディアンは祈りのポーズをとっていた。古い本らしく、表紙の色は褪せ、ページの中程は手垢で汚れている。

真知子から本を受け取るとすぐ、馨は、目次を開いた。三ページに及ぶ目次には、七十四個の項目が並んでいる。読んでも意味の通じない単語が、どの項目にも最低ひとつは鏤められていた。たとえば、HIAQUA なる単語を、馨はこれまで目にしたことはなかった。一見して、英語の辞書に載っていない単語と察しがつく。さらにページをめくると、数枚の写真が現れた。その中の一枚には、立て膝の姿勢で弓矢を構えるインディアンが写っていた。

本から顔を上げ、馨は無言で母に説明を求めた。

「北米インディアンの民話よ」

「そんなことは見ればわかるよ。ぼくが知りたいのは、北米インディアンの民話と、さっき読んだ『ファンタスティック・ワールド』の記事との間に、一体どんな関係があるのかってことさ」

真知子は居住まいを正した。動作からは、息子にものを教えられるという喜びが滲み出ていた。

「インディアンには様々な神話や伝承があるわ。でも、北米インディアンは文字を持っていなくて……、だから、ほとんどの民話は口承で伝えられているの」

真知子は罄の手から本を奪い、ページをめくった。

「というわけで、ここにある七十四の短い物語はほとんど、インディアン以外の人間によって収集され、収録されたものなの。見て」

真知子は、本の中のあるページを指差した。

「ほら、それぞれの物語の最初には、タイトルの他に、その物語が、いつ、どこで、だれの手によって採録されたかが明記されているわ。物語を語り継いでいる部族名もね」

罄は、真知子が指差す箇所のタイトルを読んでみた。


『どのようにして、山々の頂きは太陽にまで届いたか』　ショーパンカア族

続いて、ショーパンカア部族との交わりの中で、物語を聞き及び、記録するに至った白人男性のエピソードが語られ、しかる後ようやく、太陽にまで届いてしまった山々の物語が語られていた。

物語自体は短く、せいぜい一ページか二ページで終わっている。これと同じものが、本の中に七十四編収められていることになる。タイトルは、文章の形式を取っているものが多く、固有名詞ひとつというものはほとんどなかった。

「ねえ、馨君、この物語を読んでほしいの」

真知子が開いたページには、三十四番目の物語らしく、タイトルの上に34と番号がふられていた。

馨はタイトルだけからあるひらめきを得た。

……これもまた偶然なのだろうか。

タイトルはこうだった。

『無数の目に見張られている』

受け身型だが、「だれ」が「なに」に見張られているのかは、想像がつかない。

馨は、そろそろと後退りし、手探りで椅子(いす)の足を確かめ、座って読み始めていた。いつの間にか、真知子の提出した世界に浸り込んでしまったのだ。

『無数の目に見張られている』

タリキート族

(南北戦争さなかの一八六二年。西南部の砂漠地帯を東から西に旅する途中、幌馬車隊からはぐれた白人牧師、ベンジャミン・ウィクリフは、タリキート族に助けられ、数日間、彼らと生活を共にすることになった。

ある静かな夜のこと、インディアンたちは火を囲んで長老の語る物語を聞いていた。たまたま、火の近くにいたウィクリフは、その物語に聞き入った。そして、夜空に立ち上る火の柱と、抑揚なく語る長老の言葉は、印象深くウィクリフの脳裏に刻まれ、その夜のうちに彼は、これを書きとめることになった)

はるか昔に、自然界におけるすべての生物は、みな同じものから生まれた。そして、その生みの親であり、人間や動物を慈しむ海や川や大地、太陽や月や星は、もっと大きな生き物の腹に抱かれている。大地に精霊が満ちていると感じるのは、大きな生き物の心と人間の心が通じ合っているからだ。だから、人間が悪い行いをすれば、大きな生き物の心は病み、その結果、災厄が人間に降りかかることになる。

あるとき星々は、大きな生き物の血の流れに乗って空を走り、そのひとつが大地に至ってタリキットという人間の男になった。彼はレーニアという名の湖と結婚して、二人の男の子をもうけた。夫婦は、大きな生き物の腹に浮かぶ大地で、精霊の意思に背くことなく、子供たちと共に幸せに暮らしていた。

子供たちはやがて立派に育ち、父と母を助けるようになった。勇敢で、狩りがとてもうまかったので、兄弟たちはいつも両親に大きな獲物を持ち帰ることができた。

ところがある日、タリキットは足に痛みを覚えるようになり、そのことを妻と子供たちに告げた。妻と子供たちは、タリキットの身体を心配したが、彼だけは密かに自分の身体が痛む訳を知っていた。

彼は、この大地に流れ着く以前から、無数の目に見張られていることに気づいていたのだ。人間は、動物を狩って食べてもよい。大きな動物は、小さな動物を掴まえて食べてもよい。しかし、食べ過ぎるのはいけないとされていた。また、狩った獲物を蓄え過ぎるのもいけないとされていた。狩った獲物には敬意を持たねばならないのだ。これを見張るために、自然界の父でもある大きな生き物は、山の頂きに巨大な目を置くことにした。山の頂きに据えられた目はとても大きかったけれど、ひとつだけだったので、同時に全方向の人間を見張ることができず、やがて人々はこの目に隠れて大きな生き物の意思に背く行為をするようになっていった。

そこで、大きな生き物は、決して目から逃れられないよう、目を人間の身体の中に埋め込むことにしたのだ。

「その目が、今、わたしの身体を痛めているのだよ」

タリキットは、妻と子供たちにそう説明した。

「でも、お父さんが、大きな生き物の意思に背いているとは、とても思えません」

「きっと自分で気づかないうちに背いていたのだ」

タリキットは、そう言い残して死んでいった。

あとに残された母と兄弟たちはとても悲しみ、大きな生き物の仕打ちを恨んだ。

しばらくして、兄の腰のあたりが痛み始めた。続いて、弟の背中にも痛みが走った。お互いの身体を見せ合うと、兄の腰にも、弟の背中にも、握り拳大の『目』が浮かび上がっているのがわかった。ふたりはびっくりして、母のレーニアに助けを求めた。

レーニアは、川を下って森の精霊を訪ね、息子たちを助ける術を教わった。

「まっすぐ西に向かい、戦士の現れるのを待て。そして、戦士の真意を確かめた後、その導くところに従え」

森の精霊がそう答えたので、兄と弟はさっそく西に向かって旅立ち、戦士が現れるのを待った。兄の腰の『目』はいよいよ大きくなり、弟の背中の『目』はときとして大粒の涙さえ見せるようになっていた。

やがてどこからともなく、獣にまたがった屈強な男がひとり現れ、兄と弟を山脈の切れ目へと導いていった。

いくつもの川を渡ると草原は砂漠に変わり、北から張り出している巨大な山脈もとぎれた。南側を迂回すると、小高い丘に至ることができた。丘から西を眺めれば、山の頂きからあふれた水が谷を流れて川となり、西の大海に注がれるのが見える。また、東を眺めれば、同じく川の流れが東の大海に注がれるのが見えた。そこはまさに山脈と山脈の谷間を這う弓状の尾根であり、ふたつの大きな海に至る川の源にもなっていたのだ。

戦士は、稜線のもっとも高くなったところで獣から降り、歩いて滝を溯った。滝の上には黒い洞窟がぽっかりと口を開き、その中には『古き者』が住んでいた。『古き者』は、兄弟に天地創造の話を聞かせた。まるで経験したように過去のことを詳しく知っているので、兄が『古き者』に年齢を問うたところ、彼は答えた。

「見たままを思うがよい。そして、思ったことをわしに告げよ」

兄も弟も何も心に浮かばず、答えることができなかった。

『古き者』は年齢を告げる代わりに、こう言った。

「わしは森羅万象が生じた頃より、ここにいる」

兄弟は、腰にできた『目』と背中にできた『目』を取ってほしいと訴えた。すると彼は答えた。

「よろしい、だが、わしの代わりにおまえたちが今日から見張らねばならない」

『古き者』はその言葉を最後に消えていった。すると、『目』は身体からぽろりと落ち、岩の上を転がって、黒い石に変わった。兄弟たちは永遠の生命を得て、その地で見張ることになった。西と東の、大海に注ぐ川を持つその地は、見張るのに都合のいい場所であった。

読み終わったとみるや、真知子は馨に同意を求めた。

「ね、わかったでしょ」

馨は、この手の物語が苦手だった。もともと小説の類いはあまり読まないほうだが、民話とか神話となるともっととりとめもなく、現実感に欠け、読んでいて話がうまく頭に入ってこないのだ。

この話にしても、展開が急過ぎて、何を言いたいのかよくわからない。意味ありげな言葉も、受け取りかた次第でなんとでも解釈可能だった。果たして、教訓を含んでいるのかどうか。だから、「わかったでしょ」と念を押されても、馨は返答に窮するだけだ。

「他の物語もだいたいこんなものなのかい？」

馨は問いを返した。

「まあね」

「『古き者』っていうのは、文字通り、老人と受け取ればいいのかなあ」

『古き者』も『見張っている無数の目』も、比喩であろうと想像はつく。『古き者』とは長寿村のことだろうか。としたら、『見張っている無数の目』とは何のことだろう。どうもピンとこない。

「問題はこれなのよ」

真知子は、本の最後に添付されている北米の地図を取り出し、馨の前に広げた。地図には、北米に展開する主なインディアンの種族名が記されている。

「ねえ、民話や神話は、まったく架空の物語なのかしら。ある学者に言わせれば、神話は、民族の若かった頃の歴史的事実を基にして、ある種の願望を含むそうよ。大洪水の痕跡は世界各地に残っているし、方舟の伝説がある程度事実に基づいているなんて、もう常識ともいえるわ。

だから、馨君が今読んだ物語が、ある程度の事実を踏まえていると仮定して……、いい？　タリキート族はオクラホマの西側を居住地としていたオキワ族の一部族なの」

そこで真知子は、地図上の一点を小指の先で示した。そこは現実に存在したタリキート族の居住地だ。

「物語の中、兄弟たちは、ここから真西に進んだとあるでしょ」

真知子は、そのとおり小指の先を左側に動かしていったが、途中で指を止めた。「さて、兄弟は一体どこに向かったのかしら。物語では、ふたりの立った丘は、巨大な山脈の南の切れ目であり、西の大海と東の大海に注がれる川の源になっているとあるわ。山脈とはこの場合、地理的にみて、ロッキー山脈以外に考えられない」

真知子は、指を南北の方向に走らせた。カナダからまっすぐに下り、指を止めた地点で山脈は終わっている。タリキート族の居住地から真西にあたり、すぐ南には四千メートル級の山がそびえていた。つまり、今、真知子が指を置いている地点は、弓状に走る大地を抱えた大きな谷間となっていて、そこはもう砂漠地帯だった。

真知子はさらに小指の先で、弓状に走る丘の頂きに×印をつけた。その少し左で、太平洋、カリフォルニア湾に注ぐコロラドリバーの支流、リトルコロラドリバーが細くなって消え、すぐ右側では、大西洋、メキシコ湾に注ぐリオグランデリバーの支流が、点線になって消えている。世界のふたつの大海、太平洋と大西洋に至る川の水源が、この地点で、稜線を挟んですぐ隣り合っていることになる。稜線とは、水を東と西に分ける大陸分水嶺（ぶんすいれい）であった。

そうして、この地帯こそ、ニューメキシコ、アリゾナ、ユタ、コロラドの州境のあたり。マイナスの重力異常が特に大きく、長寿村の存在が予測できる地域だ。ロスアラモス研究所からほど近く、異様な形状に膨れ上がった樹木群が発見された地域。馨が十年前にプリントアウトした重力異常の分布図に記した×印とぴたりと重なるのである。

馨は目まいを感じた。丘の頂きに立って西を向けば、山の肌から染み出た水が太平洋に流れるのが見え、東にも似たような風景が見渡せる。きらめく水の流れが切り開くのは、荒涼とした砂漠の大地だった。

突如風景が目に浮かんだ。尾根の両側を左右それぞれの足で踏み締め、不安定な立ち方をしている自分の姿。行ったことのない場所にもかかわらず、地図に描かれた等高線だけから、明瞭に風景が想像できてしまう。もちろん、彼が動揺するのは、そのせいだけではない。自分の推論……、長寿村の存在がにわかに真実味を持ち、彼の地にて待ち受けるものに畏怖の念を抱いたのだ。馨には、神話が単なる作り話であるかどうかなど、もはやどうでもよかった。自分の作り上げようとする神話に、どれだけ多くの願望を込めることができるか、大切なのはそれだけだ。父も、礼子も、強く望んできた。そして、今、母が強く望んでいる。

真知子は、馨の膝に手を置いて囁いた。小さな声だが、確信に満ちている。

「ね、あなた、行ってきてくれるわよね」

馨にはまだわからないことがある。

「母さんは、フランツ・ボウアが訪れたのもこの場所だと、そう確信してるんだね」

真知子は、意味ありげな笑みを浮かべた。

「フランツ・ボウアがどんなお仕事をしていたか、記事に書いてあったと思うけど、覚えている？」

「確か、引退した測量技師と」

オレゴン州ポートランドに住む、引退した測量技師、フランツ・ボウアは……、記事の書き出しはこんなふうに始まっていた。

「本職は測量技師だったけれど、彼は同時にアメリカ・フォークロア学会の会員でもあったのよ。知らなかったでしょ」

「むろん、知るわけがない」

「ところでこの本は……」

真知子は、『北米インディアンの民間伝承』を持ち上げた。「実は、これ、複数の編者によって編纂されているのよ。巻末に、それぞれの物語の責任者が明記してあるわ」

巻末には六人の編者の名前が記され、各自が担当した項目の番号が、その下に明記してあった。そうして、三十四番目の項目、『無数の目に見張られている』は、なんとフランツ・ボウアによって編纂されたものだった。

「そうだったのか」

ガンの末期症状で余命三か月と宣告されたフランツ・ボウアは、最後の望みを託して西南部砂漠地帯のある地点に赴いた。たとえそこで奇跡を拾わなくとも、彼は構わなかっただろう。フランツ・ボウアは民間伝承の研究家でもあり、寿命のあるうちに一度は訪れてみたかった場所がたまたまそこだったのかもしれない。放っておけば確実に命は終わる。ならば、行くだけでも行ってみよう。しかし、出向いた場所で、彼は本当に奇跡を拾ってしまったのだ。

「『無数の目に見張られている』という物語には、様々なバリエーションがあるわ。ここに載っているのは、もっとも基本的なものなのよ。ある物語では、『古き者』に出会って永遠の生命を得るのが、兄と妹になっているし、またある物語では、レーニアの産後の肥立ちが悪いのを心配して、タリキットが『古き者』を訪ね、泉の水を飲ませて妻の身体を癒したことになっている。タイトルが異なっているのもあるわ。でも、場所の記述はどれも一致している。ここなのよ。そして、必ず、この地で病を癒す力を授けられる」

真知子は、地図の一点を何度も指でつついた。「だから、フランツ・ボウアは、この地に出かけることにしたんだわ」

「この場所……」

「馨君、いつだったか、お母さんに見せてくれたわね。重力異常の分布図。アリゾナかどこかの砂漠に印をつけたでしょ。あの地図、もう一度見せてくれない」

馨自身、確かめたい気持ちがあった。たとえ分布図を見なくとも、場所に間違いがないのは明らかだったが、念のため、彼は、

「ちょっと待っていて」

と、自分の部屋に入っていった。

ここ数年、世界の重力異常の分布図は見てなかったので、探し出すのに手間取りそうだ。本棚や、机の引き出しを探しても見当たらなかった。プリントアウトされた紙切れなど、探すとなると一苦労だ。しかし、別に問題はない。十年前と同じ方法でデータベースにアクセスし、情報を引き出せばそれですむ。

馨はパソコンの電源を入れた。今となってはずいぶんと古い機種だ。ちょうど十年前の夜、このディスプレイに世界の重力異常の分布図が表示されたのだ。

馨はあの夜とまったく同じ経路を辿ろうと、記憶を手繰り寄せた。まず通信回線によってデータベースにアクセスする。そのあと、どうやって検索したか……、カテゴリーの選択、科学技術情報だ。そのあと、重力場を選ぶ。次に、重力異常。そして、場所の指定として、世界。

ディスプレイには、西暦の表示が並んだ。西暦何年の重力異常の分布図がほしいのかと、パソコンは尋ねている。馨は、十年前にプリントアウトしたのと同じ分布図を手に入れようと、下から上に年号を溯った。

ディスプレイに重力異常の分布図が映し出された。馨は、以前チェックしたはずの北米の一地点を拡大してゆく。

愕然とした。重力異常の等高線はなんの特徴も示してはいないのだ。十年前、北米砂漠のある地点に向けてマイナスの値は際立って上昇していた。はっきりと、場所を暗示するかのような、明確な重力異常が見られたのである。

ところが、今、目の前にある分布図からは、そんな特徴がすっかり消えている。父も母も、はっきりと見たはずであった。居間の明かりにかざして、重力異常のマイナス値の高い場所に、長寿村が存在する事実を、三人で確かめ合った。

馨は、十年前と同じ手順を踏んで、何度も最初からやり直した。ところが、何度やり直しても、ディスプレイに呼び出される分布図には何の特徴もない等高線が走り回り、無意味な数字が並んでいるだけである。

十年前の分布図を読み間違えたなんてことはあり得ない。父と母の記憶も確かである。父は、あのときの分布図を見ることによって、北米砂漠への旅行を約束してくれたのだ。父が書いた誓約書は、今も馨の机にしまわれている。

となると、十年前のあの情報はどこからやってきたのだろう。

こめかみのあたりが痛んだ。十年前に、パソコンの回線がどこに繫がったのか、それを考えると顔から血の気が引いた。

馨は、パソコンの電源を切り、目を閉じた。それまで漠然としていた砂漠の長寿村のイメージが、じわじわと立ち上がってくる。

……実在するのだ、確かに。

たった一突きで崩れ去るほど、世界の輪郭は脆い。その脆さを目の当たりにして、馨は逆に確信した。もし十年前と同じ情報が引き出せていたら、こんな気持ちにはならなかっただろうし、決意も定まらなかったに違いない。

なだらかに盛り上がってゆく大地の先に川は飲まれ、弓状の丘が視野に入ってくる。空を舞う鷹からの俯瞰を、馨は想像の中で操ることができた。深く切れ込んだ谷と、その内懐に抱かれた木々の緑が瑞々しい。太平洋と大西洋に注ぐ水源を両脇に抱え、『古き者』は今も世界を見張っているのかもしれない。水は、体内を循環する血液やリンパ液のように世界を巡る。不治の病と不老長寿、重力の強弱が起こす潮の満ち引き、生と死。あらゆる矛盾が渾然一体となって砂漠に盛り上がってくるようだ。すべてが示唆している。この場所へ向かうようにと囁きかけるのだ。

いつの間にか、真知子が背後に立っていた。馨は振り向くと、言った。

「行ってくるよ、母さん」

「どうやって？」

「父さんのバイクをL.A.まで空輸し、そこから砂漠に乗り出す」

馨の言葉に、真知子は何度もうなずくのだった。

第三章　地の果ての旅

1

バックミラーを覗くと、黒い闇が映っていた。東側の地平線から徐々に明るくなりつつあるのだが、全体的に見れば空はまだ夜に支配されている。かすかな曙光に向かって闇の中を進む姿は、現在の馨そのままだ。ほんの少し得た手掛かりを頼りに、転移性ヒトガンウィルスの攻略法を見つけ出すという使命を背負い込んでいた。全貌は闇の中にもかかわらず、かすかな光を目指して進むほかなかった。

モハーベ砂漠を横切る深夜のインターステイトハイウェイに、ヘッドライトの流れはほとんどなく、しばらくの間、馨は、バックミラーを見ないでいた。だが、朝の気配が前方から押し寄せると、バックミラーを見る頻度は増した。夜の支配から脱して空は徐々に朝を迎えつつある。風景の推移する様が、馨の目には美しく感じられた。茶褐色の大地は、前方から朝焼けの浸食を受け、すみやかに後方の闇を赤く染めていく。ハイウェイの両側では、山々の稜線が影絵のように浮かび上がろうとしていた。

馨は、十年前に父が購入した600CCのオフロードバイク、XLRのハンドルに両手をおいたまま、周囲に顔を巡らせた。バックミラーではなく、自分の目で、移りゆく風景を楽しみたかった。

十歳の頃より夢見ていた風景である。アメリカに渡り、六時間ばかりオートバイを走らせて、今ようやく目にする荒涼たる砂漠だった。

昨日の午後遅く、空輸されてきたXLRを受け取った。砂漠を走破するための荷造りをすませ、L.A.を出発したのは夜の十時近かった。ホテルでゆっくり休んで、翌朝出発することも考えたが、東に広がる砂漠を思えばいてもたってもいられず、夜の出発へと踏み切ったのだった。

モハーベ砂漠を走っているとわかっても、日の光がなければ何も見えず、高原を走るのとそう変わりはない。闇に向かってまっすぐ延びたハイウェイに、ハンドルを固定するだけだ。日が昇って初めて、大地の様子をこの目で見られるようになったのである。

昨夜に出発して走り続けてよかったと、馨は思う。風景の変化を体験できたし、ともかく一日を無駄にしなくて済んだ。残された時間はあまりない。ちょうど今日が九月一日。ここ二か月ばかりのうちに、なんらかの結論を出さなければ、礼子(れいこ)だけでなく、宿ったばかりの子供の命さえ危うくなる。

4サイクルOHC2気筒の図太いエンジン音と振動に、六時間ぶっ通しで浸っていた。舗装路とはいえ、ニーグリップを緩めず、馨は完璧(かんぺき)なライディングフォームを保っている。父からさんざん仕込まれた、オフロードバイクのテクニックだった。股(また)を広げた無様な格好でバイクに乗ろうものなら、父は、膝をピシャリと打って怒声を浴びせかけたものだ。

……坊主、膝でタンクの両側をしっかり締めるんだ。

ずっとその通りにしてきた。肩の力を抜き、ステップにほどよく体重をかける。ガンに侵されてなお、連れ出してくれたツーリングでは、特に父の一言一言が胸に染み、正確なライディングを心掛けるよう努めてきた。

そのせいかどうか、同じ姿勢で数時間連続走行しても、疲れるということを知らなかった。父が長年使い込んだバイクにまたがっていると、なにかしら自信のようなものが湧いてくる。

トリップメーターは三百マイルを越えようとしている。容量三十リットルという巨大なガソリンタンクを持つXLRは、ハイウェイなら連続三百五十マイルの走行が可能だった。そろそろ給油する頃合だ。これ以上走ると、ガス欠になる恐れが出てくる。油断していると、二百マイルもの区間、ガスステーションがひとつもない場合もあり得る。荷台に予備のポリタンクを積んでいるが、中身は空だった。適当なところでモーテルを見つけ、ベッドで横になるつもりが、ついつい走り過ぎてしまったらしい。

……次の街が現れたら、迷わずにバイクを止めて朝食をとる。

馨は自分に言い聞かせた。しっかり言い聞かせなければ、燃料切れになるまで、父のバイクを走らせてしまいそうだった。立ち止まるのも惜しい。夜から朝へと変わる様は、地球が自転している事実を、馨に見せつけた。立ち止まってなどいたら、自転の動きから取り残されそうな気がする。

バックミラーから夜の色が消え、完全な光に大地が包まれた頃、前方にぼうっとした街の形が浮かび上がってきた。ガスステーションも兼ねた小さなカフェが、たぶんその街にあるはずだった。

昼ちょっと過ぎ、モーテルにチェックインするとすぐ、馨は、シャワーを浴びてベッドに横になった。眠ろうとするのだが、身体に蓄積されたエンジンの振動が、細胞をブルブルと揺らしてどうにもむず痒（がゆ）い。横になってもまだバイクに乗っているような気分だった。特に、ガソリンタンクを挟み続けた太股の内側には、自分の皮膚でないような感触が残っていた。

……結局何時間、バイクを走らせたのかな。

馨は指を折って数えた。L.A.から六時間、その後、店が開くのを待ってゆっくりと朝食を取り、燃料を補給し、また三時間走った。合計すれば九時間走ったことになる。あと同じ時間、インターステイトハイウェイ40号線を東に走れば、アルバカーキの近くまで到達できるだろう。

アルバカーキの手前で左に折れて25号線を北に進み、サンタフェ経由でロスアラモスに至り、ケネス・ロスマンが最後に住んでいたとされる住居を訪れるつもりだった。最終的な目的地は、アリゾナ、ニューメキシコ、ユタ、コロラドと四州にまたがる地域である。

しかし、それ以前にロスマンの消息を尋ね、彼が最後に残した言葉の真意を摑むのが先決と思われた。

馨は、ベッド脇に置いたバッグに手を伸ばして、中を探った。札入れの中に二枚の写真が入っているはずだった。抜き出して、写真に写っている人間の顔を見る。ベッドに横たわったまま上にかざし、愛しい顔に向かって語りかける。

もちろん、写真の人間は何も答えない。

日本を発つ前、馨はアメリカに渡る報告をするために父の病室を訪れた。なぜ行かなければならないのかという理由を話すと、秀幸は納得したように、

「そうか」

と、うなずいた。馨は、礼子のことも隠さずに告白した。ひょっとしたら、自分が日本を留守にする間にも父の命は奪われるかもしれない。言うとしたらこの機会を除いてなかった。

礼子という女性の子宮で、自分の孫が育ちつつあると知って、秀幸は、さもおかしそうに声を出して笑った。

「やるじゃないか、坊主」

元気だった頃の口振りがほんの少し戻り、秀幸は品のない好奇心もあらわに、礼子という女性の容姿を聞き出そうとする。

「なあ、いい女か」

「ぼくにとっては最高の女性だ」

馨がそう答えると、秀幸は何度も、

「おまえも隅に置けねえな」

とうれしそうに身体を揺らす。さらにしみじみと、

「孫の顔を見るまで生きていたいよなあ」

という言葉を聞いて、馨は、礼子のことを話してよかったと思うのだった。

馨は、礼子の写真から目を逸らし、身体を背けたまま手探りでバッグに戻した。胸の鼓動が激しい。眺めているだけで、孤独感は深まってゆくようだ。

気を散らそうとして、馨は、ベッドに横たわったまま今いる部屋を見回した。壁には派手な模様の丸いタペストリーが掛かり、天井で回る扇風機は、穏やかに風を吹き下ろしている。プロペラの回転音よりも、キッチンに置かれた冷蔵庫のモーター音が気になった。

部屋に備え付けの家具や電気製品は、このモーテル同様、すべて古い。マットレスの下からコソコソと何かが這う音が聞こえてきた。ゴキブリの足音だろうか。ついさっき、キッチンの床で一匹を発見したばかりだった。そいつがベッドの下に移動してきたのかもしれない。

馨はゴキブリが苦手だった。東京湾に面したマンションの二十九階では、ゴキブリに出

会ったこともなく、慣れていないせいもあった。

モーテルにチェックインしたときは、ベッドに横になりさえすればすぐに眠れると思っていた。それほど疲れていた。徹夜のツーリングより、日が昇ってからの、直射する日光に体力は消耗させられた。だが、予想に反して、眠りはなかなか訪れない。日本を離れ、最初に泊まるモーテルのベッドという興奮もある。

本当はこんな旅になるはずではなかったのだ。十年前、夢に描いた旅のシーンと、今のこの現実とのギャップを考えると、馨の目には涙が浮かびそうになる。抱えている問題が多すぎた。危機に瀕（ひん）している父親の生命を救うため、礼子の心の迷いに結論を出すため、細胞分裂を始めたばかりのわが子に、世界が生きるに値することを示すため……。

目的を羅列し、勇気を奮い起こそうとする。興奮、感傷、疲労、振動、使命、恐怖、熱気が一体となって、蟻が無数に体内を這い回っているようだ。気の昂（たか）ぶりを押さえなければ、いつまでたっても眠れそうにない。

コの字型をしたモーテルの中庭に、小さなプールがあったのを、馨はふと思い出した。ひと泳ぎすれば、このむず痒さが洗い流されるかもしれない。馨は、ベッドから起き上がって、水着に着替えた。

だれもいないプールに飛び込み、反転して水中から空を見上げた。空気から水へという、異なる媒質内への急速な移動が、馨は大好きだった。特に水中から空を見上げれば、水と空気の二層を同時に楽しめる。ぎらぎらとした太陽が、水の中からだと歪（ゆが）んで見えた。

顔を水面から出して、プールの中央に立った。コの字型の建物の切れた一方の先から、延々と続く砂漠が見渡せる。水に浸かりながらだとよけい、乾燥し切った大地のごつごつした様が、リアルに感じられた。

熱い塊が、身体の中で溶けていくようだった。最後の塊が溶け切ったという実感を得ると、馨は、水から上がって部屋に戻ることにした。ようやく、眠れそうな手応えを得たのだ。

2

日差しは徐々に強くなっていった。長袖のトレーナーに革手袋、ジーンズの裾をきちっとブーツに納め、日にさらされるのはヘルメットの下からのぞく首筋の一部だけだ。それでも、走っていて、全身を焦がす太陽を感じる。

さしあたって目標とする場所に、番地の記述はなかった。

「ニューメキシコ州、ロスアラモス郊外、ウェインスロック」

ただそれだけだ。日本を出発する間際、天野に頼んで、ケネス・ロスマンが最後に居住していた場所を調べ出してもらった。アパートなどではなく、古い民家を買い取って住居と仕事場を兼ねていたという。なんらかの都合で連絡を絶っただけで、ロスマンは今もそこに住んでいるのかもしれないという期待があった。仮にロスマンがいなくても、彼が住んでいた住居はなんらかの形で残されているはずである。そこで手掛かりを発見できる可能性は十分にあった。

交通量の少ない砂漠のハイウェイを走れば時間の読みは正確そのものだ。アルバカーキには時間通りに到着した。インターステイト25号線を北上し、しばらく進んでから州道に折れ、ロスアラモスへと向かった。ロスアラモスの手前に、かつてロスマンが住んでいたウェインスロックという小さな集落があるはずだった。

目的地が近づくと、馨はガスステーションにバイクを止めた。ガソリンはまだ十分に残っている。ガソリンの補給というより、道順を訊いておきたかった。州道に沿ったガスステーションは、ほとんどの場合雑貨屋を兼ねていて、無人ということはあり得ない。ここを通過すれば、いつまた人のいるところに出られるか知れなかった。

念のため満タンにしてから、馨は、ガソリン代を払うために店の中に入っていった。髭をはやした中年の男が、馨を見て、目だけで「ハーイ」と合図を送ってきた。

一ガロン分にも満たないわずかなガソリン代金を払うと、馨は、ウェインスロックへの道順を尋ねた。

男は、北の方向を指差し、

「三マイル」

とだけ言う。

「わかった。ありがとう」

礼を言って出て行こうとすると、呼び止められた。

「そこに、何か用があるのかい?」

男は、目を細め、口をへの字に曲げていた。ぶっきらぼうな言い方だったが、悪意はなさそうだ。

「たぶん、古い友人が住んでいる、と思う」

どう答えていいかわからず、馨は、短く言葉を区切った。

男は、唇のあたりを横に揺らしながら、ただひとこと、

「ナッシング」

とだけ答え、両手を軽く上に上げる。

「ナッシング……」

馨は鸚鵡返し(おうむがえし)に同じ言葉を返し、納得したように頷(うなず)いた。

男は黙ったまま、馨を見つめている。ナッシングと言われたところで、意思が変わるはずもなかった。とにかく行ってみるだけだ。

わざと笑顔で、

「サンキュー」

と礼を言い、馨は、店を出た。

周囲には人っ子一人いない。一体、今日一日で、自分以外の客があっただろうかと思わせる閑散としたガスステーションを後に、馨はさらに北に向かった。

バイクを運転しながら、時間を確かめようと、腕時計をはめた左手をハンドルから離した。だが、革手袋が邪魔になってなかなか文字盤が見えない。顎を使って手袋を引っ張ろうと、視線を一旦落とし、また元に戻したとたん、耐乾性植物の茂る起伏の向こうに、砂漠を北に延びる古い木の列を発見した。普通のドライバーなら見落としていたかもしれない。だが、馨は十分に注意していた。先ほどのガスステーションからちょうど三マイルの地点である。

木の列に沿って未舗装の道路らしき帯が目についた。馨は道の入り口のところで一旦バイクを止めた。数十メートルの間隔で立ち並ぶ木の柱は、とぎれた黒い電線がところどころ垂れ下がり、どう見ても電気を運ぶための電柱としか思えない。使われなくなってからかなりの歳月が過ぎたようだ。

よく注意して見なければ、そこが道路であるとわからなかっただろう。電柱の列と平行に、大地がわずかに均されていた。曲げた腕を空に伸ばすサボテンは、細長い帯の間にだけは生えていない。ここがかつて道であったことの証拠である。

電柱に沿って道を進めば、ウェインスロックという集落に到達できるのだろうかと、馨は、北の地平を見渡した。道は小高い丘を越え、その向こう側に消えている。州道からでは、ウェインスロックはまったく見えない。だが、遠くのほうで、廃墟が呼んでいるような気がする。

……電柱の列に沿って往復すればいいのだから、州道に戻れなくなる心配はないさ。

馨は自分にそう言い聞かせると、ハンドルを左に切り、砂漠の真っ只中に躍り出た。舗装路以外の道を走るのは、アメリカに渡ってからこれが初めてであった。

3

道路の先に帯状の段差が見えたが、それほど大きなものとは思えなかった。段差を越えるとき、バイクは予想以上に跳ね上がった。馨は腰を引いてジャンプするに任せ、着地の際には暴れるハンドルを強引に押さえ込み、際どいタイミングで車体を安定させた。ハンドル操作を間違えれば、転倒していてもおかしくない状況である。油断を戒め、それからは道路にできた瘤をできるだけ避けるようにして走行した。

起伏を越えると、平坦でまっすぐな道がしばらく続いた。道路の片側には、平行して干からびた木の柱が転々と延びている。道路と木の柱の列は、文明と未開とを結ぶあやふやな線のように思われてくる。

「あ」

と、馨は小さく声を上げた。前方に小山が現れ、その切れ込んだ谷間に、壊れかけた数棟の建築物が見えてきたからだ。道路と木の柱の列は、その集落の中に飲み込まれて消えている。現在も繋がっているかどうかわからないが、かつてこの集落に電気の供給があり、電話線が繋がっていたのは明らかだ。集落の先にまで木の列は延びてなく、そこが行き止まりのようである。

集落から百メートルばかり手前の丘にバイクを止め、シートにまたがったままの姿勢で、馨は、茶褐色の石でできた家を二十戸まで数えた。谷の向こうの見えない場所に家屋があるとしても、せいぜいが数十戸といった大きさの集落である。最初にここに住み始めた人間の意図が知れなかった。何を求めて砂漠の真っ只中に住もうとしたのか。家の建築方法を見れば一目瞭然、最初の人間がここに居を定めたのはもうかなり以前だろうとわかる。しかし、今は集落全体に風化が及んで見る影もない。百メートル以上離れた距離からでも、そこが廃墟であると理解できた。

……ナッシング。

州道沿いのガスステーションで、男が言っていた言葉が蘇る。そう、彼が言った通り、そこには恐らく誰もいない。かつては人が住んでいたという痕跡だけをとどめ、朽ち果てるのを待つばかりのゴーストタウンと化していた。

日差しは西の空に傾こうとしている。時計を見ると、午後五時を過ぎたところだ。明るいうちに州道に戻り、人間の住む街に出てモーテルを探すとなれば、中途半端な時間ではある。

砂漠の真ん中に出現した廃墟、ウェインスロックに根源的な恐怖を覚える。恐怖の源は何なのかと自問した。やはり、相反するものが渾然一体とした不自然さにあるように思える。情報工学において最先端の知識を有する、ケネス・ロスマンという人間が、なぜこんな辺鄙な地に居を定めたのか、わからないことだらけだ。

ここまで来て引き返すわけにはいかなかった。馨は、二度スロットルを開け、エンジンを空吹かしすると、制御可能なその豪快な音に鼓舞されて、集落へ向けての道路を一気に駆け降りたのだった。

途中目にしたのは、アメリカの街でよく見掛ける立て看板だった。

「ウェインスロックにようこそ」

馨には、その言葉が悪い冗談としか思えない。

近づくにつれ、家屋の壁につけられた網の目模様が際立ってくる。風に運ばれたのだろう、ところどころ崩れかけた石の隙間には、砂礫が付着していた。目抜き通りと目されるストリートには、数台の車が放置され、やはりこれも全身を砂粒で覆われている。

雑貨屋を兼ねたガスステーションもあった。ヒビ割れたコンクリートの床からガソリンポンプが一基だけ立ち、台座からはずれてポンプホースが路面に放置されてあった。ポンプホースは黒く、ヘビのように身をくねらし、給油ノズルの先は、鎌首をもたげたコブラの頭に似ていた。雑貨屋の窓にはしっかりと板が打ち付けられ、ガラスの破片があたりに散乱している。

ゆっくりとした速度で目抜き通りを走り、両脇に立ち並んだ廃屋の一軒一軒に目をやって、表札の類いがないかと確認した。

周りの砂漠と比べて、集落の内部には樹木の数が多い。人間が住むようになったということは、おそらく水に恵まれた場所なのだろう。その水分を吸って、廃墟に樹木は多く茂っている。街路樹のように立ち並ぶ樹木は、最初のうち確かに生き生きとしているように見えた。だが、枝が風に煽られて幹を大きく晒したとき、謦は、ざらざらとした樹皮に異様な凹凸があるのを見逃さなかった。さらに近づいて観察すると、樹皮の膨らんだ部分だけが、元の色とは明らかに異なった、日焼けし過ぎて剝けた人間の肌のような無様な斑模様となっている。

変化は幹を中心に枝にも及び、瑞々しいと思われた葉の裏側も黄土色の斑点で埋め尽くされていた。表面だけ何もないように装って、一皮剝けばあちこちに巣喰っている病根が明らかになる。

アリゾナ州で発見されたガン化した樹木群の様子は、新聞の写真で見ただけだ。写真では、突起の形状や色など、具体的なことはわかりにくいが、これも同様の変化を受けたものらしかった。ウィルスによるガン化がかなり進行しているのだ。たった今感染したばかりというのではなく、数年以上の時間の流れが必要とされる症状である。

謦は慌てて周囲を見回した。植物のガン化が進んでいるとなれば、人間を始め動物への被害は一体どれほどのものだろうかと、生命への影響が気になったからだ。

風の音以外に、音はまったくなかった。それでも、ガラガラヘビ、サソリ、毒を持った砂漠の生物が足下に潜んでいるような気配があった。サボテンや岩の影、石塊の下、どこにいても不思議はなく、悪意を持った生命体の影に怯える。

片方の足をバイクのフットレストに乗せ、片方の足を地面に着けていた。両足とも革のブーツに覆われていて、異物の入り込む余地はなさそうだ。わかってはいても、足がすくんでしまう。

無性に喉が渇いた。荷台に積んだバッグの中にはミネラルウォーターが入っているが、バイクから降りて二本の足で大地に立つのが嫌でならない。喉の渇きを我慢したまま、さらに奥にバイクを進めた。

石を積み上げた壁もあれば、土をこねて塗り固めたような壁もあった。ほとんどの屋根は崩れ落ち、室内からでも空を見上げることができそうだ。

馨は、ある廃屋の軒下にまでバイクを入れると、実際に、破れた屋根の隙間から空を覗いてみた。小さな隙間から斜めに西日は差し、空気中の塵が帯状に浮かび上がっている。細かな土煙が、一様に同じ色合いにきらめいていた。

人間はどこにいったのだろう。皆、転移性ヒトガンウィルスにやられて死滅したのか。あるいはここを抜け出して、病院のある街へ移住していったのか。

「ハーイ」

馨は奥に向かって声をかけてみた。もちろん返事はない。声の振動で、光の帯が少し揺れたような気がする。

破れた壁の向こう側に、広場のような平坦な空間が垣間見えた。広場を中心にして、家屋が数戸立ち並んでいる。

馨はバイクから降り、いつでも逃げ出せるように、バイクの正面を集落の出口に向けた。

エンジンはかけたままだ。バッグに手を突っ込んでミネラルウォーターを取り出し、たっぷりと喉を潤す。

ここに来た目的を果たさなければならない。目的とは、ケネス・ロスマンの住居を訪ね、彼が現在どこにいるのか、その痕跡を探ることである。

ゆっくりとバイクを進めながら、表札の類いを見てきたが、それらしきものは見つからなかった。あとは歩いて一軒一軒巡るしか方法がなさそうだ。

馨は、天井から西日の差す廃屋の内部を横切って、広場に進み出た。ウェインスロックにとって共用の場であるらしく、広場の中心にはスペイン風のモニュメントが建っていた。女性を象った白亜のモニュメントが、半円形をした集落の中心点に位置し、二列に並んだ家屋と反対の方向には、丘の斜面が迫り出していた。

中心に立って、馨は、この集落を空から見た図を想像してみた。すぐにわかるのは、ゆったりとした扇形を二重に巻くような格好で家屋が並んでいることだ。

手摺で囲まれたモニュメントの後方には、ぽっかりとすり鉢状の穴があった。さらに奥には、円形の縁が丸く口を開けている。井戸に違いなかった。やはり水があったのだ。だからこそ、こんな場所にも集落が形成された。底を覗くと、すえた水の臭いが鼻をつく。集落のどこもかしこも乾燥し切っているというのに、井戸の内側からは、水の臭いが強く立ちのぼってくる。

徐々に掘り下げられていく井戸は、カタツムリに似ていた。外側から回り込んで井戸の縁に降りるように階段がついていて、カタツムリの殻の内部にそっくりなのである。

井戸には蓋がなく、吹き込む風が笛のような音をたてている。

井戸の縁のすぐ横には黒く小さな塊が転がっていた。握り拳大の石かとも思われたが、しばらく眺めていると、腹を上に向けた鼠の死骸であることがわかる。一匹や二匹ではなく、広場全体に十数匹という数の鼠が黒く点在していた。

馨は、ごく自然に、鼠の死骸を目で追っていった。すると、広場の端にある、遠目にもガン化しているとわかる樹木の下に、黒い点はより多く密集していた。木の下にはベンチが置かれてある。そして、ベンチには鼠の死骸と同じ色をした人間が腰かけていた。背中から夕日を受け、人間は黒い影そのものとなっている。

馨はベンチに近づき、十メートルばかりの距離で立ち止まった。男の死体は、両膝を大きく広げて、両手を力なく垂らし、後頭部をベンチの背もたれにくっつけて顎を突き出す格好で、半分ミイラ化していた。顎からは長い鬚が幾本か垂れ下がっている。かつて馨が、山羊のようなと形容した鬚……。手や首に巻かれた金の鎖だけが、朽ちることなく、無機質な輝きを放っていた。

馨は、おそるおそる近づいて顔を下から覗き込み、その特徴を観察した。ケネス・ロスマンは細面の印象的な顔をしていて、特に際立っていたのは長い顎鬚であった。おまけに手や首には、生前の彼がよくしていた金の鎖が残されている。この死体をロスマンと見なして、ほぼ間違いがなさそうだ。

ガンの治療を受けることなく、自宅で天命をまっとうしたのだろう。

この男がロスマンだとすれば、知らない間柄ではなかった。五年前、日本に滞在したときには、数日間馨の家に身を寄せていたのだ。

ぐるりと周囲を見渡すと、馨の目を鋭く射たものがあった。耐乾性植物で覆われた丘の斜面に、風に煽(あお)られ、枝葉が上下するたび、手の平ほどの大きさの花が見え隠れする。一本の樹木に花が咲いている。幹も細く、枝は華奢(きゃしゃ)で、葉は柔らかそうだ。そしてなによりも、その樹木にだけ生命力の手応えがあった。

山の斜面を覆う樹木はすべてガン化し、葉の葉脈を醜く浮かび上がらせていたが、その一本だけは、樹木本来の色合いを保持しているように思われた。そうして、垂れ下がった枝の先に、薄くピンク色をした花をつけていたのである。

植物には、無性生殖で増える種と有性生殖で増える種があるが、このあたりの山を覆う植物は無性的に増殖をする種と見受けられた。花を咲かせるというのは、有性生殖をすることの象徴である。

無性生殖で増殖してきた植物が、あるきっかけで有性生殖へと移行し、人生で初めて花を咲かせ、後に急速に老いて枯れることもあるという。植物は永久に花を咲かせるわけにはいかないのだ。花を咲かすという快楽は、死と引き換えにしてもたらされる。

馨は、その花を折って、ケネス・ロスマンと思われる死体に供えようと思いついた。

無性生殖で増える植物は、環境が整っている限りほとんど永遠に生き続けるといっても構わない。モハーベ砂漠には、無性的に増えて一万年を優に越して生き続ける植物が確認されている。ガン細胞と似ている。環境さえ整えば、ガン細胞は永遠にシャーレの中で生き続ける。

ところが、今目の当たりにしているのは、有性生殖を手に入れた樹木だけが、例外的にガン化を免れているという事実だった。そうして、そう遅くないうちに、花を咲かせたこの樹木は、自然の流れにしたがって死ぬ。

プログラムされた死は花を咲かす快楽を伴い、ガン化した生命は花を咲かせることなく不老不死を生きる。常に二者択一である。自分ならどちらを選ぶだろう。輝きを持った人生か、あるいは永遠に続く退屈な人生か。改めて問うまでもなかった。花を咲かせるほうの人生である。

馨は、花を求めて、丘の斜面を登っていった。

4

花を折って、丘の斜面から降りる途中、数棟連なった廃屋の屋根に、鋭い光の細い帯が見えた。石造りの屋根は、大地と同じ色をして、鈍く周囲に溶け込んでいる。屋根が光を反射させるはずもないのにと、馨は目を細めて光の正体を探した。

よく観察すると、二重に建て込んだ集落の中ほど、崩れかけた赤レンガの屋根に、長方形に切り取られた黒い板が載せられてあるのがわかった。長方形の縁を走るスチールが、長方沈みつつある太陽をとらえたらしい。

黒い板は、屋根の上でいかにも異質な輝きを放っていた。廃屋に置かれてあるにしては、奇妙に新しさが際立っている。幹線道路からはずれた集落だからこそ、このシステムが必要とされるのかもしれないが、それにしても違和感は否めない。

遠目にも、黒い板はソーラーシステムとわかった。家一軒ぶんの電力はこれによって十分賄うことができるはずだ。各戸に備え付けてあれば、集落に至る道の片側に並んでいた電柱など意味がなくなるであろうに、いくら探しても、他の屋根に同じものは見当たらない。集落の中、一軒だけに特別なシステムが設置されている。

ケネス・ロスマンは、個人の研究所を自宅に併設していたという。だとすれば、ソーラーシステムがあってもおかしくはない。

馨は、死体の膝の上に花をそっと置いてから、入り組んだ家と家の隙間を辿って、ソーラーシステムが設置された廃屋を探した。丘の上から目星をつけておいたはずだが、迷路に迷い込んだように、方向感覚を失って右往左往する。

馨は壁に前方を塞がれて立ち往生した。いつの間にか、家屋の内部に入り、廊下のような場所に出てしまったらしい。

壁の隙間に吹き込んだ風が、笛に似た音色をたてたかと思うと、行き場を失い、足もとで小さく渦を巻いていた。風の音に合わせてネイティブアメリカンが合いの手を入れたように感じられた。それとも鳥の鳴き声、あるいは枝と枝の擦れる音だろうか。

気配を殺して、馨は耳を澄ませた。音の遠近感が崩れたようだ。どこか遠くから人間の声が聞こえたかと思うと、次の瞬間、耳元で囁(ささや)かれたような錯覚を覚えた。しわがれた男の声だった。壁の右側からぼそぼそと喋(しゃべ)り声が聞こえる。一旦(いったん)途切れ、声が蘇(よみがえ)るとまた、風に乗ってふらふらと左の壁側に回っていった。

声や笛の音があちこちにさ迷っている。崩れた壁の隙間を風が抜けるとき、ビブラートがかかったように震えていた。

空気が乾燥しているせいか、恐怖心は湧(わ)かなかった。さらりと乾燥した空気には、悪寒をもたらす無数の触手がない。身を晒(さら)していると皮膚が水気を失い、何も感じなくなりそうだ。

馨はただ一心に耳を澄ませ、五感を集中させた。判然としなかった音の出所が次第に明らかになりつつある。ある目星をつけ、二度続けて壁の穴をくぐると、そこは、周囲と少しばかり異なった世界であった。

かすかな匂(にお)いがある。これまでに嗅(か)いだことのない、およそ自然界にはあり得ぬ人工的な匂いが、崩れかけた壁に囲まれた二十平方メートルばかりの空間に漂っていた。

部屋の隅にはパイプ製のベッドが置かれてあった。布団は敷かれてなく、何本かのスプリングがマットレスから飛び出している。ベッド脇(わき)には、見るからに頑丈そうな木製のサイドボードが、その横には、家の中よりも浜辺が似合いそうなデッキチェアが二脚向かい合っている。電気スタンドは床に転がり、年代ものの革製スーツケースが不安定な立ち方でサイドボードに寄り掛かっていた。作り付けの棚は、板が崩れているせいで調度品が斜めに傾き、下の段には重しのように分厚い本が数冊載せられてあった。

部屋の中の物は、どれもこれも微妙なバランスの上に置かれてある。棚の板を一枚はずしただけで、あるいはスーツケースが寄り掛かっているサイドボードを数センチ横にずらしただけで、ドミノ倒しのように家具は倒れていきそうだった。

どこからともなく聞こえていた男のしわがれ声が、生々しい息吹を伴って耳元で蘇ってくる。磬は、弾かれたように飛び退き、四方に目を走らせた。

だれもいなかった。音はすぐに途絶え、ザザ、ザザと断続的なノイズを上げる。サイドボードと壁の隙間に目を落とすと、電気コードが挟まっているのが見えた。たった今気づいたのだが、サイドボードにはラジオが備え付けになっている。どうも接触不良を起こしているようだ。

磬はじかにコードに触れ、前後左右に動かしてみる。ノイズは次第に止み、男の声が一定のトーンで流れ始めた。声の背後から物憂げなギターの伴奏が聞こえてくる。ラジオ放送であるのは間違いなかった。男は、ブルースの類いの歌をうたっているらしい。ギターに合わせ、ずっと昔に終わった恋をうたっているのだと、歌詞の中身までが飲み込めてくる。

磬は前かがみになり、チューニングを調整してさらにノイズを少なくする。ついさっきまで、途切れ途切れに風に運ばれ、右に左へと浮遊していた声の源がここにあった。なぜか電源が入ったままになり、電波を受信してラジオは歌を流していたのである。この廃墟(はいきょ)に、電線による電気の供給があるとは思えない。電気などとっくに途絶えてしまっている。

屋根に取り付けられたソーラーシステムの電力は、ここに送られているのだ。ソーラーシステムが機能しているのでなければ、現在までラジオが鳴り続けているという説明がつかない。

馨はもう一度コードをたぐって電源を確かめ、ボリューム調整をしてみた。間違いなく、どこかから電気が流れている。

……先に進もう。

馨は自らを鼓舞した。砂漠の廃墟に似合わず、この家の屋根に近代科学の冠が載せられていると思うと、なんだか勇気づけられる。

部屋の一方の壁には次の部屋へと続くドアがある。ノブに手をかけると、ドアは簡単に開いた。

ドアの先は、小さなホールになっていて地下の入り口へと続いているらしい。地下に至る階段の先は黒い闇(やみ)に飲み込まれている。いや、完全な闇ではなかった。ドアの四隅からほんのわずか光の帯が漏れている。地下室の中には電灯が点(とも)っているのだ。

……階段の縁に立って見下ろしていると、導かれているような気分になる。

……電灯が点っている。

馨はその事実を何度も吟味した。ラジオと同様の、単なるつけ忘れなのだろうか。

馨は一歩一歩地下への階段を降りていった。

ドアの前に立ち、耳を押しつけて部屋の様子をうかがった。物音はなく、人のいる気配もなかった。ドアの隙間(すきま)から漏れる光は、思ったよりも量が少なく、弱々しい。

ノックしかけて、馨はそのばからしさを悟り、一気にドアノブを回して踏み込んだ。

天井からぶら下がった一本の蛍光灯が、弱く地下室全体を照らしていた。しかし、それ以外に、文明を象徴する、ある特殊な輝きが部屋の中央から発せられている。

かなり広めの地下室であるが、使用目的ははっきりしていた。パソコンのセットが部屋の真ん中にセッティングされ、関連のキャビネットに取り巻かれている。さらに、ディスプレイには光が明滅している。

回り込むような格好で、馨はディスプレイの前に進んだ。すぐ横に、頭部がすっぽりと収まるヘルメットが置かれてあるのが目についた。ヘルメットの中や外には電子機器が鏤(ちりば)められている。頭部搭載型ディスプレイであろう。子供の頃、これを使ってバーチャルリアリティのゲームをしたことがある。最近はほとんど使ってないので、馨はなんとなく懐かしい気分を覚えた。

ヘルメットと並んで、ワイヤのついたデータグローブもあったが、馨はそれに触れることなく、まっすぐディスプレイの正面に立った。

ディスプレイは、馨が前に立ったのを合図としたように、文字を浮かび上がらせてきた。

「W. e. l. c. o. m. e」

一字一字区切って浮かばせる手法は、幼児のいたずらを思わせて、幼稚極まりない。ディスプレイの前に人間が立ったのを感知して、起動する仕組みになっていると思われる。

血の気が引くのを堪え、馨はディスプレイ前の椅子に身体をもたせかけた。そうしておいて、徐々に肘つきの椅子に身体を押し込み、一息ついてからパソコンに語りかける。

「だれなんだ、あんた？」

パソコンは何も答えず、その代わりにある風景を映し出してきた。

荒涼とした砂漠に風が吹きすさんでいる。起伏に富んだ大地だった。画面は動き、見ている者はまるで砂漠の大地を走っているかのような印象を受ける。大地すれすれの滑るような動きだった。道を上って降りると、集落の全容が浮かび上がってきた。どこかで見た風景である。

現在の姿とは変わっているが、そこがウェインスロックであることに馨は気づいた。集落の規模はずっと小さく、たった数棟の家が見渡せるばかり。家々は、石ではなく木で造られている。特徴のある山肌が背景になければ、ここが現在のウェインスロックとわからなかったに違いない。

一体どのくらい前の映像なのだろう。百年、いやもっと昔かもしれない。人影もなく、時代を知る手掛かりは今のところなかった。画面には大西部の面影が濃く漂っている。

……映画なのだろうか。

当然の疑問である。

とてもコンピューターグラフィックとは思えない。ＣＧというよりも映画に近いものを感じた。記録映画といいたいところだが、百年以上も前の映像が、これほど鮮明に残っているはずもなかった。特殊技術を使って、現在のウェインスロックに過去の家並みを再現させたのだろう。しかし、現実に足を踏み入れたような鮮明な映像であった。

背後から馬のひづめの音が近づいてきた。そのリアルな響きに驚いて振り返ると、石造りの壁にスピーカーがセッティングされてあるのが見えた。

ディスプレイ画面は二次元である。しかし音声には三次元の広がりがあった。

馨の視線はさっきからチラチラとディスプレイの横に転がっている頭部搭載型ディスプレイとデータグローブに注がれていた。その指示するところをようやく悟ったからだ。

……三次元空間を手に入れたければ、ヘルメットとグローブをつけるべし。

ヘルメットを頭に載せ、データグローブを手にはめた。すると、自分の頭を巡らすだけで、風景は三百六十度の広がりをもって、脳裏に展開し始めた。

背後から迫る馬のひづめは、もはや三次元どころではなかった。すさまじい臨場感が脳髄を襲ってくる。

大地を揺らすその振動までが体感できる。ブーツを履いているはずなのに、サボテンのとげが足に刺さって鋭い痛みをもたらした。人間たちのどよめきは身を圧するようだ。生暖かい風が首筋を撫で、喉の渇きを覚えた。汗が全身から滴り落ちる。

背後から圧倒してくる影に追われ、馨は前方へ前方へ、逃げようとしていた。堪えきれずに振り向くと、馬に乗ったインディアンが十数騎、太陽を背に頭の羽飾りを色濃くそびえさせている。

……このままでは踏みつぶされる。

馨はインディアンたちの軌道からはずれ、横跳びに逃れようとしたが、その瞬間逞しい腕が脇の下にニュッと差し込まれ、馬上へと引き上げられていった。脇の下に差し込まれた腕の感触は確かなものだった。汗と土の臭いが強く鼻をついたかと思うと、ごつごつした手に操られ、いつの間にか馬の背にまたがっていた。

夢を見ているのだと、自分に言い聞かせる。これが現実でないことを、馨は知っているつもりだった。だが、逞しいインディアンの背中に顔を押しつけ馬から振り落とされないようにしがみついたとき、飾りもののように肩から垂れ下がった頭皮の束を目の当たりにした。そのうちのひとつはまだ新しく、頭皮の裏に付着した皮膚が生乾きで、血の臭いが生々しく目に染みてくる。

目がくらみ、頭が後ろに揺れかけた。落馬すれば死ぬと、本能が働きかけた。

現実と非現実の境界線が崩れたのはその瞬間からである。

5

馬に揺られていた時間の感覚が、どうにもつかめない。数分と言われても、数十分と言われても納得してしまっただろう。

谷底へ降りて川のほとりに立つと、思っていたよりも豊かな水量に少し驚かされた。川は、深く切れ込んだ谷の底を蛇行して流れていた。渓谷の上から見下ろしたとき、細く見えていた流れが、これほど豊かな水をたたえているとは思いもよらなかった。

茶褐色の大地を水に溶かし、澄んだ色とは言い難い。だが、乾燥した空気の中、川辺にたちこめる水の気配は、馬上の者たちの心を無性に安らげるのだった。そういった集団の意識を、馨もまた共有することができたらしい。

水飛沫（みずしぶき）を上げて川岸を走り、谷底が広く拓（ひら）けたところで一行は馬を止めた。渓谷を下から見上げながら、何人かの男たちが獣の鳴き真似をする。それ以外の男たちは、二手に分かれて、川の上流と下流に鋭く目を光らせていた。追ってくる者、あるいは待ち伏せているかもしれない者を、警戒する目だった。

じりじりと照りつける太陽が大地を焼き、その熱が足から伝わってきた。時間のたっぷりとした経過が体感できる。

谷の斜面を覆う木々が揺れ始めた。木や岩の影から三々五々姿を現したのは、女や子供、老人たちだった。馬上の男の数に比べ、女や子供の数のほうがはるかに多い。

初めのうち、女たちはおそるおそる近づいてくるといった態度であった。期待と緊張、喜びと恐怖の入り交じった、神にもすがるような視線をあちこちに飛ばし、馬上にいる男を見やる。目当てとする顔を捜し当てた女は、悲鳴にも似た声を上げて駆け寄り、男もまたその声に応じて馬から降りて女を抱き締めた。互いに相手を見つけ、再会を果たし、無事を確認し合う様子は、警戒のためにたっぷりと費やした時間とはうって変わって性急なものであった。

女たちの上げる声は、どれも泣き声のように聞こえた。しかし、よく聞き分けると二種類に分けられる。喜びのために泣く者、悲しみのために泣く者。馬上の集団に目当ての男の顔がないと知るや、ある女は膝を折って地面に伏せ、大地を両拳で叩いて呪いの声を上げた。まだ幼い子供たちを抱き締めて空を見上げる女もいれば、老人と手をとって力なくへたり込む女もいる。

馨は瞬時に悟った。この付近を居住地とするインディアンのある部族は、戦士を募って戦いの旅に出たに違いない。ここを発ったとき、何人の戦士たちがいたのか。抱き合って無事を喜ぶ女の数と、嘆き悲しんで頭を垂れる女の数が半々とすれば、約二倍の人数が戦いに赴いたことになる。ところが、戻ってみると戦士たちは半分に減っていた。帰還した集団の中に、求める男の顔がなければ、死んだと諦める他なかった。妻や、親しい家族たちは、悲喜こもごもに感情の高まりを見せているのだ。

馨だけは、客観的な目で、この様子を眺めているつもりだった。だからこそ、集団の只中にいて、身の置きどころのない居心地の悪さを感じていた。

ところが、強い力で手を摑まれて強引に身体を横向きにさせられると、自分がどの世界の住人なのかわからなくなった。眼前には、両目に涙を浮かべて迫ってくる女の顔があった。その真剣なまなざしは、自分だけが例外だとたかをくるのを拒絶していた。同時に、十歳ばかりの男の子が、腰に飛びついてきた。馨の頭は混乱した。無理やり感情の渦の中に投げ込まれたようなものである。

女は、胸に生まれたばかりの赤ん坊を抱いていた。長い髪を背中で編み、額は秀でて広い。胸に抱く赤ん坊をものともせず、女は自分の身を一心不乱に預けてきた。馨は息がつまる思いだった。しかし、なすがままに身体を受けとめ、激情に押されて女の肩や背中に手を回していく。

馨は、目の前にいる女に、礼子の面影を重ね合わせていた。そういえば似ている。髪の長さも、髪形も違うけれど、顔の輪郭から大きくて垂れ気味の目の特徴がそっくりだった。あるいは自分の願望による、単なる思い込みだけなのかもしれない。砂漠に来て以来、礼子に会いたいという感情は、かつてない昂(たか)ぶりを見せたのだった。

赤ん坊を押しつぶすような格好で抱き合い、手や腕、その肌に触れるうち、女の気持ちが自分の胸に流れ込んできた。一瞬のことである。自分とこの女は間違いなく結婚しているのであろう。腰にへばりついている男の子は長男だろうし、押しつぶされそうになって泣き声を上げる赤ん坊は、生まれたばかりの長女に違いない。これまでの年月、自分とこの女がどんな生活をしてきたのかわかるような気がした。成長のときどきで目にし、触れてきた風景が目に浮かぶようだ。悲しみよりも憎しみのほうが強い。殺された父の恨み、怨念(おんねん)が身体の底に降り積もっている。

今は同じ部族に身をおくけれど、女は別の部族からやってきたようである。新しい情報がどんどんと流入してきた。女は二度目の結婚だった。自分の前に結婚していた相手は、川のはるか上流で殺された。あっさりと殺されたわけではない。白人の兵士とならず者の集団から拷問を受けた末、息絶え絶えの身体を岩の上に放置されたのだ。

女の身体にも、前の夫が受けた仕打ちへの恨みが、まだ残っている。怨念が戦いへと駆り立てる仕組みが、意識の中で何の抵抗もなく飲み込めてくる。

さっきまで自分の子供だと思っていた男の子が、実は以前女が結婚していた男との間にできた子供であることを知り、現在生きていて自分の血を引くのが、老いた母と生まれたばかりの娘だけであることを知った。

現実を仮想空間に投影しているのだろうかという疑問が、またも馨の胸に湧(わ)いた。女との関係は、礼子との関係に極めて近い。ただ亮次(りょうじ)は死んでしまった。病院の非常階段から飛び下り、コンクリートに血の染みをつけて向こうに行ってしまった。今、腰にへばりついている男の子の、妙な頼りなさが、亮次の思い出とも重なる。

馨は、自分の心や身体が、意識を半分残したまま、向こうの世界に行きかけていることに気づいていた。向こうの世界と、何気なく表現したのだが、それがどこなのかは判然としない。

束の間の安寧だった。なだらかな斜面に張られたテントで、妻と子供たち、老いた母に囲まれて暮らした。どれくらいの期間一緒にいたのだろうか。数年という長さが一瞬のようにも感じられるし、一日が一日の長さとして実感されてくることもある。

時間が、あるときは濃くゆっくりと、あるときは薄く早く流れていくような気がする。濃淡の斑模様が、今の馨を取り巻く時間の特色となりつつある。

出会った頃まだ赤ん坊であったのが、娘はよちよちと歩くようになっていた。義理の息子は、将来の戦士とはほど遠く、戦への才能を微塵も見せることはない。弓をひく構えのぎこちなさは皆の笑いを誘ったりする。

馨はかりそめの肉体に慣れ始めていた。川岸に寄ってしゃがめば、これまでと似ても似つかない容姿が水に映っている。褐色の肌、首と肩は十分に太く、肩のあたりに入れ墨が施されている。手で身体のあちこちに触れれば、肉体はそれなりの反応を返してよこす。ただ顔の輪郭だけは、水が揺れて正確に摑むことはできなかった。

妻とは何度も抱き合い、そのたびに親密感は増していった。娘が自分を見るまなざしも変わってきたように思う。

部族は同じ場所に定住することはなく、常に移動を余儀なくされた。東と南から、肌の色の異なる部族の圧迫を受けていた。そうなれば、西へのルートを辿る他ない。水や食料を確保した上、敵との遭遇を必要最低限度にしなければならず、指導者たちの判断には常に慎重さが要求された。判断を誤れば、部族はあっけなく滅ぶ。

目的とする場所はひとつしかなかった。部族はいくつもに分断され、まとまりを欠いてしまったが、古くから伝わる伝説が皆の期待を一方向へと導いていた。

「巨大な山脈の南の切れ目、西の大海と東の大海に注がれる川の水源となっている場所を目指すがよい。まだだれも到達したことのない場所……、そこには腹に湖を抱えた大洞窟があり、部族の永遠の住み処となるだろう。偉大なる精霊に見守られ、何ものにも脅かされることなく永遠の人生を生きることができるのだ」

もはや伝説にすがるしかなくなってしまったのである。住む場所を探して西に向かわざるをえないとすれば、伝説の場所を目指すのが当然であった。

小さくなったとはいえ、部族は優に二百人を越す大所帯である。移動するといっても容易ではない。まず敏捷な斥候が数騎交替で前方をうかがい、敵がいないのを確認した上で本隊を導く。しかも、食料調達の狩りも欠かすことができない。

夜は手頃な場所にテントを張り、焚き火を囲んで、昼間に狩った獣の肉を家族で食べた。たらふくというわけにはいかなかった。余った肉を燻製にするどころではなく、常に食料は不足しがちであった。

水辺に出れば身体を洗い、よりきれいな飲み水を求めて、支流を上へ上へと溯る。生き残る上で、なによりも大切なのは水にほかならない。水を発見したものは、みんなから感謝されるのが常である。

峰をあとふたつ越えれば伝説の地に到達できるはずであった。目的地を目前にして森に宿営し、最後の英気を養っているとき、偶然、水の恵みを受けることになった。

水源を見つけたのは子供たちである。何人かの子供たちが遊びに夢中となって樹の間を飛び回っていて、木々の隙間（すきま）から顔をのぞかせる岩肌に、きれいな水の筋が伝うのを見たという。口々に呼ばれ、近くにいた数人の大人が、手に手に容器を持って水を目指すことになった。

ところどころで立ち止まって、周囲に顔を巡らす。馨の目は、山の斜面を上っていく人間の数を数えていた。前に三人、後ろに四人。自分を含めて全部で八人だった。後ろにいる四人はすべて女で、妻と娘の顔もその中に含まれていた。前の三人はみな子供ばかりで、手柄を上げようといつになく張り切る息子の姿も混じっている。母だけが下の本隊にいて、ここにはいない。

水を見たという子供の言葉に嘘（うそ）はなかった。山肌から張り出した大きな岩に、細い水の筋ができている。ただ、あんまり細すぎて、容器にためるには苦労しそうだった。

もっと太い流れを探して上に上るべきかと思案していると、がさがさと背後の下草が揺れた。

突如現れたのは、自分と顔形が異なる男たちだった。青い色の制服を、崩して着た者が多い。破れた上着を腰に巻き、白シャツを着ただけの者から、黒シャツに革のズボンの者まで、ざっと数えて十数人という数だった。統一の取れた軍隊ではなさそうだ。やはり水を求めて山中に迷い込んだのだろう、手に水筒を持っている者も何人かいた。それ以外の者の手には銃が握られている。何人かが着ている白シャツには、血が付着していた。ふたつのグループはしばらくの間見つめ合った。両者とも、互いの出現に驚いている様子である。

相手グループの内から囁き合う声が聞こえた。緊張をはらんだ空気があたりに充満する。迷っている暇はなかった。女子供を引き連れていては戦いにならない。相手に戦う意志があれば逃げる。そうでなければ、早急な動きで刺激しないほうが得策だろう。

相手グループは緊張の面持ちで、二言三言言葉を交わした。だが、内容がわからない。ここでもまた時間の感覚が狂っている。出会ってからほんの二秒か三秒のはずなのに、数分に相当する時間が流れたような気もする。

突如、三人の男の子が、叫び声を上げながら山を転がるように降り始めた。子供の背に向けられたライフルが、仲間の手で払いのけられると、それを合図としたかのように数人の男が子供たちの前方に回り込み、行く手を塞いだ。

男たちはライフルを使いたくないらしい。大きな音をたて、下にいる本隊に気づかれるのを警戒しているのだ。とすれば、生き残れる可能性は、ほとんどないことになる。この連中は、ひとり残らずこちら側の口を塞ぐつもりだろう。

その結論に至り、妻のほうに身体を反転させたとき、男たちの手で地面に組み伏せられた息子の頭が、石で叩き割られる情景が目に入った。

子供たちは、太い腕で顎と口を押さえつけられ、声を出す間もなく、脳髄を付近の大地に飛び散らせていった。灰色の岩が血で染まる様は、コンピューターグラフィックで作成した赤い薔薇を瞬時に咲かせるようなものだ。岩を蹴る男たちの靴音が背後から聞こえた。アキレス腱のあたりに激しい痛みが走る。腱が切れたのではない。骨そのものが粉砕されたらしく、バランスを崩して身体は岩の上に倒れ込んだ。反転しながら倒れたため、脇腹を岩にぶつけたが、もはや痛みすら感じなかった。

手を伸ばして、妻の身体に触れようとした。だが、それよりも早く、三人の女はそれぞれ男たちに担ぎ上げられて、濃く茂った下草の中へと放られた。

ありったけの力をこめて上半身を起こそうとするが、男たちに組み伏せられ、しかも髪を掴まれて岩の上に後頭部を押しつけられ、動くこともままならない。

顔のすぐ横で、ぐしゃりと鈍い音がした。見るべきではなかった。しかし、肉の砕けるその音を追って、目はぐらりと横に傾く。

何度も何度も抱き締めた、愛しい小さな身体が、大人の頭の高さから岩に叩きつけられていた。今にも息絶えんとする娘のほうに、思いのすべてを向けるのだが、身体はまるでいうことを聞かない。痛みというよりも全身が燃えるようだった。身体のどことどこを傷つけられたのか知るのも不可能だ。痛みなど問題外であった。死は覚悟しているし、恐怖など感じる余裕もない。それ以上に耐えられないのは、身近な人間に加えられた暴力であり、予期することもなかった消滅である。

もう一度、娘の身体は担ぎ上げられ、同じ高さから叩きつけられた。もはや生きてはいないだろう。命の抜けた柔らかな身体が、岩の隙間に置き去りにされようとしている。娘を二度三度放り投げた男は、他の興味を見つけたらしく、草を踏んで樹木の間へと入っていった。

ゆっくりとした男の動きを、目で追うことができた。男は、歩きながら、ズボンからはみ出たシャツに、自分の手の甲をこすりつけている。何をしているのだろう。それまで白かったシャツに、血が筋を引いた。血だけではなく、ごく小さな肉片が、シャツに付着している。娘から流れた血、あるいは身体の一部だろうか。男は、そうやって何度もシャツで手を拭き、汚れたものを払い落とすかのような執念をもって、今度は革ズボンに両手の平を擦りつけるのだった。

妻の声が切れ切れに聞こえた。すぐ近くに転がされているのはわかっている。ただ、いくら視線を移動させても、姿をとらえることができない。下草の茂みに沈み込んでいるからだろう。突っ立ったまま、あるいは立て膝の姿勢で妻を囲む男たちの姿だけが、目についた。

髪の毛を握った手が持ち替えられた。より強い力で髪を後ろに引かれると、ちょうど真上に来た太陽に喉を大きく晒す格好となった。太陽のほかにもうひとつ、鋭い光の照り返しがある。光は、右から左へと走っていった。

喉の奥がごぼごぼとして、ヒューと音をたてたような気がした。胸の上に熱く流れる液体の感覚があった。さらに後方へと、大きく頭が傾いてしまったようだ。

日差しは色を変え、次第に濃く際立ち、背景はモノトーンに沈みながら、闇の部分を多くしていった。赤い太陽もやがて黒みがかり、網膜全体が闇に覆われる。だが、聴覚だけはまだ機能しているようだ。

妻のたてる声が聞こえる。苦しみに喘ぐというよりも、弱く笑うような声であった。意識が消える瞬間まで、妻の声は耳をとらえた。少なくともこの世界では、共に時間を共有した女だった。

自分の死と愛する者の死、それは両方同時に訪れた。

6

椅子の背にぐったりともたれ、馨はしばらくの間、暗黒に浸っていた。傍目には、虚脱状態に陥っているとしか見えないだろう。だが、当の馨が経験したのは「死」そのものであり、彼の身体は今、魂の抜け殻と何ら変わることがなかった。

死んでゆく瞬間に馨が体験した感覚は、人間が意識を失ってゆくときのそれではない。気絶していても、脳はしっかりと働いている。心臓が働きを停止し、その後、ゆるやかに脳死へと至って時間と空間が消滅していくまでの感覚を、ほんの一瞬で味わったようなものだ。

暗黒の向こうから声が聞こえた。

「さあ、起きろ」

抑制の効いた、力強い男のしゃべり方だった。

「こっちにやって来るんだ」

行為を促した上で、残響を伴って声は消えてゆく。

馨はビクンと身体を震わせて、椅子から飛び上がりかけた。さらに大きく息を吸い込み、無意識のうちに身体を伸ばそうとする。溺(おぼ)れかけた者が、空気を求めて水面から顔を出そうとする動きと似ていた。

頭部搭載型ディスプレイを頭から取り、かなぐり捨てるようにデスクに置いた。データグローブをはずして、同様に投げつける。

心臓がぎゅうぎゅうと締め付けられる思いだ。一旦(いったん)、椅子の背もたれに身体をあずけると、馨は呼吸をゆっくりと整えていく。肉体が現実空間に慣れるにしたがって、逆に、心の動揺が激しくなる。記憶は鮮明だった。思い出ははっきりと残っている。

涙が流れているのに気づいた。悲しみとも苦痛とも、言葉にならない感情が、押し寄せてくる。

馨は、デスクに突っ伏して泣いた。現実ではないと言い聞かせたところで、立ち上がってくる激情を宥(なだ)めることはできない。泣きながら腕時計を見て、頭部搭載型ディスプレイを頭に載せてから取るまでの時間が、ほんの数十分であることを知っても、慰めにはならない。一分が一年に相当するだけの重みが込められていた。

たった今経験した仮想現実が、だれの手でどのように作られたかは知らないが、馨には、向こうの世界であるひとつの人生を生きたという、確かな手応えがあった。向こうの世界で、女と愛し合い、子供をもうけ、部族のために戦い、死んだ。伸ばせば手の届くところにいて、救うことができず、愛する者が、自分の死と同時に失われてしまったのだ。

「ライチ……」

馨はその名前を呼んでいた。何度も呼びなれた妻の名前だった。川で互いの身体を洗い合い、肌と肌を触れ合わせたときの感触は生々しく残っている。

「コーチス……」

娘の名前だった。生まれてから歩き始めるまでのあいだ、胸に抱き背中に背負い、越えた峰の数は数え切れない。

妻と娘の名前は覚えていた。だが、自分の名前となると、どうにも記憶は曖昧になる。妻や娘の顔はよく覚えているのに、自分の顔はあやふやだ。死の瞬間に訪れた苦痛なども、ほとんど記憶に残ってはいなかった。ただ、愛する者たちの記憶、思い出の数々に圧倒される。

馨はふらふらと立ち上がって壁際に寄り、自分の肩を壁に打ちつけた。痛みが走る。胸の痛みを忘れるために、わざと身体を傷つけたい気分になってくる。

……このことの意味を分析しなければならない。

馨はそう自分に言い聞かせ、いくらか理性的になることで悲しみを忘れようとした。

馨が味わった体験は、映画を観たのとはわけが違う。仮想空間に身体ごとどっぷりと紛れ込んだと表現するほかないのだが、現実をそのまま再現したかのような仮想空間が、いかにして可能になったのだろうかと、疑問は尽きない。

……ループ。

まず思い浮かぶのは、この仮想空間はループの一部ではないかという疑問だった。

先程つけたような頭部搭載型ディスプレイを頭に載せて時間と空間を設定すれば、われわれは、ループにおけるどのような歴史的瞬間にも立ち会えることになる。ループ界の生命に対して神と同じ立場を取るのも可能だし、ある特定の個人の視聴覚を得て仮想の人生を生きるのも可能だった。

ループに生命が誕生し、様々な歴史を繰り返してきた模様は、膨大な量のホログラフィックメモリに保存されている。望みさえすれば、歴史のどの一面も、観察し、眺めることができるはずだった。

だから、馨は、たった今経験した世界が、ループの一部ではないのかと推理を働かせたのである。初期のRNA生命としてループに誕生し、進化を遂げてきた生命であればこそ、コンピューターグラフィックとは桁違いの、生々しい肉体となって表現されたのではないだろうか。

触れ合うことによって愛を深めた、作りものとは思えない身体だった。思い起こすだけで、若い馨の心には込み上げてくるものがあった。

仮想空間における、自分の死と、別れを経験しただけによけい、激しい決意が湧きあがってくる。失うわけにはいかなかった。現実の世界での死別は、もっともっと苦しいに違いない。こんな経験は二度とごめんだった。そのためには、世界規模で蔓延し始めた転移性ヒトガンウィルスの謎を解明し、治療法を発見しなければならない。

……ループにおけるガン化が、現実世界に影響を与えている。

その思いは、いよいよ強くなった。実際、仮想世界の一端を垣間見ることによって、馨の心は激しい動揺を受けたのである。強く影響を与えられてしまったのだ。仮想世界が現実世界に影響を及ぼしたとしても、不思議はなかった。

ところでこの部屋に込められた意味は何なのだろう。馨がここに来ることを予想して、手の込んだシステムを残していった者がいるのだ。それがケネス・ロスマンであるとしても、意図は不明だった。

必ず理由があるはずである。導かれているという印象は拭い切れない。仮に導かれているとしても、今は導かれるがまま、向こうの指図に従う他なかった。

……向かうべき場所を指定されたのかもしれない。

母の真知子は、ネイティブアメリカンに関する民話を取り上げて、戦士の導きによって西に進むようなことを言っていた。仮想空間において、行動を共にした部族も、ロッキー山脈の南の切れ目に偉大なる精霊に見守られて永遠の人生が生きられる場所があるという伝説を信じ、西へ西へと進んだのだ。彼らが辿った道程は、馨の脳裏にはっきりと刻まれている。

あともうふたつ峰を越えれば目的の地に行き着くという直前、妻子ともども不慮の死を遂げてしまったが、それまでのルートは克明に覚えていた。ときには数か月にも及ぶ宿営を張ったりして、辿った道筋は日常生活の場でもあった。

……部族が辿った通りに西に進むのだ。

馨は、これから取るべき行動を把握した。

しかし、その前にやることがあった。衛星通信回線を利用して日本と連絡を取るのだ。相手は、コンピューター研究所にいるはずの天野である。

馨は、通信回線を使って、天野のコンピューターに接続し、ある要望を打ち込むことにした。

「タカヤマやアサカワが登場する例の映像が手配でき次第、こちらに転送されたし」

日本を発つ前に、強く要望しておいたことである。

ループは現実の世界とほとんど変わらない規模で作動してきた。何十億という知的生命体が、それぞれの人生を生き、民族の歴史を形成していったのである。記憶量は膨大なはずだ。その中から、世界のガン化が始まった前後の記録を選び出すのだから、かなり大変な作業になるだろうと思われた。

その部分の映像が手に入れば、先ほどと同じ要領で、頭部搭載型ディスプレイとデータグローブを装着することにより、リアルタイムの観察と調査が可能になる。まず、ループ世界の個人にロックし、なぜガン化が始まったのかを解明する手掛かりを探るのだ。その情報により、重大なヒントが発見できないとも限らない。

天野からの応答を待つ間、馨は、礼子の声を聞きたいという誘惑を制御できなかった。今、日本は何時だろう。時差は七時間だから、朝の九時頃のはずだった。礼子は起きているだろうか。仮想空間の中で、愛する者の死を経験しただけによけい、彼女の存在を身近に感じたかった。少なくとも、元気にしているかどうかだけでも知りたい。

馨は、衛星電話を使って、彼女の番号をプッシュした。

呼び出し音が七回鳴ったところで、

「はい」

と、気怠い声が返ってきた。現実世界はまだ大丈夫そうである。「はい」という礼子の声に触れただけで、なんとも言えぬ安心感に包まれていった。足元のおぼつかない沼から抜け出し、確固とした大地に着地したかのような安堵感……。

「おれ、だけど」

一呼吸置いた後、礼子は、さっと居住まいを正す気配を見せた。気怠さは影をひそめ、ピンと気を張ってきたようだ。

「え、あなたなの？　ああ、今、どこにいるの？　元気にしてる？」

矢継ぎ早に質問を浴びせかけてきた。心配している気持ちが前面に出て、馨にはうれしかった。

馨は質問のひとつひとつに答え、

「大丈夫、安心して待っていてほしい」

と念を押して電話を切ることにした。長電話には何の意味もなかった。

7

　馨は、壊れかけたパイプベッドで仮眠を取りながら、天野からの応答を待った。ガンウィルスの蔓延とループのガン化に関係があると睨(にら)んでいるのは、世界広しといえども、馨だけのはずであった。別ルートで、同じ糸口を発見した人間が存在する可能性も捨て切れないが、まだ何の情報も入ってはいない。ループを管理する側の人間である天野がこのことに触れていない以上、やはり馨は、唯一自分だけであると思いたかった。

　その推測をもってループがガン化した原因を探れば、これまでに気づかなかった別の側面に光が当たるかもしれない。ループのガン化に関しては、これまでにも幾度となく調査されてきただろう。だが、それはもう二十年以上も前のことであり、転移性ヒトガンウィルスは目立つ動きを見せてはいなかった頃のことだ。

　ループがガン化した直後から、転移性ヒトガンウィルスの存在が確認され、特に最近になって、人間以外の動物や植物への感染が爆発的に出始めたのである。まさにループから流れ出たかのような蔓延のしかただ。

　転移性ヒトガンウィルスを構成する九つの遺伝子の塩基数が、すべて2のN乗の三倍個というのも奇妙な偶然である。二進法で計算するコンピューターが発生源であると暗示するかのようだ。

　コンピューターに何らかのアクセスがあったような気配が漂うと、うとうととしかけていた馨は、ベッドから起き上がった。

　デスクの前に座って、ディスプレイを見ると、思ったとおり天野からの応答が届いていた。ディスプレイにはいくつかの指示が並んでいる。

　馨は指示通りにキーボードを叩いた。あとはループのメモリの一部とこちらのコンピューターがアクセスするのを待つだけだ。

　アクセスは完了した。

　馨は、今度は自分の意志で、頭部搭載型ディスプレイとデータグローブを身につけていった。

　転送されてきた年代記は、ループ年一九九〇年における夏以降の、ある人物の目や耳を通して得られた風景や出来事である。

　たとえば、ループ年１９９０、１０・０４、１４時３９分、３５度４１Ｎ、１３９度４６Ｅなどと時間と空間を指定すれば、その地点における映像は簡単に手に入る。場所を固定させた上で時間を動かせば、ディスプレイには場所の年代記が繰り広げられる。ズーム機能を使えばさらに精密な場所の指定も可能であった。

　仮に、銀座四丁目の場所をインプットすれば、その界隈での光景が、いつの時代のものでも見られることになる。観察者は、上下左右三百六十度に及ぶ広範囲の俯瞰（ふかん）を手に入れ、街をゆく人々の合間に視線を差し込み、幽霊と同じように見回すことができる。向こうはこちらを感知できないが、こちらは向こうの世界を透明人間のように把握することができるのだ。

またある個体の感覚に、観察者の感覚を固定（ロック）することもできる。その場合、仮想空間における人物のキャラクターに、自分の視聴覚は重なってしまう。

今回、馨が手に入れたのは、ある人物の脳裏に刻まれた記憶だった。ネイティブアメリカンの数年に及ぶ人生をほんの数十分で体験したように、ループのガン化に絡む重要人物の視点から、事件を眺めてみようというわけだ。ここに記憶されているのは、タカヤマを始めとする数人の体験である。

さて、タカヤマの人生とは、一体どんなものだったのだろうか。好奇心もあったけれど、どちらかといえば怖れのほうが大きい。また途方もない心の痛みを味わわないとも限らない。

躊躇（ちゅうちょ）していると勇気が挫（くじ）けそうになる。間を置かず、馨はプログラムを作動させることにした。

馨は自分の意志で、ループにジャックインしていった。

今、いるのは繁華街の喫茶店であるらしい。窓の外で瞬くネオンサインが、店内に派手な光の帯を投げ込んでいた。馨がロックした男……、タカヤマは、喫茶店のテーブルを挟んで、ひとりの男と向かい合っていた。タカヤマの友人である、アサカワである。見ているだけでかわいそうになるほど、アサカワは憔悴し切っている。それもそのはずだった。アサカワは、昨夜、世にもおぞましいビデオテープを見てしまっていた。彼は、自分が陥った窮地を救ってくれる相手として、タカヤマを選び、喫茶店に呼び出してこれまでの経緯を説明し、相談をもちかけていたのである。

タカヤマは、テーブルに載せられたグラスから氷をひとつ取り出し、口に投げ入れて噛み砕いた。すると馨の口の中にも、その冷たさがすうっと広がったように感じられた。怯えたり興奮したりするせいか、アサカワの語る内容は、時々前後関係がズレたりした。タカヤマは、自分なりにアサカワから聞いた話を頭の中で整理する。

アサカワの不幸は、やたら話し好きのドライバーが運転するタクシーに乗ってしまったことから始まったらしい。そのタクシーのドライバーから、アサカワは、ある交差点での、バイク事故の模様を聞かされたのだ。

タクシードライバーが赤信号で車を停めていると、ただ横倒しになっただけで、バイクのライダーが心不全の症状を見せて息絶えたという。ヘルメットを取ろうとしてもがき苦しむ表情が印象に残り、不気味でならなかったと、怖い体験を語り合って喜ぶ子供の口調でドライバーは語ったのである。知らなくてもいい情報を得たおかげで、アサカワの人生は、まったく違ったものになってしまった。

その後、アサカワが辿った末路は悲惨なものであった。

アサカワは偶然に得た、タクシー運転手からの情報を頼りに、突然死に関して調べ始めた。すると、同時刻に異なった場所で、四人の若者が症状をまったく同じくする突然死に襲われている事実を突き止めた。そのうちの一人がアサカワの姪であったこと以上に、四人が同時刻に死んだという点に、彼の好奇心はひどく刺激された。四人の死はいずれも突然の心臓停止で処理されている。週刊誌記者の特性が、この事件の裏にある異様な気配を嗅ぎ取ったようだ。同時刻に、四人の男女が同じ症状で死ぬ確率の低さを考えれば、なにかもっと納得できる原因を探すべきではないかと判断したのである。

アサカワは、死んだ四人の共通項を探ることにした。四人はそれぞれ友人同士であり、死ぬちょうど一週間前に、山間の貸別荘で過ごしていたことがわかった。アサカワは即座に、その場所、山間のリゾートクラブに建てられた貸別荘に出かけることにした。そこで、死の原因となる因子を拾ってしまったのではないかと、推測したからである。

最初のうち、アサカワは、ウィルスのようなものを想像していたらしい。四人はその場所でウィルスに感染し、ちょうど一週間後、予定された死の洗礼を受けたのではないだろうかと。

だが、アサカワが山間の貸別荘で発見したのは、意外なことに一本のビデオテープであった……。

タカヤマはそこまで聞くと、アサカワに言った。

「まず、そのビデオテープとやらを見せろや」

むっとして顔を上げ、アサカワはどうにか苛立ちを押さえているようだ。

「だから、見ると命の危険があるって言ってるだろう」

タカヤマはグラスからもうひとつ氷を取り出し、口に入れてもぐもぐと動かす。その仕草が、アサカワには、馬鹿にされているように見えるようだ。

結局、命の危険があろうがなかろうが、ビデオテープを見ないことには始まらない。タカヤマは、アサカワの自宅を訪れ、山間の別荘から持ち帰ったビデオテープを見ることにしたのだった。


アサカワの家のリビングルームで、タカヤマは食い入るようにその映像を見た。彼の視覚を通して、映像は磐の脳裏に流れ込んでくる。

脈絡のない、断片的な映像の羅列だった。火山のシーンから始まり、生まれたばかりの赤ん坊の顔を拡大したりしながら、唐突に画面は移り変わってゆく。断片であっても、ひとつひとつのシーンが妙に印象深い。赤ん坊の泣き声などをからめながら、情景は淡々と流れていった。

コンピューターグラフィックでもなければ、テレビカメラで撮影されたものでもなかった。それ以外の方法で作られた映像であった。ループに住む知的生命が作り上げた、もう一段下の仮想空間を映した映像のようにも受け取れる。

やがて見知らぬ男の顔が、下からのアングルで大写しになり、さらに肩のあたりがアップになると、血が滴るのが見えてきた。痛みのためか男の顔が歪んだ。顔は一旦画面から消え、また現れると今度は違う形相をしていた。怒っているというより、諦観と怯えが交錯した表情であった。

視野全体が狭くなり、小さく丸く切り取られた空の中、握り拳大の黒いカタマリが降ってきた。ごつりと鈍い音をたてて、カタマリは何かにぶつかった。馨の身体に、思わぬ痛みが走る。

……何だ、これは。

馨は思わずつぶやいていた。

だが、疑問が解消されることはなく、視野は徐々に狭くなり、やがて完全な暗黒に包まれていった。

映像の終わりがけに、テロップのような文字が流れた。筆と墨を使って書かれ、大きさの異なった、下手くそな文字である。そこにはこうあった。

「この映像を見た者は、一週間後のこの時間に死ぬ運命にある。死にたくなかったら、今から言うことを実行せよ。すなわち……」

そこで画面はまったく異質なものに切り替わった。音声を伴った、明るい映像である。川べりから花火が上がり、浴衣姿の人々が夏の夜を楽しんでいる。暗く不気味な映像は、突如、溢れんばかりの健全さで遮断されてしまったのである。

数秒後、映像は完全にストップした。

馨と、タカヤマは、同時にディスプレイから顔を上げた。

整理して絞り込めば、ひとつの事実が浮かび上がってくる。

……同時刻に謎の死を遂げた四人の男女は、間違いなくこのビデオ映像を見た。そうして、ここで予告された言葉通り、ちょうど一週間後に死んでしまったことになる。つまり、ビデオで予言された「死」は事実であったのだ。見てしまった者をちょうど一週間後、死に追いやるビデオテープが存在し、しかも、死から免れる方法が記された部分が消去されてしまっている。これじゃ、助かりようがなかった。

山間の貸別荘でこのビデオを見てしまったアサカワは絶望し、激しく動揺したというが、タカヤマはそうではなかった。死を賭けてのゲームに参加できるのがうれしくてならず、いつの間にか口笛を吹いている。自分のロックした相手がよほど豪胆な人物であろうと、馨には察しがつく。

馨は、タカヤマの意識から一旦離れ、もう少し冷静にこれを分析しようとした。ループの中で生きる生命体が自らの手によって、見た個体を一週間後に殺してしまうビデオテープを作成するのは、常識的に不可能なはずである。もちろん、現実世界からループに介入すれば、こんなビデオテープは容易に制作できるし、コンピューターウィルスのイタズラだとしても説明はつく。

馨は疑問をキープしたまま、大胆不敵なタカヤマの人生に付き合うことにした。タカヤマは、アサカワにビデオテープをダビングしてもらい、互いの知恵を出し合って分析していくことにした。

その矢先タカヤマは、アサカワの妻と娘が、不注意にも放置されていたビデオテープを見てしまった事実を聞かされた。アサカワは自分の命だけでなく、妻と娘の命を救うために奔走しなければならなくなってしまったのである。

タカヤマはまず、ビデオテープの映像がいかにして撮影されたものか、その方法から探り始める。資料を集め、推理を働かせた結果、導き出された結論は、予想を裏切るものであった。

映像は、テレビカメラ等の機械で撮影されたものではなく、個体が個体だけの精神作用を利用して、ビデオテープに直接写した（念写）ものらしいというのだ。山間の貸別荘には、偶然、ビデオテープがデッキにセットされたままになっていて、そこに念の力による映像が流れ込んだのである。

ループは閉じられた世界である。その内部において、内部の物理科学法則に従うのなら、こんなことは絶対に実現不可能な設定であった。

馨は、よくできているけれども、いくつかの幼稚な設定が鏤（ちりば）められた映画を観ているような気分になってきた。

ふたりの男は、念写という特殊な能力を使ったのがだれであるか、調査し始めた。あらゆるネットワークを活用してデータを集めた結果、ようやく個体の名前が明らかになる。

……ヤマムラサダコ。

その時点で知った限りにおいては、個体の性別は女であったらしい。ふたりは彼女の出身地である島を訪れ、知り得る限り、データを収集する。

その結果わかったことは、ヤマムラは現実をはるかに超えた能力を有するということであった。生まれてから高校を卒業し、都会に渡ったところまでの足跡はつかめた。ところが、ループ時間にして二十数年前に、ヤマムラサダコの消息は途絶えてしまう。

発想の転換が必要だった。なぜ山間の貸別荘のビデオデッキに映像が流れ込んだのか、その疑問に目を移すことにしたのである。

タカヤマとアサカワは再び山間の貸別荘を訪れることにしたが、その前に、ある人物に会う機会を持った。山間の別荘地に以前どんな施設があったのか調べたところ、あるウィルス性の病気の療養所の存在が明らかになり、そこで医師をしていた男が、別荘地のすぐ近くで医院を開業していることが知れたのである。

その医院を訪れ、医師の顔を見ると、馨自身はっとなった。ビデオテープの終わりのほう、肩口から血を流して、恐怖と諦めが交錯する表情を浮かべていた、あの男だったからである。

タカヤマの追及に抗しきれず、医師は、二十数年前に、ヤマムラサダコなる女性を殺し、井戸に放り込んだことを白状した。井戸の上には現在、貸別荘が建てられているはずである。二十数年前に井戸の底で死んだはずのヤマムラサダコ……、その怨念が、まっすぐ上空へと立ちのぼり、貸別荘のデッキにセットされたビデオテープに、不思議な映像を送ったらしいという。しかも、女性であるとばかり思い込んでいたヤマムラサダコが、雌雄両方の性を同時に所有する存在であることも明らかになった。

タカヤマは貸別荘の縁の下に潜り、井戸の蓋を取り除いて中に降り、ヤマムラサダコの遺骨を拾い集めて供養することにした。供養することによって、ビデオテープに込められた呪いが解除されるだろうと願いを込めて。

ループ時間にしてちょうど一週間がたとうとしていた。ビデオの予告時間を過ぎても、アサカワは生きている。これで謎は解けた。助かったと実感したアサカワはそのまま気を失ってしまう。

ところがそれで終わったわけではない。翌日に控えたタカヤマの死亡予告時間ちょうどに、タカヤマは原因不明の心不全に襲われそうになったのだった。どうも、ヤマムラサダコの遺骨を拾い集めて供養することが、ビデオテープの願望ではなかったらしい。

タカヤマに死が近づく直前、彼は躊躇なくロックする相手を、アサカワに変えることにした。仮想空間であっても、死の体験はかなり堪える。できることなら、回避して先に進みたかった。

タカヤマが死んでしまったことを知って、アサカワは悩みに悩んだ。ビデオテープの謎を本当に解いたわけではなかったのだ。

なぜアサカワは生きているのか。理由はひとつ。この一週間のうちに、意識しないまま、ビデオに込められていた願望を果たしていたことになる。タカヤマがやってなくて自分だけがしたこと。それが何なのかとアサカワは頭を悩ませた。自分の命が助かったとはいえ、正解を見つけなければ、妻と娘の命が失われることになる。一体ビデオテープは何を望んでいるのか。

そんなときアサカワの脳裏にあるインスピレーションが流れ込んだ。

……ウィルスの特徴、増殖。

ふと気づいた。ビデオテープはウィルスのような働きをしているのではないか。とすれば、望んでいるのは、増殖すること。つまり、ビデオをダビングしてまだ見ていない人物に見せ、個体数の増加に手を貸してあげることだ。これで辻褄は合う。アサカワはビデオテープをダビングしてタカヤマに渡した。ところがタカヤマはダビングしてはいない。アサカワはその事実に思い至ると、ビデオデッキを抱えて、妻の実家へと車を走らせた。ダビングした上で、妻の両親に映像を見せ、それと引き換えに、妻と娘の命を救うためである。

ところが、無事ダビングを終えて実家からの帰り道、アサカワにとっては到底耐えられない試練が待ち構えていた。

車はそろそろ高速道路のランプから出ようとしていた。バックミラーで見ると、妻と娘はリアシートに折り重なるようにして眠っている。「そろそろ家に着くよ」と、運転席から手を伸ばして身体に触れたところ、ふたりとも冷たくなっていたのである。妻と娘は予告された通りの時間に、急性心不全を起こして、死んでしまった。ダビングしてもなお、ビデオテープの呪いは消えてなかったのである。

アサカワは絶望と悲しみの淵で我を忘れた。頭は制御できないまでに混乱し、すぐ前方に迫った渋滞の末尾に注意を向ける暇もなく、追突事故を起こしたのだった。

ガツンとした衝撃が身体を駆け抜け、意識が失われていく瞬間、彼は自問し続けた。

……なぜ、妻と娘が。にもかかわらず、なぜおれだけが生きているんだ?

肉体と精神が被った二重のショックにより、アサカワの脳は回復不可能なほどのダメージを負うことになった。

8

アサカワの目は開いていた。視線は定まらず、天井のある一点を中心に、ゆったりと円を描くような動きをしていた。網膜を通して情景が脳に届いてはいるけれど、見るという能動的な行為をしているわけではない。あくまで受動的に、漫然と眼球を動かしているだけである。

しかし、意志を持たない眼球の動きからだけでも、馨には、アサカワが現在置かれている場所がわかってしまった。隣のベッドとを仕切る白いカーテン、銀色に光る点滴用のスタンド。馨は懐かしさと痛ましさを同時に覚えた。礼子と交わした情事の場が思い起こされる。

高速道路で追突事故を起こし、即座に病院に運び込まれたに違いない。以来、ほとんど意識が失われていたのだろう、ディスプレイが真っ暗のままのことが多かった。

ほとんどの時間、アサカワの網膜は黒く覆われていたが、ときどき目を開き、こうやってぼんやりと、あたりを眺め回すことがあった。

アサカワの網膜を通して、馨は、ふたりの男の顔をとらえていた。ひとりは幾度となくぼんやりと見た顔であり、白衣を着ていることからしても、アサカワ担当の医師であろうとわかる。もうひとりは初めて見る顔であった。

その初めて見る顔のほうが、アサカワの顔を覗き込んできた。

「アサカワさん」

アサカワの肩のあたりに、男の手が置かれてきた。皮膚の感覚を刺激して、何らかの反応を得ようとしたのだろうが、無駄である。アサカワは、馨の意識も及ばない深い淵をさまよっていて、ちょっとやそっとの刺激では混迷状態から脱するはずもない。

「ずっとこんな具合なんですか」

男は、アサカワのベッドから離れ、医師のほうに問い掛けた。

「ええ、そうです」

その後、男と医師は二言三言言葉を交わし合った。話の内容から、男のほうにも医学的な知識が豊富であることが読み取れる。彼もまた医師かもしれない。

「アサカワさん」

さらに腰を折って、低い姿勢からアサカワの顔を見守り、男は、感情のこもった声で名前を呼んできた。目には、同じ経験をした者に共通の、深い慈悲の表情がある。

「無駄だと思いますよ、声をかけても」

背後から、医師は抑揚なく言った。

「症状に変化がありましたら、ぜひ知らせてください」

男はそう言うと、諦めてベッドから離れた。馨は、特に男の表情に興味を持った。男は、アサカワという入院患者に、特別の関心を向けているのだ。

これ以上アサカワの視点にロックさせていても意味はなかった。ベッドに横たわったまま、朦朧とした状態が続いているようでは、情報を引き出すチャンスはほとんどないも同然だ。

……このあたりでロックする相手を変えたほうがいい。

馨はそう判断した。

ロックする相手として、慈悲深い眼差しを向けてくるこの男は最適なような気がした。初めて見る顔のはずなのに、どことなく親近感を覚える。医師との会話から判断しても、事件と深く関わっているのは確かだ。

馨は、すかさず手元のキーボードを操り、アサカワに同化していた視聴覚を解除し、病室から出て行こうとする男に再度設定し直したのだった。

その瞬間から、馨は、アサカワの心を抜け出して、もうひとりの男、アンドウミツオの視覚と聴覚を手に入れたのである。だが、アンドウミツオの心のどこにも、安らぎの場はなかった。またも重苦しい人生を体験せざるを得ないようだ。これでもかとばかり、愛する人間の死を体験させられた馨は、人知れず深い溜め息をついていた。

しばらくして馨は、自分がもっとも適切と思われる人物の感覚とロックしたことを知った。

アンドウは、アサカワと共にビデオテープの謎を追っていたタカヤマを解剖した医師であり、思ったとおり、事件と深く関与していることが明らかになった。大学病院の法医学教室に籍があり、同僚の病理学者と力を合わせて、事件の全貌を解明しようとしていたのである。

現在判明しているだけで、ビデオテープを見ることによって死んだ個体の数は、七体にのぼっていた。同時刻に死んだ四人の若い男女、タカヤマリュウジ、アサカワの妻と娘、以上の七体である。

しかも、そのどれからも新種のウィルスが発見されていた。アンドウは同僚の医師からウィルスの存在を聞かされ、かなり驚かされるのであるが、その思いは馨も同じであった。このウィルスと、現在世界に蔓延している転移性ヒトガンウィルスとの関連に、思い至ったからだ。

馨は、手元のメモ用紙を引き寄せて、簡単にメモを取った。

……ループに発生したウィルスのDNA解析を実施すべし。

よもや同じ配列であるはずもなかったが、どこかに類似点が発見されないとも限らない。ループ界に発生したウィルスの遺伝情報を解析する作業など、いとも簡単なはずである。

アンドウの目と耳を通して眺める世界は、悲しみに満ちている。馨には、その悲しみがどこからくるのかわからなかった。彼のキャラクターなのか、あるいは別の原因があるのか。意味もなく、網膜の内側が涙に曇ることがあって、よほど深い事情があるのだろうと、察しはつく。過去におけるある事件に起因しているのは明らかだった。現在のアンドウの孤独な生活形態にも片鱗(へんりん)は現れている。

余裕があれば、アンドウの過去を探ってもみたかった。悲しみの正体には興味がある。しかし、今はそれどころではない。心を寄せる若い女性の失踪(しっそう)が明らかになり、アンドウは、その捜索に乗り出したばかりであった。

失踪したのは、タカヤマの教え子でもあるタカノマイという若い女性だった。ワンルームマンションに一人暮らしをしていて、ここ一週間ばかり連絡が取れなくなってしまったのだ。

アンドウは、タカヤマやアサカワの身近にいたタカノの身になにかよくないことが起こったと判断し、彼女の部屋を訪れることにした。正体不明のウィルスに感染した可能性が捨てきれないからだ。

出向いてみると彼女の部屋はもぬけのからだった。ただ、部屋のデッキには、例のビデオテープがセットされてある。タカノマイが、見た者をちょうど一週間で死に至らしめるビデテープを見てしまったのは間違いなさそうだ。しかし、ビデオテープはわずかな部分を除いて、きれいに消去されていた。

アンドウはこれをどう解釈したものかと、頭を悩ませる。ビデオテープを見てしまったのなら、タカノマイは助からない。遺体が見つからないだけで、今ごろはどこか別の場所で死んでいることになる。

ビデオテープを見たにもかかわらず生きているのは、これまでのところアサカワただ一人だけだ。彼はテープをダビングしたから助かった。ところが、ダビングしたにもかかわらず、妻と娘の命は奪われた。一体、ビデオテープの望みは何なのか。殺す者、生かす者、ただ恣意的に動いているだけのようにも見える。論理的な道筋があるとすれば、まずそれを発見すべきだ。

タカノマイの部屋を後にしようとして、アンドウは、これまでに経験したことのない生物の気配を感じ取っていた。小さくて、ぬめぬめとして、少女のような、笑い声を上げる生き物。

その気配はまた、ディスプレイに見入る磬にも伝わってきた。くるぶしのあたりに何かが触れた。彼は、ヌルッとした感触を、両足のアキレス腱のあたりに受けたのだった。

アンドウは恐怖に駆られ、部屋のドアを開けていた。

……この部屋の中には何かがいる。

部屋から転がり出ながら、そう確信していた。

大学では、ウィルスの解析がかなり進んでいた。

アンドウは新聞記者と名乗る男からの連絡を受けることになる。新聞記者が、アサカワの同僚であると名乗ったため、アンドウは会ってみることにしたのだ。

アンドウは新聞記者から、事件のあらましを克明に記述したフロッピーディスクがあることを知らされた。記事を書いたのはアサカワである。

アンドウはフロッピーがどこにあるのか見当をつけ、どうにか手に入れることに成功する。事故を起こした車に放置されたワープロは、アサカワの兄に引き取られていた。フロッピーはワープロにセットされたままになっていたのである。

アンドウはフロッピーから文書を呼び出して、読み始めた。文書は『リング』と命名されて、整理されている。そこに記述された事実を、馨は既に知っていた。タカヤマとアサカワの目と耳を通して体験したこととほとんど一致している。

アサカワの感覚器官を通して知り得た情報を、今度は文字という媒体を使って再確認することになった。ビデオテープの中身は、『リング』という文書へと変化していたのである。

そんなとき、アンドウのもとに、ＤＮＡ塩基配列の暗号となってひとつのメッセージが届けられた。

「ミューテーション（突然変異）」

それをヒントに、アンドウは推理を働かせる。タカノマイの部屋に残されていたビデオテープは消去されていた。残る二本もいずれかの方法で処分されていて、ビデオテープ自体はもう存在してはいない。ところで、最初に発見されたテープは、四人の男女のイタズラにより、最後の部分が消去されている。ＤＮＡにたとえれば、遺伝子の一部に傷を負ったと同じことである。

ここで、第三者の手を借りてコピーされるビデオテープとウィルスとの類似に思い至り、遺伝子に傷を負ったことにより、ビデオテープが突然変異を起こして新しい種に生まれ変わったと仮定してみる。そうなれば古い種であるビデオテープは用済みとなってしまう。すべて滅んだとしても構わない。

ここで問題はふたつに絞られた。

……ビデオテープは進化して何になったのか。

……アサカワはなぜ生きているのか。

そこにもう一つのヒントがもたらされた。タカノマイの遺体がとうとう発見されたのである。

彼女は、うらぶれたビルの屋上の排水溝から、餓死とも凍死とも判断のつかない状況で発見された。解剖してみたところ、急性心筋梗塞(こうそく)の所見はなく、他の七人の死亡原因とは明らかに異なって、ただの衰弱死。ようするにビルの排水溝に転落しなければ、死ぬことはなかったのだ。

さらに不思議なことに、排水溝に転落した直後、タカノマイはその場で出産を遂げている形跡があるという。胎盤がはがれたことによる傷やへその緒と思われる肉片が、その証拠であった。

ここでまたひとつの疑問が浮上する。

……タカノマイは何を産んだのだ。

しかし、生前のタカノマイを知るアンドウには不思議でならない。彼女はおよそ妊婦の体型をしていなかったからである。

大学病院では様々な角度から分析が行われていた。ビデオテープに絡んで命を落とした遺体は、全部で十一体に上っていた。意識が戻らぬまま病室のベッドで死んでいったアサカワもこの中に含まれている。

彼らの血液中には、ビデオテープを見ることによってウィルスが発生していたが、ウィルスには顕著な特徴が見られた。リング状に輪を作るウィルスと、輪が切れて紐(ひも)状になったウィルスと、二つの形態が存在したのである。

急性心筋梗塞以外の原因で死んだアサカワとタカノマイの二体からは、紐状のウィルスが多く発見され、残りの九体からはリング状のウィルスばかりが発見された。ウィルスが死をもたらすか否か、分岐点はそこにあるように思われた。輪が切れれば命は助かり、リング状のままだと一週間で確実な死がもたらされるのだ。

論理的な解釈を見つけようとアンドウは躍起になる。そこでふと、ある類似に気づいた。

……紐状のウィルスは精子の動きと似ている。

タカノマイの遺体には、何かを出産した形跡が残されていた。もし、タカノマイが、排卵日にビデオテープの映像を見たとしたらどうだろう。発生したウィルスが、心臓の冠動脈ではなく、排出された卵子に向かったのだとしたら……。

そうして彼女は妊娠させられ、あるものを産み出した。

……何をだ？

おそらくタカノマイの部屋にいたのは、それに違いない。

アンドウは同じ論法をアサカワにも当てはめてみる。

……アサカワは男だから、子供を産むことはできない。とすれば、彼は何を産み出したのだ？

ところがアンドウは、同時にこの疑問の答えを得ることになる。

ちょうどその頃、アンドウは、タカノマイの姉と名乗る女性の来訪を受ける。タカノマイが転落死したビルの屋上で出会い、偶然の再会を機に親しくなっていた。

彼女がシャワーを浴びている間に、たまたま新刊案内の小冊子を手に取っていたところ、近刊として、『リング』というタイトルが目についた。驚いたことに、アサカワが書いたレポートが、本となって大量に出回ろうとしている。

アサカワが産んだもの、それは『リング』にほかならない。ビデオテープは、『リング』と題された本に進化し、爆発的な増殖を遂げようとしている。アサカワは、『リング』を作成することによって、増殖に手を貸していたのだ。

同じ頃、アンドウのもとには、生前のヤマムラサダコを写した写真が送られてきた。その顔を見て、アンドウはさらに大きな驚愕（きょうがく）に包まれる。たった今、シャワーから上がったばかりの、タカノマイの姉と名乗る女性が、ヤマムラサダコと同じ顔をしていたのである。

タカノマイが産んだもの……、それはヤマムラサダコであった。

二十数年前、山間の井戸で朽ち果てたはずのヤマムラサダコが、タカノマイの子宮を借りて蘇（よみがえ）った……、その事実が頭に浸透する以前にアンドウは気を失っていた。

やがて意識を取り戻したアンドウに対して、ヤマムラサダコは、自分自身への協力を要請する。ビデオテープは『リング』へと進化し、爆発的な増殖を遂げようとしているけれど、それに気づいたからといって邪魔をしないでほしいと。

『リング』は読んでしまった読者の力を借りて、様々な媒体へと変化するはずだった。排卵日にその媒体と接触した女性は妊娠してヤマムラサダコを産み、それ以外に生き残るのは、増殖に手を貸した者だけだ。

こうして、『リング』は出版や映画、ゲーム、インターネット等、多様なメディアを通して世界に浸透することになる。

この災禍がどういった結末を引き起こすのか、アンドウにはうまく想像がつかなかった。簡単に解釈すれば、ヤマムラサダコという雌雄合体、単一の遺伝情報が次々と再生産され、リングウィルスは突然変異を繰り返しながら、どんどん排出されていくことになる。

多様性があるからこそ、個体には生命としての面白みが出てくる。それがたったひとつの遺伝情報へと収斂（しゅうれん）されていけば、生命のダイナミズムは一切失われてしまう。ヤマムラサダコにとっては永遠の生命を手に入れたも同然だろう。しかし、それ以外の生命はすべて世界の片隅に追いやられ、滅亡を余儀なくされてしまうのだ。

アンドウは決断せざるを得ない。ヤマムラサダコの協力者となって生き残るか、あるいは葬り去られるか。

ただ、協力者となった場合の見返りはあまりに大きかった。

……二年前に水の事故で失った我が子の復活。

アンドウの胸に巣食っていた深い悲しみは、二年前に幼い息子を亡くしたことから生じていたのだ。

アンドウを始めとする大学病院スタッフと、ヤマムラサダコの特殊な子宮があれば、死んだ息子の再生は可能である。海で溺（おぼ）れる瞬間に髪の毛の数本が抜け、それは今も手元に残されている。息子の遺伝情報は大切に保管されていた。

選択の余地はなさそうだ。協力者となってもならなくとも生命はいずれ滅ぶ。だとしたら、あれほど神に願った息子の再生を見てからにしよう。

馨は、アンドウの決断を非難する気にはならなかった。息子を再生させたいという切実な思いは、馨にも伝わってくる。同じ局面に立たされれば、自分がどう判断するかわかったものではない。

アンドウのチームは、ヤマムラサダコから受精卵を取り出し、死んだ息子の細胞核と交換した上で元に戻した。一週間後、アンドウの息子は、赤ん坊としてヤマムラサダコの腹から生まれ出た。

アンドウは世界を売り渡す代わりに、二年前に失った命を取り戻したのである。

『リング』が発刊されてしばらくすると、本を読んだ読者のうち、約二万人の女性が妊娠し、ヤマムラサダコを出産した。協力者の手で『リング』は形態を次第に変え、さらに感染者を増やし、爆発的な増殖へと発展した。鼠算式の増え方ではなかった。ひとつの遺伝子へと収斂していく様は、燎原の火のごとしであった。

リングウィルスは知的生命体以外の様々な生命に影響を与え、多様性を奪い去る方向に、生物界をねじ曲げていった。枝振りもよく、広範囲に葉を広げていた生命樹は、ひょろりと伸びた一本の幹のような形になってしまった。種は単一の遺伝子に占められ、種の数自体も激減してゆく。その様は、生命樹を逆に辿り、太古の生命へと戻ってゆくようであった。

多様性を失う代わりに手に入れたのは、永遠の生命であり、カオスの縁を転げ落ちて手に入れたのは、絶対の安定であった。生命が進むということは、極めて微妙なバランス感覚を持って峻険な峰を辿ることにほかならない。峰を放棄して谷底に桃源郷を発見し、そこを安住の地と決めてしまっては、生命の進化は成り立ちそうもない。ループ界の生命たちは、退屈で変化のない、同じことの繰り返しの人生を生き、それ以降の進化を放棄して、ガン化してしまったのである。

馨は、キーボードを操作して、視点をアンドウから離していった。徐々に天に昇るように、俯瞰を高くしていく。ループに蠢く生命たちを、高みから見下ろすためである。個体は小さく、うようよとした群れを作っていた。生命の作る模様は、単調なだけであまり美しいものではない。

どこかで見たことのある光景である。大学病院の病理学研究室で、父のガン細胞を培養しているシャーレを顕微鏡でのぞいたことがあった。透明なシャーレの中で、ガン細胞は、無秩序な増殖を繰り返して斑状の醜い塊を形作っていたが、そのときの様子と、今、はるか高みからループ界を眺めたときの様子が、そっくりであった。

馨は、頭部搭載型ディスプレイを頭から取り外して、つぶやいた。

……ループはガン化したんだ。

ループがガン化した経緯は十分に理解できたつもりであった。

9

時間の感覚が麻痺(まひ)していた。頭部搭載型ディスプレイとデータグローブをつけ、コンピューターの前に何時間座っていたのか、まったくわからなくなっていた。ループ内の時間と実際の時間とでは、流れる速度が異なる。おまけに地下室という、光の届かない環境のせいで、時間の把握は困難を極めたのである。

馨は椅子(いす)から立ち上がろうとして、ふらふらとよろけた。飲まず食わずで数日間を過ごしてしまったようにも感じる。極度の疲労だった。喉(のど)の渇きは激しく、空腹感は限度を超えたかのようだ。

腕時計を見て、既に夜が明け始めていることを確認すると、地下室の階段を上って地上に出た。オートバイの荷台には、ミネラルウォーターがくくりつけてあり、まずは水分を補給するのが先決だろうと思われた。

砂漠の夜明けごろ、空気は冷えきっている。馨は、ミネラルウォーターの瓶を取り出すと、喉を鳴らして一気に半分ほど飲んだ。そうして得たのは、生きているという実感だった。ループという世界を垣間見ているうち、馨は、世界の輪郭が薄れていくような錯覚に襲われてきた。自分の生きている大地の確かな感触が得られないのだ。現実と仮想が遊離し、またゆらゆらと重ね合わさったりする。

馨は、オートバイのシートにもたれて、残りのミネラルウォーターを全部飲み干していった。水を飲めば喉の渇きは治まる。肉体の正直な反応であった。さらに、だれ憚ることなく、ズボンのチャックをおろして放尿する。水分の補給と排泄により、身体はほんの少し生き返ったかのようだ。しかし、だからといって肉として存在するという証しになりはしない。

馨は、空になったペットボトルを手に持ったまま、再び地下室の階段を降りていき、階段の途中で腰を下ろした。ループがガン化した経緯はたった今、この目で確認した。どことなく作り事めいた内容が、腑に落ちなかった。現実と寸分違わない映像……、にもかかわらず、荒唐無稽に過ぎる嫌いがある。

見た者をちょうど一週間後に死なしめるビデオテープなど、電子空間なら簡単にできてしまう。ダビングによって死から免れる方法も、装置としては簡単である。一週間後にセットされた死のプログラムを、期日内にダビングした場合に限って解除するように設定しておけばいいだけだ。

問題は、ループという空間の内部に生きている個体が、その内部の力だけに頼ってできる範囲を超えているということである。要するに現実からの働きかけがない限り、一週間後に死をもたらすビデオテープの作成や、その解除などできはしない。ループで体験させられた死は、ほとんどの場合、ビデオテープを見たことによる結果として引き起こされている。

馨は、もう一回この点を確認したくなり、重い腰を上げて、コンピューターの前に座った。

ビデオテープの映像を見るという行為がループにおける、あるいくつかの死の引き金だとすれば、ビデオの映像を見ている瞬間を具体的に洗い直す必要がある。

謦はサーチを開始した。ループの個体がビデオテープの映像を見ているシーンを次々とディスプレイに呼び出してゆくのだ。特定の個人にロックすることなく、客観的な視点で眺めることにした。

最初に現れたのは、山荘風の建物の居間に置かれたテレビ画像を、恐怖と嘲笑を半々に浮かべた表情で見入る四人の男女の顔であった。

四人のうちのひとりは、無理に恐怖を押し込め、敵意のある笑みを周囲に振りまきながら、他の三人を自分のペースに巻き込もうとしていた。空元気なのは見え見えである。

若い女性のうちのひとりは、映像が終わると、顔面を蒼白にして、

「やだー」

と言ったきり、黙り込んでしまった。空元気を振りまく男は、女の一言によって、あたりの雰囲気が、恐怖に塗られるのを避けるかのように、

「こんなもの嘘に決まってるじゃん」

と、テレビ画面を足で蹴りつけた。

「よくできた脅し文句よね」

もうひとりの女の顔には、恐怖はまったくなかった。平然とたばこをくゆらし、能面に

似た無表情な顔つきでビデオテープを巻き戻し、他の三人が見守る中、当然の処置であるかのごとく、一週間後の死から逃れる方法が記された部分を消去してしまったのである。

「これ、仲間たちに見せて、脅かしてやろうよ」

最初のうち、女は、ビデオテープを持ち帰り、共通の友人に見せて怖がらせよう、と言い張った。だが、他の三人は躊躇（ちゅうちょ）した。不気味なビデオテープとは、今夜限りで縁を切りたくてならない。強がりを言っていても、金輪際関わり合いたくはないのだ。わざわざ持ち帰って、余計な災厄をしょい込む必要がどこにある……、三人の言い分はそんなところだった。

そのとき、部屋の電話が鳴った。三人がはっと息を飲む中、女は表情ひとつ変えず受話器を持ち上げた。

「はい、もしもし」

女の顔から判断して、受話器の向こうでは無言が続いているようであった。

「もしもし、もしもし……」

苛立（いらだ）ちを含んでいた女の声は、次第に震えを帯び始めていく。唾（つば）をごくりと飲み、受話器を叩（たた）きつけるようにフックに戻すと、女は立ち上がって、

「何なのよ、一体」

と喚き声を上げている。

馨には、どこからともなくかかってきた電話の周囲が、なんとなく歪（ゆが）んでいるように感

じられた。

次にビデオテープを見たのがアサカワで、その次がタカヤマだった。両方とも既に見た映像なので、聲は飛ばして次の瞬間をサーチした。

四番目に、映像を見たのは、アサカワの妻と娘である。

何気なく置かれたビデオテープが気になり、デッキにセットしたとたん、見るともなく始まってしまった映像であった。

娘を傍らの椅子に乗せ、取り入れた洗濯物にアイロンをかけながら、アサカワの妻はテレビのほうに視線を投げかける。食い入るように画面を見守る母につられて、娘は同じようなポーズで、顔をテレビに向けるのだった。

母子が見終わると同時に、居間にあった電話が鳴った。アサカワの妻は、ビデオの電源をつけたままの状態で居間に走り、受話器を取り上げた。

「はい、アサカワです」

応じる声はなかった。

「もしもし、もしもし」

アサカワの妻は、しばらくの間、受話器を握り続けていた。やはり同じだった。電話の周囲の空間に歪みが見られる。物体がほんのわずか二重になり、直線であるはずの線がぐにゃりと曲がっている。よほど注意しなければ気づかない程度の歪み。何かが乱れているようだ。

次にビデオ映像を見たのは、馨の予測する限り、アサカワの妻の両親のはずだった。ところが、実際には違っていたのである。ディスプレイに表示されてきたのは、タカヤマリュウジの部屋であった。日付と時間から判断して、タカヤマが死ぬ直前の映像であるとわかった。

タカヤマは死の直前にもビデオ映像を見ていたのである。

馨は、シーンを少し前に戻し、死を恐れることなく、今度はじっくりと観察していくことにした。

デスクに向かって、一心不乱に書きものをしていたタカヤマは、ゆらゆらと顔を落として居眠りに入りかけていたのだが、眠る間もなく、ガクリと肩を揺らして跳ね起きた。首筋に皺が寄り、髪の毛が逆立っている。後ろから見るタカヤマは、少々滑稽な格好をしていた。

馨は、ディスプレイの視点をどこにロックすべきか迷った。このままタカヤマの背後に置くべきか、それともタカヤマの視聴覚に一致させるべきか。

ふらふらと背後をさ迷った揚げ句、ディスプレイの視点はタカヤマ本人の視聴覚へとロックされていった。この瞬間から、馨の視聴覚はタカヤマのものと重なった。

タカヤマの呼吸は激しかった。身体に異変が生じつつあると、直感で悟ったようである。

タカヤマは、すぐ目前に迫っている死を、かなり冷静に受け止めようとしていた。と同時に多くのことを理解しようと頭を働かせる。疑問は次々と脳裏をよぎったに違いない。

……おれは、ビデオの謎を解いたのではなかったのだ。

……にもかかわらず、なぜ、アサカワは生きている。

タカヤマの視線は、まず部屋の隅に置かれたビデオデッキに向けられた。デッキには、例のビデオテープがセットされたままになっている。タカヤマはビデオデッキにまで這い進んだ。心臓の鼓動が激しい。身体を動かすのに激しい苦痛が伴う。

馨には、タカヤマの身体にどんな異変が生じているのか、よくわかっていた。心臓の冠動脈に肉腫ができ、それが血液の流れを止めようとしている。急性心筋梗塞の症状であった。

タカヤマはビデオデッキからテープを引き出すと、その表裏をよく観察した。

タカヤマが思考する内容が、馨にはわからない。

タカヤマは震える手でビデオテープを摑み、表と裏に返し、背のラベルに書かれたタイトルを読んだ。

そうして何を思ったのか、視線を天井に向け、窓の外や壁、本棚と、素早く移動させていった。どうもあるモノを探しているようである。

再び、タカヤマの視線は、手元のビデオテープに固着した。

タカヤマは明らかに興奮していた。胸の痛みではなく、我を忘れて慌てふためく様が、手の震えとなって現れていた。

そうして、タカヤマは、ビデオテープをデッキに挿入すると、プレイボタンを押したのだった。

……なぜ、タカヤマは死の直前になって、ビデオテープの映像を見るのだろう。

馨の眼前には、もはや見慣れてしまった、あの映像が映っている。

ついでタカヤマは、デスクの上に置かれた時計に目をやった。九時四十八分を表示している。

時間を確認すると、今度は床に転がっている受話器を求めて、彼は這い進んだ。必死の思いが、馨にも伝わってくる。何か活路を見出したとでも言うのだろうか。

受話器を摑むと慌ただしく番号をプッシュした。四回呼び出し音が鳴ると、女の声が電話口から響いてくる。

「もしもし……」

馨は声の主を知っていた。タカノマイのはずであった。タカヤマは、電話で断末魔の悲鳴をタカノマイに浴びせて事切れたことになっている。

タカヤマは、耳に受話器を当てたまま、目ではテレビ画面の映像を追っていた。テレビ画面には、サイコロの目が写し出されていた。鉛のケースの中でゆっくりと回転し、一から六までの数字を表示するサイコロ……。

タカヤマは悲鳴に近い声を漏らした。その声は電話線を通して、タカノマイの耳にも届いたようである。

「もしもし、もしもし」

タカノマイはタカヤマの身を心配して、応答をうながしてくる。

だが、タカヤマは自らの意思で、受話器を置いた。フックに戻したのである。

その瞬間、目は、鏡に映った自分の顔をとらえていた。馨は、自分の顔がディスプレイに映ったかのような錯覚を覚えた。ぼんやりとしたタカヤマの網膜を通しているため、テレビの映像を明瞭（めいりょう）に捕らえることはもはやできない。心臓の鼓動は激しく、血管の圧力があちこちの皮膚を刺激するかのようである。

タカヤマの澱（よど）んだ目は、ビデオデッキ付近の空間に固定されていた。そこでは、霧状の煙が立ちのぼり、円筒形になってゆっくりと回転している。雑巾（ぞうきん）を絞るような形で、空間がねじれていくのだ。

タカヤマは電話機を動かして、歪（ゆが）んでいる空間に移動させると、別の番号をプッシュしていった。馨は、顔を少し下げ、タカヤマがプッシュしようとする番号を見ようとした。

だが、電話機を見る必要はなかった。ビデオの映像に流れる、サイコロの目……、

332541362451634234254136245163434325413

62451634133254136245163423425

タカヤマは、サイコロの目を連続してプッシュしているに過ぎない。……死を前にして、正常な思考力ができないでいるのだろうか。

馨はそう判断したつもりだった。

ちょうどそのとき、コンピューターのすぐ横にセットされた衛星電話のベルが鳴った。鳴っていると気づくまで、馨には数秒間が必要だった。現実の音なのか、タカヤマの部屋での音なのか、区別がつかなくなっていたからである。

現実の音と知ると、馨は、受話器を取り、頭部搭載型ディスプレイを横にずらして耳に当てた。

聞こえてきたのは今にも消え入りそうな呼吸の音だった。はあはあと激しい息遣いが、耳元で強弱のリズムを刻む。そのリズムは、ディスプレイから流れる呼吸と重なっていった。

馨は耳を疑った。受話器から聞こえてきたのは男の声である。自動翻訳装置を通しているために、声の質が少し変わっていた。

「今、そこに、いるのか。おい、聞いているのか。なあ、頼みがある。おれをそちらに連れていってくれ。そちらの世界に、行きたい。これ以上勝手にはさせないぞ」

馨の頭は混乱した。ディスプレイには、受話器を握り締めるタカヤマの左手が拡大されている。電話をかけているのは、間違いなくタカヤマである。そうして、その電話を受けたのは、今ここにいる馨であった。

馨が混乱するのも無理なかった。自分でかけた電話を自分で取るようなものだからだ。

……ループ界からかけた電話が、現実に繋（つな）がるはずはない。

馨は声を失い、その暗黙の中で、タカヤマからの電話は切られた。しかし、脳裏にはまだあの声が残っている。

……おれをそちらに連れていってくれ。

その意味が浸透するまで、さらに数分を要した。

10

馨は自分でたてた筋道を何度も頭の中で繰り返してみた。そうして、自分の仮説が的はずれであるか、あるいは真実に近づいているのか、検証する方法がひとつだけあることに気づいた。

最初にすべきは、コンピューター研究所にいる天野に指示を出して、事実の確認を依頼することである。

「リングウィルスのDNA解析を実施し、現在、世界に蔓延（まんえん）している転移性ヒトガンウィルスの遺伝子配列と比較すべし」

指示は簡単明瞭なものである。転移性ヒトガンウィルスのDNA解析は既に完了して、その塩基配列の図は、馨も手に入れていた。したがって、リングウィルスの解析さえすめば、両者の比較は簡単にできてしまう。

リングウィルスの遺伝子配列は、何らかの法則に従って0と1の二進法がATGC四つのアルファベットに置き換えられているはずである。コンピューターを使えば、解析はあっという間の作業であった。

馨は、仮眠を取りながら、天野からの応答を待つことにした。オートバイの荷台を崩して寝袋を取り出すと、地下室に運んでデスク横に広げた。水分を補給し、栄養食を腹に収めてから寝袋にくるまり、海老のように背中を丸める。ここ半日の緊張をものともせず、若い馨の体力によって、眠りに落ちるまで時間はかからなかった。

二時間の後、意識は強引に眠りへと引き込まれてゆく。ディスプレイは光を明滅させ、スピーカーは信号音を発信させていた。

馨は、寝袋から抜け出してデスクに座った。たった二時間の睡眠で体力は十分に回復している。すっきりした頭で、馨は、天野からの回答を受けることになった。

リングウィルスと転移性ヒトガンウィルスの遺伝子配列を比較した結果が、ディスプレイに並んでいた。塩基配列の共通な部分がマーキングされているのだが、遺伝子のいくつかには明らかな類似が見られた。無視できない程度の類似である。これほど似ていれば、もはや異なったウィルスとは考えにくい。もともとは同じウィルスだったものが、何らかの作用で別のバリエーションに変異したと見るべきだろう。転移性ヒトガンウィルスはリングウィルスに由来すると見て間違いなさそうだ。

その事実を確認すると、馨は一旦、コンピューターが表示するデータから離れた。そんなバカなという思いが、一度打ち立てた仮説を否定しようとする。常識との戦いだった。筋道を辿れば、他の解釈など成立しそうにないのに、常識が邪魔をする。

……冷静に考えろ。

馨は、自分を叱咤する。固定観念に捕らわれないで、柔軟な思考を持続すべきだ。

馨は、タカヤマリュウジの側に立って、彼の身に起こったことを自然な流れとしてとらえ直すことにした。死を前にして、死の運命から逃れたいと思わない人間はいない。彼が直面したのは、まさに根源的な欲求であったはずだ。

馨は大胆な類推を開始した。

……死の直前、タカヤマは直観的に理解したのではないだろうか。

出発点はそこだった。理解した事柄の中にはあらゆることが含まれる。大切なのはその点だ。

……ループ界に住むタカヤマという個体は、あらゆることを理解した。

まずそう仮定しなければならない。

アサカワが生きていて、自分が死の危険に瀕しているのはなぜか。この一週間のうちに、アサカワが気づかずにした行為で、自分はしていない行為は何か。

タカヤマはその時点で、ビデオテープをダビングするのが死を回避する方法であることに気づいた。実際、アサカワはタカヤマのためにビデオテープをダビングしている。

ところがタカヤマの理解はそこで終わらなかった。ビデオテープを見ることによって一週間後の死がセットされ、ビデオテープをダビングすることによってセットされた死が解除される……、その仮定を一歩先に進めたのだ。なぜそんなことが可能なのかという疑問を、一点に集中させた。

「この世はすべて仮想空間である」

普段からの思想が影響を与えたのかもしれないが、タカヤマは、彼が存在する世界をそう理解した。

仮想空間であるとすれば、理不尽な死をセッティングすることも解除することも自由自在である。操り手はだれか。仮想空間を作り上げたはずの上位概念である。

……神。

あるいはその言葉がタカヤマの脳裏にひらめいたのかどうか。

世界を創造し、作動させるのは神の役割のはずである。ループに住む住民から見れば、創造主は神に他ならない。

タカヤマは死の直前に、神と交渉を持とうとした。そのためには、彼にとっての現実と神の世界との接点（インターフェイス）を探さなければならない。インターフェイスはどこにあるのかとタカヤマは必死の形相で探した。

彼の目が、部屋の天井や壁を這い回っていたのはそのせいだ。この世と神の世界を結ぶ一本の細い線を、探していたのである。

ビデオテープ以外には思い浮かばなかったに違いない。ビデオテープをデッキで再生することによって死がセッティングされるとしたら、おそらくインターフェイスはその付近に現れる。出入り口には、ほんのわずか空間の歪みが見られるはずだ。もし、インターフェイスが他にあるとしても、もはや手遅れである。

タカヤマは一か八か、ビデオテープに賭けてみることにしたのである。

ビデオ映像の再生を始める。心は揺れ、とりあえず死を回避する時間の余裕があるかどうか、タカノマイに電話するが、その最中も、タカヤマの目はビデオの映像に釘付けであった。テレビ画面は、鉛ケースの内部で回転するサイコロを映し出していた。サイコロの目は一から六までの数字を何度も画面に表示する。

タカヤマは悲鳴のような声を上げた。断末魔の悲鳴ではない。サイコロの目が、同じ数字を繰り返していることに気づいたからだ。

３３２５４１３６２４５１６３４２３４２５４１３６２４５１６３４３４３２５４１３
６２４５１６３４１３３２５４１３６２４５１６３４２３４２５

１３３、２３４、３４３を取り除くと、サイコロの目は「２５４１３６２４５１６３４」という十三桁の数字を執拗に繰り返していることになる。遺伝子の塩基配列に詳しいタカヤマは、この三種類の数字が停止コードの暗号であることに気づいたのである。

タカヤマは、タカノマイへの電話を途中で切り上げると、すぐにその番号をプッシュした。

回線は繫《つな》がった。ループという仮想空間から現実へのアクセスが、可能になったのである。

上位概念とのアクセスがなされたと知るや、タカヤマは自分の願望を口にする。

「おれをそちらの世界へ連れていってくれ」

あからさまで、単刀直入な願いである。科学者であればだれも切実に願わないわけにはいかないだろう。死から逃れるためではない。それ以上のものを手に入れることができるのだ。

内部の世界から、それを作り上げた外部の世界への移行……、世界の仕組みを知ることに他ならない。

世界の仕組みを知ることは、馨にとっての夢でもあった。

ループからこちらの世界に移行することができれば、タカヤマの夢はかなう。ループを動かしている法則がすべて理解できてしまうのだ。彼らにとっての宇宙の外側には何があるのか。あるいは宇宙が誕生する以前、時間や空間はどのようになっていたのか、すべての答えを知ることができる。

「おれをそちらの世界へ連れていってくれ」

願望は、一見子供じみているけれども、同じ願いを持つだけに馨には十分納得できるものであった。世界をデザインした神がいるとしたら、神の世界に赴いて事実を直に聞き出したくもなる。

さて、ループ界においては、電話の直後、タカヤマは死ぬことになる。ディスプレイはタカヤマの死を観察していた。ループを操るオペレーターのひとりは、馨と同じように、タカヤマが願望を口にするのを聞いたはずである。

聞いた人間はどうしたのだろう。タカヤマの願いを聞き届けることにしたのか。ビデオテープの謎を解くだけでなく、現実を仮想空間と判断した直感力は桁はずれのものである。ずば抜けた能力に興味を抱いた人間がいたかもしれない。

馨は医学的な知識を駆使して、タカヤマを現実世界で再生させる方法を考えた。

タカヤマの肉体を構成するすべての分子情報を解析して、そのままの形で再生させることはまず不可能である。ただ、彼の遺伝情報はメモリに保存されてあるはずなので、それを使って、現実世界に誕生させることはおそらく可能であろう。

２０００メガ塩基対の断片を作ることができて、しかもそのクロマチン構造を再現できるゲノムシンセサイザーが開発されたのは、今世紀の初頭だった。その後しばらくして完成されたのは、断片のひとつひとつをつなぎ合わせる、ゲノム・フラグメント・アライメント・メソッド（ＧＦＡＭ）という技術である。これによって、ヒトの染色体すべての再合成が可能になっていた。

まず受精卵をひとつ用意する。その核の部分を取り出し、タカヤマの遺伝情報をもとに、これらの技術を応用して作成した染色体を埋め込む。受精卵を母体に戻す。それから十か月もすれば、世界のどこかでタカヤマリュウジが生まれることになる。もちろん赤ん坊としてだ。赤ん坊ではあっても、遺伝子はタカヤマのものと全く同じである。

しかし、ひとつだけ計算違いがあった。仮にタカヤマを再生させた人間がいるとしたら、彼は、あることを忘れていたか、手順の途中でミスを犯してしまったに違いない。

タカヤマはリングウィルスに感染したキャリアである。彼の遺伝子を、ゲノムシンセサイザーを使って現実の分子として再生するとき、ウィルスが流出してしまった可能性がある。でなければ、転移性ヒトガンウィルスとリングウィルスがこうも類似しているという理由が説明できない。

そして、類似は同時に、タカヤマリュウジが現実世界での再生を果たしたという証しでもある。再生の過程で、彼が持っていたリングウィルスが、微妙に形を変えて流出したと考えるのが、もっとも納得のいく解釈だからだ。

馨はさらに自問した。

……一体、だれがタカヤマをこの世界に呼んだのだ？

答えは不明である。また、なんのために彼を現実世界に再生させたのか、その意図はまったくわからない。仮想空間の生命体だったものを現実に生かすことによって、何が生じるというのか。

子供の頃、馨はテレビゲームで遊んだことがあった。それほど夢中にならず、すぐに飽きてしまったけれど、三次元映像で登場するお姫様や王子様は、コンピューターグラフィックに特有の、少しごつごつした曲面で構成されていた。人間とまったく同じというのではないが、それにしても、美しいと思われる女性キャラクターは数多く存在したものだ。そのうちのひとりを、現実の世界に登場させるようなものである。そうして、彼女が保持していたコンピューターウィルスが現実のウィルスとして世界を席巻してしまったのだ。たとえてみるとどうにも荒唐無稽であった。だが、ループが世界最高水準のコンピューターシミュレーションであるとすれば、不可能なことではない。理論上はまったく実現可能なのである。

……タカヤマリュウジは現在どこにいて何をしているのだろう。

真相に近づきつつあるのだ。

ケネス・ロスマンが最後に残した言葉。

……転移性ヒトガンウィルスの発生源がわかった。カギを握るのは、タカヤマだ。

今や馨もその言葉を信じかけていた。

11

階段を上って地上に出たとき、馨は、地下室のコンピューターを相手に数年も過ごしたような錯覚に襲われた。太陽は空の真ん中にあり、強い日差しがじりじりと大地を焦がしている。光の多さと空間の広がりにおいて、地下室とは雲泥の差だった。

自分の肉体が、かつての自分のものと変わってしまったような気がした。いくつもの人生を生きたせいだろう。だが、コンピューターの前に座っていたのは、延べ四十二時間に過ぎなかった。凝縮された時間を味わったのである。

オートバイのタンクには、砂埃が付着していた。渓谷を渡る風がひゅうひゅうと廃屋の隙間に入り込んでいる。どこもかしこも、砂漠の表面からは塵が舞い上がっていた。地下室で過ごした時間の少なさを証明するかのように、タンクに降り積もった砂埃は薄い。

馨はオートバイにまたがって、エンジンをかけた。

これから向かうべき場所ははっきりとイメージできた。渓谷に沿ってまっすぐ西に進み、水源のある丘を横切ってから、さらに大きな峰をふたつ越えるのだ。

今、馨にとって大切なのは、ただ導かれるまま、大きな力に身を任せることだけだ。明らかに、何者かの手が介在している。

一体いつからだろう。十年前、家族旅行の計画を立てたときから、こうなるのはわかっていたのかもしれない。長期間にわたって仕組まれた計画を、今実行に移しているだけだ。

……さあ、行こう。

馨は、ハンドルを切ってUターンすると、来た道を引き返した。

一旦幹線道路に戻り、モーテルにチェックインしてゆっくり休養をとってから、食料や予備のガソリンを補給し、道なき道の砂漠地帯を縦走するつもりであった。

ウェインスロックを発って二日後、馨は、いよいよハイウェイを折れて砂漠へと入っていった。平坦（へいたん）な大地を十マイルほど走ると小高い山が現れ、その斜面をオートバイは駆け上がった。

登るほどに森閑とした気配が強くなってゆく。水の流れは細くなり、呼吸する木々の息遣いが聞こえた。この辺りにはまだヒトガンウィルスによる、ガン化の影響が見られない。植物の瑞々（みずみず）しさはあちこちで健在だった。

植物の漏らすかすかな息吹はあちこちから感じられる。登るほどに静寂の度合は増していった。

砂漠の真ん中にこれほど色濃い緑があるとは、馨には思いも寄らなかった。はるか彼方から、深く切り立った谷間が視界に入ったとき、谷の大きさを正確に把握することはできなかった。だが、バイクを走らせて来てみれば、単なる木々の茂み程度ではなく、ここに広がる緑は完全な森であった。しかも全体はすっぽりと巨大な谷に包まれている。

茶褐色の谷の内懐にだけ木々が生息し、それ以外の地はこれまでの風景と同じく茶褐色の荒涼とした大地だった。これほど深い谷に隠されていては、たとえ空からでも発見されることはないだろう。

岩が無数に突き出ていたり、樹木が狭い間隔で並んでいたりしては、いくらオフロードバイクといえども先には進めない。岩の突起は連なり、その隙間をちょろちょろと川が流れ、登るほどに川の幅は小さくなっている。これ以上オートバイで登ることは不可能だった。

　馨は、樹間の茂みにそっとオートバイを倒した。荷台から必要なものだけを取り、背中に背負うことにする。ブーツを脱いでスニーカーに履き替え、忘れないようにその場所を脳裏に刻んだ。

　あとは自分の足が頼りだった。

　馨は、ときどき立ち止まって、細い水の流れが浸食した大地の深い切れ間を見上げた。道標となるのは川の流れだけだ。

　どれほどの時をかけて、数百メートルという深さの谷が形成されたのだろうか。費やした時間とエネルギーを想像すると眩暈（めまい）を起こしそうになる。

　悠久の年月と絶え間のない繰り返し。馨の住んでいる超高層マンションなど、谷の中にすっぽりと収まってしまう。マンションが完成するのに要した時間はたった三年という年月である。ところが谷は、数億という時の流れではまだ足りず、水の力を借りて、今も細々と削られ続けている。

　西に傾きつつある太陽が、谷底に差す日差しの線を徐々に上げていた。土の肌を舐（な）めるその様子は、谷全体が生き物であるかのような錯覚をもたらす。

　岩から岩に飛び移り、流れに両手を入れて水を飲んだ。食道から胃へと冷やっとした感触が落ちていく。それにしても、すぐ横に川があるのは幸いだった。少なくとも、喉（のど）の渇きに苦しめられることはない。馨は、もう一度水をすくって飲むと、岩の上に腰をおろしてしばしの休憩を取ることにした。

孤絶された土地には、森閑とした雰囲気が漂っている。ここに似た異質な空気をかつて一度経験したような記憶に行き当たった。連想されてきたのは大自然の深奥ではない。逆に、もっとも高度な文明の凝縮された場所……、病院の集中治療室の雰囲気とどこか似ているのだ。

ガン細胞を切除するたびに、馨の父は集中治療室に入れられた。閉ざされた空間で鼓動するのは人工呼吸器のリズムであり、患者の肉体は生死の区別がつかないぐらい、じっと静寂だけを纏(まと)っている。父を看病するたびに、馨は、生きているのは機械であり、人間が無機質の機械以下のレベルに下がってしまったような印象を受けたものだ。

父の顔や頭から伸びた数本の管は痛々しく、数が多ければ多いほど、消えつつある生命を象徴するようで、妙な薄ら寒さを覚えたりもした。集中治療室に漂う静寂と、この谷全体を覆う静寂には、どこか似たものがある。

……父は今頃どうしているだろうか。

父の病状に思い至ると、そうそうゆっくり休んでもいられなかった。少なくとも、自分が帰るまでは持ちこたえてもらいたい。でなければ、なんのために砂漠までやって来たのかわからなくなる。

母の身も同様に心配だった。今でもまだアメリカの民間伝承と首っ引きで、父の身に奇跡が起こることを祈っているのだろうか。馨は、母親にはもっと現実的な対応をしてもらいたいと思う。

礼子は……。

その名前を思い浮かべると胸がつまってくる。

馨は胸ポケットから礼子の写真を二枚取り出した。一枚は、病院のカフェテラスで撮ったものであった。

まっすぐ首を伸ばした馨に対して、礼子は小首を傾げ、馨の肩に頭を乗せるようなポーズを取っている。シャッターを押したのは、亮次だった。彼はどんな気分で、ふたりをカメラに収めたのか。

母の取るポーズからは、馨に対する好意が露骨に感じられた。母としてよりも、女としての雰囲気を強く発散している。息子という立場からすれば、見たくないポーズではなかっただろうか。亮次は複雑な気持ちで、ファインダーを覗(のぞ)いていたに違いない。

礼子の顔を思い起こすために写真を取り出したのであるが、亮次との悲しい思い出のほうが強く蘇(よみがえ)ってきた。

馨はもう一枚の写真に視線を移した。礼子ひとりが部屋の絨毯(じゅうたん)の上に座っていた。恐らく自宅の居間かなにかだろう、ふかふかの絨毯の上に、正座を崩した横座りの格好で両手を後ろについている。ヘアスタイルが今と違っていた。二年か三年前のものだろう。亮次の発病前か後かは、写真からではわからない。

礼子と身体の関係ができてまもなくの頃、馨は、礼子の若い頃の写真がほしいと言ったことがある。

若い頃の写真、という言葉にむっときたらしく、礼子は、

「なによ」

と面白くなさそうな顔で、脇腹（わきばら）を突いてきたが、その翌日、馨は数枚の写真を手渡された。

写真の中で礼子は様々な表情を浮かべていた。

自宅でホームパーティを開いたときの写真らしく、数人の友人たちに取り巻かれてグラスを手にする礼子は、アルコールの酔いで頬（ほお）を赤く染めていた。

片手を上に上げ、もう片方の手を腰に当てて、ポーズを決めているものもある。

そうかと思えば、オレンジ色の上品な着物を着て、菊人形を横に、すました表情を浮かべたりもする。

自宅キッチンのシンクに立ち、洗い物の途中、背後から呼ばれ、振り返った瞬間を見事にとらえた写真もあった。

それはおそらく息子の亮次が撮ったものに違いない。

背後からそっと忍び寄り、

「ママ！」

と声をかけ、驚かせておいてからシャッターを押したのだ。作り物ではない、自然な表

情。驚きと笑いが入り交じり、普通ならばけっしてしないであろう顔をとらえた貴重な一枚である。

馨は、その写真も気に入っていた。だが、アメリカの砂漠に渡る直前、二枚だけと決めて選んだ写真からははずすことにした。

馨と並んで写した一枚、絨毯の上に横座りして写された一枚。計二枚の写真をポケットに忍ばせてきたのである。

そのとき礼子が着ていたのは、毛糸で編まれたワンピースだった。上半身だけを見れば、セーターを着ているのと区別がつかない。ワンピースというより、丈の長いセーターと言ったほうがいいだろう。U字型のネックラインは、大胆なカットではなく、胸の膨らみをわずかでものぞかせてはいない。もともと胸は小振りなほうである。馨の手の平にすっぽりと収まる程度の大きさ。適度な膨らみと弾力性が魅力であった。

服の素材は腰のラインを際立たせてはいなかった。それよりも、馨の視線は彼女の足へと注がれていった。

座っているためにワンピースの裾は膝の少し上まで引き上げられていた。身体を後ろに反らしていて、膝は絨毯からわずかに持ち上げられている。

膝と膝の隙間から、濃い闇が奥へと伸びている。馨が何度も顔を埋めた柔らかい谷間である。

亮次が検査に連れ出された隙を狙い、昼日中、太陽が燦々と降り注ぐ病室の簡易ベッドで、馨は、礼子のスカートをたくし上げて下着を下ろし、器官をつぶさに観察したことがある。それは肉体を構成するひとつの器官に過ぎない。にもかかわらず、なぜこうも関心を引かれるのかわからなかった。愛情により、手に負えないほど大きな価値が与えられた、肉体の一部だった。

股間（こかん）に沈めていた顔を上げると、カーテンも閉めずにおいた窓から、眩（まぶ）しいぐらいに光が差し込んでいた。強い日差しのせいで、自分の行動がひどく不道徳なことに感じられた。それでも誘惑を断ち切ることはできない。日差しを避けるようにしてまた顔を埋め、あふれてくる体液を舌で受けながら、時間が永遠に続くことを祈ったのだった。

その結果として、礼子の子宮に自分の子供が誕生したのである。

馨は、華奢（きゃしゃ）な作りの礼子の腰に、視線を落とす。

……今、どれぐらいの大きさだろう。

おおかた想像はついた。二センチほどで、竜の落とし子に似た形をしているはずだ。自分の遺伝子を受け継ぐ存在よりも、腹に新しい生命を抱える礼子の存在が、たまらなく愛しい。

12

岩の上でのんびり休んでいる余裕はなかった。脳裏を行き交ういくつかの顔が、さあ急げと、働きかけてくる。馨は、腰を上げ、山頂を目指すことにした。

日は尾根の向こうに沈もうとしていた。真っ暗になる前に野宿できる場所を決めておこうと、馨は先を急いだ。

三方を巨岩に囲まれた平坦な地点に立ち、周囲を見回す。野宿する場所として悪くはなさそうだ。

かつて一度訪れたことのある場所だった。ウェインスロックの廃屋で、コンピューターの前に座るや、インディアンの視点となって連れ去られたが、彼らの部族が辿った道程の途中、これと同じ風景があったように思う。

……戦士の導きに従え。

母から提示されたネイティブアメリカンの民間伝承にはそうあった。現実に戦士が現れるのではない。戦士が導いていく場所は、記憶となって馨の脳裏にしまわれている。その記憶の糸を一本一本探りだし、現実との比較の上で、取るべきルートを決めていけばいい。疑うことは何もない。目的とする場所は必ずこの先に現れる。今夜はひとまず休養を取るべきだろう。馨は、リュックサックを背から下ろして、足を休めた。

ここまでの道程、足を下ろす一歩ごとに馨の感覚は呼び覚まされていった。まったく脈絡もなく、様々な感覚が湧き起こることがあった。たとえば恐怖という感覚は、ある原因があって生じるものだが、何の原因もなく恐怖やら嫉妬、喜びの感情に襲われ、官能を刺激されたりする。感情の源を過去へ過去へと遡るうち、自分が生まれた瞬間の情景に到達しそうになった。

平坦な岩の上にマットを敷き、寝袋にくるまっていた。今はまだそれほどでもなかったが、夜が深まると砂漠の気温は極度に下降するはずだ。寝袋の中で、馨は、パンをかじりウィスキーを飲んだ。

ふと、馨は上半身を持ち上げてあたりの様子を探った。何者かの吐く息が首筋に触れたような気がしたからだ。

マットと寝袋を通して、岩の冷たさが浸透してくる。吐き出される息には一定のリズムがある。人工呼吸器に似た一定のリズム……。獲物を狙い定めるような、肉体と精神を落ち着かせようとする、ゆったりとした一定のリズムである。

ある明確な意志を持った視線を同じ方向から感じた。視線は後頭部の下のあたりに突き刺さり、鼓動を激しくさせる。

がまんできなくなって馨は振り返った。すると、十メートルばかり先の木の陰に、裸の男がひとり、立て膝(ひざ)をついて弓を構えているのが見えた。肌は浅黒く、闇(やみ)に同化しているはずなのに、馨はぼんやりとその影をとらえることができた。

男は、長い髪を後ろで束ねただけで、羽飾りの類いはつけていなかった。中肉中背で筋肉の盛り上がりに欠けたが、弓の構え方には熟練者に特有の風格が備わっていた。

馨は、動こうとして、動けなかった。金縛りにあったように、男が構える弓矢を見つめ返すだけだ。

男は右手の親指を曲げて弓を引き絞り、馨の頭部に狙いを定めている。矢の先端には、黒曜石を磨いて作った刃がきらめき、ゴムのおもちゃでないことはすぐにわかった。

男の顔には表情がなかった。憎しみもなければ慈悲の心も、陶酔もない。与えられた役割を忠実に果たそうとする、狩人（かりゅうど）の目をしていた。

馨は、呆然（ぼうぜん）として、絞られてゆく矢の先に目を凝らした。恐怖はなかった。頭のどこかでは、これは現実ではないと知っているのである。

ところが、弓に蓄えられたエネルギーが頂点に達したことを見定めると、突如、馨の脳裏には獣に変じた自分のイメージが噴出し、反射的に上半身を伏せようとしていた。一瞬早く矢は放たれ、音もなく回転する刃先が馨の視野で大きくなっていく。飛来する矢に自ら飛び込むような格好で、馨は前のめりになり、意識は遠のいていった。

失神していたのはほんの一瞬であった。目覚めても、しばらくそのままの姿勢で、馨は空に伸びる木の幹を眺めていた。俯（うつぶ）せに倒れたはずなのに、いつの間にか身体は仰向（あおむ）けになっていた。弓矢に貫かれたはずの右目に手を当て、無傷であることを確認した上で身体を起こし、弓を射た男の姿を探した。男の姿はなかった。気配すら残さずに、消えてしまった。

谷が内包する独特の気配のせいだろうか、それとも刻印された記憶が蘇（よみがえ）ったせいだろうか、どうも幻覚を見せられたらしい。褐色の肌をした男は、強く馨の脳裏に死の感覚を残して、消滅した。直接、死を照射されたようなものである。

幻とはいえ、回転する矢に目を抉（えぐ）られ、暗黒へと導かれたイメージは拭（ぬぐ）いようがない。

次々と襲ってくる死の疑似体験だった。痛みよりも何より、死の持つ空虚感が底知れず恐ろしい。

死を実感するたびに際立つのは、生の充実に他ならない。死と生がすれすれのところで触れ合い、交錯している。馨は今初めて、再生の予感を得た。

次第に呼吸は整ってゆく。落ち着きを取り戻すと、ゆったりと大地に横になった。

頭の下に手を重ねて、空を見上げる。谷の一方の切れ間から満月が現れてきた。かつて人間は月に立ったことがある。もう何十年も前の話だ。その事実を踏めば、人間の認識能力に支えられる範囲内で、月が存在するのは確かなようだ。太陽も恐らく、太陽系の中心に、ある。

しかし、ループの生命にとっても、月や太陽は存在していた。しかし、馨たちは、それが空間的に存在しないことを知っている。時間や空間を認識できるように、ループ内の生命はプログラムされているだけだ。

そういえば馨は、月に人間が立った当時の宇宙飛行士のコメントを、子供の頃、父から聞かされたことがある。

「月の上では、何もかも、まったくシミュレーション通りであった」

宇宙飛行士は、コメントを求められてそう言ったという。

印象的なコメントだった。月に立つ以前、宇宙飛行士たちは、重力を始め、月とまったく同じ物理空間を、アメリカの砂漠に人工的に作り上げ、綿密なシミュレーションを何度も行った。仮想体験を繰り返した後、実際に月に下り立ち、現実の体験となったわけだが、宇宙飛行士は、仮想と現実はまったく同じだったと言うのである。緻密(ちみつ)な計算により仮想空間を作り上げたとはいえ、もう少しずれていてもよさそうなものだと。

「神は自分の姿に似せてこの世界を創造した」

聖書の言葉が連想されてくる。ループという仮想空間が、結果として現実とまったく同じになったのはどういう意味があるのか。原始環境において、ループには自然発生的な生命の誕生を見なかった。そこで研究者たちはＲＮＡ生命を埋め込んだ。それはあたかも生命の種子であったかのごとく、現実世界と同じ生命樹へと成長した。物理法則を共通にした以上、同様の形態を取ったとして、そう不思議はないのかもしれない。しかし、宇宙飛行士の言葉を借りれば、もう少しずれていたとしてもよかったのではないか。

……啓示なのだろうか。

現実もまた仮想空間かもしれないという思いは拭い切れない。その可能性を否定することは、論理的に不可能である。

上位概念としての神。その創造物として、現実の生命をとらえても、違和感はない。この世が一種の仮想空間であるとしたら、聖母が、処女のまま、神の子を産むことも、可能なのだ。あるいは、一度死んだ神の子が、一週間後に生き返ることも……。

人類が危機に瀕(ひん)している今、神の降臨に期待したいところである。このままでは世界はガン化して滅びてしまう。神は、姿を見せることなく、現実を観察しているに違いない。

馨は、見るとはなしに夜空の星を眺めながら、神の降臨に思いを馳(は)せていた。

13

用意した食料のうちの半分を、既に使い果たしていた。深い谷を登り切って尾根に立ってから、馨は、北に向かって山頂付近を進みつつあった。

記憶の奥にしまわれている風景が、時々現れるインディアンの幻覚によって呼び覚まされ、進むべき方向が暗示された。馨は心を無にして、導かれるがままに従っていた。

道案内役のインディアンは、ふと気づくと岩の上に立っていたりする。そうして、馨のほうをじっと見つめ、十分に注意を喚起しておいてから、身体を翻して前方に消えてゆくのだった。以前のように弓を引くことはなかった。わかりやすい動作で、

「ついて来い」

と促すかのようだ。

U字型に削られた小さな谷の奥深く、湾曲した茶褐色の壁に、ところどころ模様が描かれていたりして、むやみに予感をかきたてられた。はるか昔、このあたりに定着していたインディアンが描いたものなのか、動物や人間の顔が、抽象的に表現されていた。幾何学模様は、見ようによってはDNAの二重らせんにも似ている。馨は目的とする場所が近づきつつあることを実感した。

巨大な洞窟(どうくつ)の中には、自然の生活を維持し続ける古老たちが暮らしている……。馨は、

やがて到達する場所に、神秘のベールに包まれた秘境のイメージをあてはめていた。そこでは、麻布を纏った古老たちが、植物のごとき生を生きているのだ。何千年にもわたって蓄積された知恵を、教えを乞う人にだけ授けるという使命を帯びて……。

だが、それからまる一昼夜たっても、馨の思惑とは裏腹に、古代遺跡を思わせる大洞窟は一向に現れなかった。

食料が底をつき、体力の限界が訪れはしないだろうかという不安が、そろそろ頭をかすめる頃だ。引き返すなら、今のうちだった。まだ食料は少し残っている。オートバイを放置した場所に降りさえすれば、どうにでもなるだろう。オートバイのタンクにガソリンはほぼ満タンになっている。一番近くの街までは約二十マイル、オートバイなら一走りの距離だ。一旦街に戻って、新たに食料を補充して出直せばいい。

臨機応変に対応すればいい。馨はそう考えて気を楽にしようと努めた。袋小路に追い込まれたと思うと、精神的に、にっちもさっちもいかなくなる。

この付近に潜んでいる者を、「古き者」と呼ぶとして、問題はどうやって「古き者」と出会い、彼らから世界の仕組みを教えてもらうかである。父の命も、母の命も、礼子の命も、それにかかっている。

馨は、いつの間にか「古き者」を神に近い存在であると見做していた。しかし、逆であった場合のことも考えておいたほうがいいだろう。善意に満ちた存在である保証はどこにもない。

邪悪さの片鱗を見せるかのように、雲の動きが早くなった。これまでのところ、砂漠の天気にあまり注意を向けることはなかった。来る日も来る日も、前日とまったく同じ晴天が続いてきたため、すっかり油断していたのである。

尾根からの眺めは周囲三百六十度におよび、地の果てまでも見通すようであったが、ほんの一瞬のうちに湧き上がった雲に視界は塞がれ、空は灰色に厚く覆われてしまった。

幾重にも重なって雲は動いている。無限の高さを持っていた空に、雲が低く垂れこめ、頭上からのしかかってくるようだ。窒息しそうなほどの圧迫感があった。

雨を予想して、馨は屋根のある場所を探した。木の丈は低く、葉の量もまばらで、枝の下に身を隠しても到底雨宿りになりそうにはない。馨が探したのは、岩と岩の隙間の洞穴のようなものであった。川を上流に上るとき、何度か小さな洞穴を見ていた。だが、それは山の中腹でのことであり、山頂や尾根となると、そう簡単に岩の洞穴は見つかりそうもない。

ぽつりと雨の一滴が頬に当たった。馨は、逃げ場があれば飛び込もうと、身構えるのだが、瓦礫ばかりで身を隠す場所はどこにもなかった。雨粒は、ぱらぱらと脳天を叩いたかとおもうと、やがて轟音とともに天地を揺らしていった。つい一時間前の風景が嘘のようだ。強い日差しに焼かれていた大地は、最初のうちばたばたと音をたてて水を飲み込んでいったが、吸収しきれなくなるとあちこちに細い水の流れを作り始める。

馨は、なす術もなく、身体を屈めるしかなかった。どうやってもこの自然の脅威から逃れられそうにない。雨というものを恐怖の対象として受け止めたのは初めてである。

リュックサックの中にはビニール袋が入っていた。だが、数枚のビニール袋をどう使ったところで、何の役にも立ちはしない。テントは持ってなかったし、身体が濡れないよう応急処置を施す小道具もなかった。仮に持っていたとしても、無用の長物に過ぎなかっただろう。あっと思う間もなく、全身が水浸しになってしまったからである。

スニーカーは水を吸って重くなり、歩くたびに靴の中から水が溢れ出てきた。厚めのデニムのジャケットの内側、背中や腹を滝のように水が伝っていく。視界はまったく利かず、ふらふら歩いているといつの間にか大きくなった流れに足を取られそうになる。安全な場所、こんもりと盛り上がった足場の確かな場所に、身体を屈めている他なかった。

リュックサックの中、ビニール袋に包んでパンを突っ込んでおいたが、生半可な包み方では湿ってぼろぼろになってしまう。かといって、この雨の中で食べるわけにもいかず、みすみす食料が失われていくのを見過ごすしかなかった。ただ、水だけは豊富だった。馨は、水だけでも体内に取り入れておこうと、口を大きく開けてみる。

雨の下に長時間顔をさらすことはできなかった。大粒の雨は、容赦なく顔面を打ちつけ、痛みに耐えられなくなったからだ。思わず身体を丸めて座り込む。

後頭部の下の首筋が露出すると、そこにも痛みが走った。肌をむき出しにするわけにはいかなかった。馨は、膝を抱いて丸くなり、リュックサックで後頭部を覆うような格好で、雨が過ぎるのを待った。砂漠に降る雨は、ほんの一過性のものと考えていたのである。

ところが期待に反して、雨はなかなか止まなかった。大きな雨粒が小さくなり、やがて霧雨状に煙り、止むかとも思わせるのだが、しばらくすると以前よりも凄まじく、ばたばたと音をたてたりする。その強弱のほどが、人を愚弄し嘲笑するかのように聞こえた。

磬の恐怖心は次第に増していった。雨粒に熱を奪われて身体が冷えきったことに加え、夕刻とともに闇が迫ってきたのだ。寒さと暗闇、さらに空腹が追い討ちをかける。このまま一晩中降り続けると思うと、恐怖で身体は凍り付いてしまう。

徐々に気温は下がっていった。夕闇が真の闇に変わると、雨音がよけいに際だつ。目には見えないけれど、すぐ近くにだれかがいて、背中といわず頭といわず、手で叩いてくるようだ。複数の人間に取り囲まれ、蹴られたり殴られたりしている。今の磬の状況は、集団リンチを受けているのとなんら変わりはなかった。

さらに不運が追い討ちをかけた。突如足もとを襲う濁流に驚いて飛び跳ねた際、リュックサックを落としてしまったのである。足場が悪く、磬は一回転して倒れ込み、その拍子に方向感覚を失った。リュックサックを落とした場所を、音の記憶だけを頼りに手探りで探ったのだが、見つからない。周囲の大地を、円を描くように、丹念に両手で確認していく。最初の場所から微妙にズレてしまったのか、あるいは濁流に流されて転落したのか、リュックサックは消えてしまったのである。

磬は、動くこともままならず、暗黒の只中にじっと身を置いていた。頼りになるのは、聴覚と触覚だけだった。うずくまっている足下の、踝より上に濁流の水位が上がるようなら、場所を移動させねばならない。どこに移動すべきか。やはり音と、皮膚感覚だけが頼りである。足を動かし、少しでも水の少ない方へと這い進むのだ。

泥の中でのたうち回るミミズになってしまったようだ。何日も降り続いた雨の後など、アスファルトの割れ目から無数のミミズが這い出し、炎天に焼かれ、干からびてゆくのを目の当たりにしたことがある。雨の後、なぜミミズは土中から這い出すのだろう。炭酸ガスを溶解した雨水に弱いからだという説もあるが、真相はわからない。雨を逃れてようやく土から出たのはいいが、今度は紫外線にやられて干からびていくとあっては、ミミズも踏んだり蹴ったりだ。目がないにもかかわらず、光に反応してミミズは地中から這い出してくるのだろうか。

馨は、わずかでもいいから、反応できるだけの光がほしくてならなかった。完全な闇に放置されてもう数時間がたっている。いや、時間感覚もすっかり失われていた。腕時計の針すら読めないのだ。

今いる場所の地形が不明である以上、無目的に歩き回ることはできなかった。登ってくる途中何度か、百メートルを優に越す断崖を見ていた。足を踏み出そうとするすぐ前に、ぽっかりと深淵が口を開けていないとも限らない。

どこか、すぐ間近なところで、岩の転がる音がした。馨は恐怖のために身体を硬直させる。小石をはね飛ばして、数個の岩が転がり落ち、風圧をすぐ身近に感じた。雨で地盤が緩み、落石が発生しているらしい。ところが、ガラガラという轟音は目と鼻の先でふっと消えてしまう。理由はひとつしかなかった。今いる場所からわずか下の方に谷が口を開けていて、岩は、空間を音もなく落下していくのだ。それは間違いない事実と思われた。馨が正面を向けている先の闇には、深い谷底が眠っているらしい。

馨は、背中で大地をこするようにして、徐々に身体を上に上げていった。底知れぬ淵からはなるべく遠く離れるに越したことはない。本能的な動きだった。足を滑らせ、数十センチ下にずり落ちただけで、尻のあたりの筋肉が震え出す。

正面から雨を受け止め、頬を叩く雨にも無感覚になりかけていた。頬に涙が伝わっているのだろうが、泣いている自分がまるで他人のようでもある。

恐ろしい勢いで、幻覚が迫ってきた。あるときは、荒波の中に屹立する岩の先に、尻を海水で洗われるような格好で抱きついている自分の姿がイメージでき、またあるときは、底なしの沼に飲み込まれて、もがくたびに地中深く沈んでゆく姿が目に浮かんだ。

幻覚を振り払い、現実を取り戻すたび、馨は強く死を意識した。身体は冷えきって、感覚も閉ざされつつあった。

……雨に打たれて死ぬ。

一度として雨の心配をしたことはなかった。ましてや、雨に打たれて死ぬなどとは露ほども考えなかった。

滑稽極まりなかった。世界がガン化によって滅びようとするとき、呑気に雨に打たれて死ぬのかと。

考えてみれば、雨に濡れるのはずいぶん久し振りの経験である。一か月ばかり前、雨模様の空は見ていた。一時間にも満たない短い夕立を、病院最上階の窓ガラス越しから眺めたのだ。

分厚いガラス板の向こうで、雲の色が変わったかと思うと突如、街の風景が濡れ始めた。ガラス一枚を隔てて、向こう側の世界がまるで異界のように映し出されていた。エアコンの効いた病院の廊下で、礼子と肩を寄せ合い、馨は、数か月ぶりの雨をうれしそうに眺めたのだった。晴天続きだったので、雨を恵みとしてとらえていた。亮次はまだ生きていて、礼子の子宮に命が誕生したばかりの頃であった。

同じ雨であってもかたや恵みの雨であり、かたや地獄の雨である。

礼子の顔を思い浮かべ、最悪の事態ばかり考えるのをよそうとした。父や母の顔を思い浮かべ、勇気を奮い起こそうとする。だが、気力が続かなかった。ちょっと気を抜けば、死の影が差し込みそうになる。眠ってしまったらそれまでだろう。寒さにやられ、そのまま暗黒に持っていかれるに違いない。

馨は意識を失うまいと努めた。

断続的に、意識が飛んでいたとしか思えなかった。覚醒（かくせい）した瞬間、今いる場所がわからなくなることがある。このまま意識を失っている時間が延びていけば、いよいよ死の危険が迫ってくる。

寒さのあまり身体はがたがたと震えていた。早く夜が明けてほしい。夜が明けさえすれば、気温はいくらか上昇するだろうし、闇という恐怖からも解放される。

完全な闇は、妄想の温床だった。馨は、すぐ間近に、人間の気配を感じることがあった。件のインディアンのものではなく、もっと生々しく肉の香りを漂わせて、鼻先をすっと抜けていく。女とも男とも区別がつかず、意味不明の囁き声を交わしながら……。ということは二人以上いるのだろうか、影と影が囁き合っている。

「おい、そこにだれかいるのか」

雨音に負けぬよう、悪霊を振り払うような大音声で、馨は叫んだ。

だが、影は身を引くことなく、ふたつから三つ、四つ、五つと増え、周囲を包囲して、ざわめくのだった。どんな言語でしゃべっているのか、馨には、どうしても会話が聞き取れない。雰囲気からすれば、同情されているとも受け取れる。いや、押し殺した嘲笑も混じっていた。本当はせせら笑っているのかもしれない。

明け方近くまで、馨は、人々の交わす声を聞き続けた。

そうこうしているうち、次第に雨脚は弱まり、周囲の景色が徐々に浮き上がってきた。風景は薄く灰色がかっている。遥か遠く、宗教上のモニュメントの如くそびえる岩山は、本来なら赤茶けているのだろうが、黒い影にしか見えない。だが、モノクロの世界ではあっても、世界の輪郭は徐々に濃くなっていった。

時間とともに移り変わる風景が、馨に勇気を与えるはずだった。夜は明け、雨も止みつつある。

だが、馨の頭は熱に浮かされて朦朧としていた。肉体は冷え切り、体力が極度に消耗したのは確かだ。医者の卵である馨にも、自分の身体に生じた変化をうまく説明することができない。

ただ単純に風邪を引いたのだと思いたかった。肺の奥のほうからぜいぜいという苦しそうな喘ぎが出ていた。

……肺炎になったのだろうか。

風邪を引いて、こういった症状に陥った経験はなく、判断に迷うところだ。額に手を当てたり、あるいは胸や脇の下に手を入れたりして、体温の見当をつけてみる。かなり高熱を発しているようだ。雨は止み、夜も明けたというのに、身体を動かす気力が起こらなかった。

馨は、半分泥水の中に沈んだ格好で、丸くなっていた。海老のように身体を動かし、水の溜まってない場所へと移動する。

今、ほしいのは日光だ。浴びるほどの日差しがほしい。日が差せば、濡れた服や身体も乾かすことができる。水を吸った服が、高熱で生暖かくなり、なんともいえぬ不快感をもたらす。

馨は、服を脱いで絞っていった。それだけでもたいへんな作業である。まったく力が入らないのだ。素肌に風が当たったりすると、全身を悪寒が駆け巡り、倒れそうになった。それでも馨は、できる限り水分を取って、身軽になっていった。

一方の谷から吹き上げてくる風を避け、岩の隙間に潜り込んで休息を取った。体力を浪費するわけにはいかない。気温が上昇するまで、身体を動かさずにいることだ。岩の隙間に身を横たえ、高熱と闘っている間も、世界は徐々に変化していった。モノトーンの風景に色がつき、遠くの景色にも濃淡のコントラストができてくる。

馨は、移り変わる景色を眺めながら、雲が切れるのを待った。

数時間が過ぎ、気温が上昇すると、馨は、断続的な睡眠を何度も取るようになった。うつらうつらとして、目覚めるたびに雲の動きに目をやった。しかし、まだ日が差すには至らない。

轟音のせいで馨は目覚めた。昨夜来苦しめられた雨音を連想し、恐怖とともに上半身を跳ね上げる。

空中に物体が浮いているのが見える。ちょうどその背後から今まさに日が差しつつあった。雲に亀裂が入り、光の帯が空中に浮かぶ物体を黒く照らし出していた。馨は眩しさのあまり目を細め、黒光りする機体ごしに天を仰ぐ。

その出現は馨のイメージを裏切ることになった。この場所にイメージしていたのは、太古を彷彿とさせる廃墟であり、神秘に包まれた人間たちの集団のはずである。ところが、背後からの日差しを受けて空に浮いているのは、現代科学の粋を集めて製造された、最新鋭ジェットヘリコプターであった。しかも、インディアンが弓で狙いを定めるかのように、前方から飛び出したアンテナは、ぴったりと馨に照準を合わせている。

ローターの回転により、風圧はもろに馨の身体にかかっていた。まるで、馨の到着を待っていたかのような、出現の仕方だった。空の一点に停止したまま、しばらくの間、耳を聾する爆音を浴びせたかと思うと、ヘリコプターは下腹を見せて転回し、上昇していった。

ヘリコプターのローターが雲を切り裂き、風圧がその切れ目を拡大していった。馨には、その隙間からこぼれる光が、後光のように感じられた。

第四章　地下空間

1

目覚めて最初に目に入ったのは、白っぽい天井だった。馨(かおる)は、壁の四方を順繰りに目で辿(たど)り、見える範囲のものをざっと見回してみる。

窓はなく部屋は完全に密閉されていた。天井の隅には、長方形の格子がついている。空調設備の吹き出し口に違いない。部屋の温度が適温に保たれているのはエアコンのおかげだろう。

壁には、長方形の切れ目がふたつあった。おそらくドアであろうが、壁と同じ色をしているために、切れ目が目に入らなければ、ドアであるとわからなかったに違いない。一方のドアは、ドアノブもしっかりしていて、部屋と廊下を繋(つな)ぐ出入り口であると思われたが、もう一方のドアは、小さな取っ手がついているだけで、内からも外からも鍵(かぎ)がかかりそうになかった。こちらのほうはたぶんバスルームかなにかの出入り口であろう。

壁の表面には、壁紙ではなくレザーが張られていた。最初のうち白い色と思われたのが、目が慣れてくると、薄いベージュであることもわかってきた。

観察することによって、馨は、自分の意識が健在であることを知った。どうもまだ生きているようである。

仰向けに寝た姿勢のまま、馨は一旦見ることをやめ、身体のひとつひとつに意識を集中させていった。胸から腹、両手両足、さらに足の指、手の指へと、指令を出す。動いているという確かな実感があった。

置かれた状況を説明するのは簡単である。レザー張りの壁に囲まれた小部屋で、ベッドの上に寝かされている。ただそれだけだ。部屋の中には馨以外だれもいない。

ごく自然に、病室が連想されてきた。そのせいもあって、現在居る場所がわからなくなってしまった。

単身アメリカに渡り、砂漠のある地点を目指してオートバイで乗り出したという行動が、現実のものなのか、夢の世界のできごとなのか、判断に迷うところだ。父の入院する病院にいて、夢を見ていただけなんだと言われたほうが納得できてしまう。

長寿村を内包する巨大な洞窟を求めて尾根を歩く途中、幾度となく、古代のインディアンによって描かれた壁画を目にしていた。壁画は、やはり小さな洞窟状の曲面に描かれていて、これから現れる神秘の地下空間を象徴するようで、否応もなくムードをかきたてられたが、その後を襲った豪雨により情け容赦もなく死と恐怖のどん底に叩き落とされてしまった。

夜が明け、日が差し始める直前に聞いた音はまだ頭に残っている。轟音を振り撒きながら、およそ不釣り合いな物体が宙に浮いていた。ガンメタリックに塗装された最新鋭ジェットヘリコプター。腹を見せて上昇すると同時に、意識は失われていったように思う。

順番通り記憶をたぐり寄せるのは可能だ。しかし、記憶が真実であるかどうかは、確かめようがなかった。現実と仮想がこうも入り乱れていては、どんな記憶に対しても自信は揺らぐ一方である。

とりあえず確認を取るとすれば、第三者の証言を待つ他ない。しかし、目覚めてから一時間ばかり、馨はたったひとりで放置されていた。

起き上がって、自力で部屋から出てみようか……。馨は、徐々に上半身を持ち上げていった。身体に痛みはなかったが、体力が消耗しているのは、上半身を持ち上げる行為が思いのほかきついことからもうかがえる。ベッドに座ったまま、呼吸を整えた。喉の奥のほうがぜいぜいする。

起き上がったはいいが、そのまま動くこともできないでいた。目を落とすと、ベッドのすぐ横にはサンダルが用意されている。馨の持ち物ではない。だれかが用意してくれたものだ。足がすっぽりと収まる巨大なサンダルだった。

結局、サンダルに行為を促されたようなものだった。馨は、気力をふり絞ってベッドの縁から両足を下ろすと、サンダルに足を入れてみた。思ったとおりぶかぶかで、しかも相当に重量がある。

馨は、サンダルを履いて部屋をゆっくりと横切ろうとした。歩く先には、部屋と外部とを結ぶ唯一のインターフェイス……、ドアがある。

　ただでさえ、足がだるいところにもってきて、大きすぎて、重すぎるサンダルである。馨は足を引きずっていた。白いガウンの裾はだけ、割れ目からは腿がのぞいている。ガウンの下に下着をつけてはいなかった。今初めて、馨はそのことに気づいた。素っ裸の上に、白いガウンだけを着せられていたのである。

　ドアはすぐ目の前だった。扉を開けて、どこに向かおうというあてもなかった。ただ、今自分の居る場所を知りたかった。動機はそれだけだ。ここはどこなんだという疑問。外の景色を見たかった。人間がいるのなら、だれでもいいから話を聞きたかった。

　馨はドアノブに手をかけた。その瞬間まで、ドアに鍵がかかっていることには思い至らなかった。だが、ドアノブを手で包んだとたん、鍵がかかっているという直感が浮かんだ。実際に回して、押したり引いたりしてみても、ドアはびくとも動かない。

　これにより、馨は、自分が置かれた状況をさらに深く理解することになった。監禁されているも同然なのである。

　立っているのもきつかった。出歩くのは諦めて、ベッドに戻るべきだろう。ドアノブから手を放して、馨は、ゆっくりと身体を回転させていった。

　そのとき、ドア一枚隔てた向こう側で人の気配がした。馨は、はっとして身体を動かすのを止め、じっと耳をそばだてる。引き続いて、カチリと錠のあく音がした。

　一歩二歩と後退してドアが開くのを待った。これから現れる者に対する情報は一切遮断されている。大昔のSF小説に登場したキャラクターが、火星人と称して登場しても、馨は驚かなかっただろう。

静かにドアは開かれた。てっきり何者かが立っていると思われたのに、そうではなかった。座っていたのである。車椅子に座った老人が、まっすぐ正面を見据えていた。

「お目覚めかね」

老人に英語で尋ねられると、馨は、反射的に首を縦に振っていた。

「二見馨君だね。よろしく、私の名前はクリストフ・エリオット」

エリオットと名乗る老人は、そう言って握手を求めてきた。差し出された手を見ただけで、それが異様に大きなものであることがわかる。

巨大な手……、そして、車椅子の両輪の前に投げ出された足もまた巨大だった。椅子に収まっているとはいえ、身体の大きさは容易に想像できる。外国人としては小柄なほうだろう。しかし、それにしては手と足の大きさが不釣り合いであった。

エリオットと名乗る老人の、アンバランスな身体に気を奪われ、感心しているどころではなかった。本当はもっと驚いてしかるべきなのだ。

……なぜこの老人は、おれの名前を知っているのだ？

身分を証明する書類やカードは、リュックサックと共に失われたはずである。

握手に応じながら、老人の容姿を子細に観察した。

頭に髪の毛は一本もなく、顔の輪郭はきれいな卵形をしている。肌は青白いほどに澄んでいて、色艶も十分だ。肌の具合だけを見れば、老人の部類に入れるのはかわいそうになる。ただ、首筋から左頬にかけて老人に特有の黒い染みが浮き上がり、肌の白さが色のコントラストを際立たせていた。

エリオットの手を握り返すと、馨は、相手に敵意のまるでないことを悟り、さっきから抱き続けていた疑問を口に出すことにした。

「ここはどこなんですか」

エリオットは、灰色がかった目を細め、口許に笑みを浮かべる。

「君が来ようとしていたところだ」

馨が目指していたのは、巨大な洞窟があり、長寿村の存在が予測される場所である。

馨は、今さらのように部屋の中を見回した。薄いベージュのレザーで密閉された小部屋……、ここは、自分がイメージしていた場所とは違い過ぎる。

エリオットは、馨の表情から心の戸惑いを察知したようであった。彼は、大きな人差し指を上に向け、逆に質問を出す。

「この上には何があると思うかね」

部屋の天井の、そのまた上に何があるのかなど、馨には知りようがなかった。

返事ができずにいると、エリオットは自分の問いに自分で答えた。

「巨大な水の層だ」

水槽とは言わなかった。老人は水の層という言い方をした。

頭上はるかに水があると言われても、馨には意味がわからない。雨のことを、象徴的に表現しようとしているのだろうか。ここ数日間の体験と照らし合わせると、文脈は通じているように思われる。

エリオットは、今度は同じ人差し指を下に向けた。

「君が立っている、その下には何があると思うかね」

小さな部屋の床の下に、何があるというのか。大地があるに決まっている。だが、馨はそんなわかりきった答えを口にするつもりはなく、黙っていた。

この問いにも、エリオットは自分で答えるのだった。

「広大な空間だ」

厚い水の層と広大な空間で挟まれた地点に、今おまえは居るのだと言われても、どうもピンとこない。

ただ、そうであれば辻褄は合う。エリオットの言うことが事実だとすれば、この近辺の重力異常はかなり低い値を示すことになりそうだ。重力は、その下に質量の重い物質があればプラスの値を示し、逆に質量の軽い物質があれば、マイナスの値を示す。何もない広大な空間が足下に眠っているとすれば、マイナス値を取る理由として、かなりの説得力を持つ。

それでも馨はまだ信じることができなかった。本当に目的の場所に来たのかどうか。もし、ここが架空の重力異常分布図で提示された目的の場所であるとすれば、エリオットが自分の名前を知っていたという以上に驚かなければならない。……この老人は、ここの重力がほかよりも小さいと仄めかしている。つまり、おれがどこに向かっていたのか、事前に知っていたことになるのだ。

極度の混乱に襲われ、馨は、壁に手をついて身体を支えた。

「ぼくが、ここに来ることを、あなたは知ってらしたのですか」

それだけ言うのがようやくだった。呼吸は激しく、短く、吸う息の量はわずかだった。どことなく息苦しい。

エリオットは、崩れそうになる馨の身体を巨大な手で支え、慈悲深く言う。

「ああそうだ。君は、ここに来ることになっていたのだよ」

熱がぶり返してきたのか、身体中が熱くほてってくる。

「唯一、予測できなかったのは、あの記録的な豪雨だ……」

いや、熱いのか寒いのかすらもよくわからない。熱を感じつつ、身体の表面には悪寒が走り回っている。これ以上立ってはいられなかった。エリオットの言葉が、耳の奥でかすんでいった。

馨は、エリオットの手をふり払い、自力でベッドまで歩こうとしたが、その途中で倒れ込んでしまった。

2

それからの三日間、馨に課せられた主な仕事は体力の回復であった。砂漠に降った記録的な豪雨がなければ、この時間は費やされる必要のないものであったらしい。エリオットの口調からわかるのはようやくそれぐらいのことである。体力が回復しさえすれば、あらゆる疑問に対して、説明が与えられるはずであった。

結局、自分の陥った状況をまったく知らされないまま、馨は、小部屋での養生を余儀なくされてしまったのだ。

時折エリオットが部屋に顔をのぞかせることはあったが、健康のチェックから身の回りの世話まで面倒を見ることになったのは、看護婦のハナである。

ハナとはかわいらしい名前だった。馨は、本名かどうか尋ねたが、ハナは笑っているだけで、何も答えてはくれない。

「そう呼んでくれればいいのよ」

慣れれば、呼びやすい名前である。

……ハナ。

野原に咲く可憐（かれん）な花を思い出す。名前と人物のイメージはぴったりだ。

エリオットが姿を消し、ハナだけが部屋に残されると、馨は、彼女を質問攻めにした。

……ここは何の施設？

……エリオットはどういう人物？

……何か目的はあるのかい？

思いつく限り、馨は質問を列挙した。その勢いが凄まじかったのかもしれないが、ハナは笑みを浮かべて押し黙り、首を横に振って何も答えようとしない。

ハナは、顔も体型もまるで子供だった。身長は百五十センチをわずかに出た程度で、頬はふっくらとして、目がくりくりしている。後ろで束ねられた髪を解き、艶やかな黒髪を額から流して背中いっぱいに広げれば、もう少し大人っぽく見えるかもしれない。額を出しているせいで、幼さが余計に際立っているのだ。丸くて滑らかな額が、彼女の実年齢をわからなくしていた。胸も成長途中の少女のように小振りだったが、これ以上の成長はたぶん望むべくもないだろう。しかし、東洋系の小さな顔立ちには、小さな胸がよく似合っている。

馨は最初のうち、ハナの幼い外見に騙されていた。自分の問いに対して何も答えないのは、事実を知らされてないからに違いないと。無垢な顔は無知の証しのようでもあり、自分の質問になんら答えが返らなくとも、馨は不思議と怒りを感じなかった。

だが、子供っぽい外見とは裏腹に、看護婦としてのハナの技量は、なかなかのものだった。物心つく頃から病院を住み処としてきたせいで、馨には、看護婦を見る目が備わっている。痒いところに手が届くようでいて、行動に無駄がなかった。

馨は、ハナの指導のもと、必要に応じて点滴を受け、抗生剤を飲み、十分に睡眠を取るよう心掛けた。

ハナの仕事ぶりはどちらかといえば寡黙だった。その動作やしぐさから、必要以上にきぱきとしている様子がうかがえる。自分の身体に触れる時間をなるべく少なくしたいからではないかと、邪推したくもなる。手際がいいのは、看護婦としての有能さの表れだろうと解釈していたのだが、身体に触れてくる彼女の手にときとしてためらいが見られるのだ。自分のほうを盗み見する視線にも、なにか異物を観察するかのような、不自然さが込められていた。時間がたつうちに、馨はそうしたことに気づいていった。

初めてハナと出会った翌々日のことである。ハナが部屋に入ってくる気配を察知すると、馨は、眠ったふりをして、目を薄く開けていた。スピーディーに点滴の瓶を交換しながら、ハナが、好奇心に満ちた視線をよこすのがわかった。それは、怖いもの見たさの視線であるような気がした。恐れている反面、馨に興味があるといったふうだ。馨は逆に興味を引かれた。自分のどこに反応して、ハナはそんな表情をするのだろうかと。

点滴の瓶を交換し終わると、ハナは腰の引けた姿勢のまま、上半身を覆いかぶせて、恐る恐る見下ろしてきた。眠っていると思い込んでいるに違いない。だが、眠っている相手に対して、なお警戒を緩めようとしないのが解せなかった。

馨は、ぱっと目を開けて、ハナの腕を摑んだ。驚かすつもりはなかったが、結果として彼女は声にならない叫びを上げた。喉の奥で声が詰まり、はーと息だけを吐き出したようである。

「なぜ、そんなふうに、幽霊を見るような視線で、ぼくを、見る？」

馨は、ゆっくりと、言葉を区切って質問した。まず相手に落ち着いてもらいたかったからだ。ハナは、馨に摑まれてないほうの手を頰にあてたまま、抵抗らしい抵抗は見せなかった。手を振りほどくでもなく、顔を背けるのでもなく、口から出かけた叫びをひっ込めて、ただ呆然と馨を見下ろしていた。今にも泣き出しそうな顔が、幼さとうまく調和している。

「教えてほしい、なぜ、ぼくを、そんな目で、見るのか」

馨は同じ質問をもう一度した。するとハナは、悲しそうな顔で首を横に振り、

「ごめんなさい」

と、心底同情するように謝ったのだった。馨の問いに対する、答えになってはいなかった。解釈は二通り可能だった。幽霊を見るようにあなたを見てごめんなさいという意味。もうひとつは、何も答えられなくてごめんなさいという意味。あるいはその両方を兼ねているのか。

馨は、手を放した。

ハナに与えられたのは看護婦としての仕事であり、それ以上のことに口を差し挟むことは禁止されているのだ。馨を見つめる視線に関して、あれこれ説明を加えること自体、馨の置かれた立場を説明してしまうことになる。馨は事情を察知して、それ以上の追及を諦めることにした。

手を解放されても、ハナは、馨が寝るベッドの横に立ち続けている。

「しゃべるの、苦痛じゃない？」

看護婦としての職務を全うして、彼女はまず患者に、身体の具合を尋ねた。

「苦痛どころか、しゃべりたくてうずうずしている」

「そう。じゃあ、よかったら、あなたのこと、聞かせてほしいわ」

「ぼくの、なにを？」

「うーん、そうねえ、生まれてからこれまでのこと、全部」

「そんなことを聞いて、何になる？」

「少なくとも、幽霊を見るような目で、あなたを見ることはなくなると思う」

情報量が不足してるってわけだ。もっとよく知り合えれば、人間に対する視線が生まれるというのだろう。

「その前に、君のことをひとつだけ訊きたい」

「…………」

ハナは慎重に構えるポーズを取った。

「失礼でなければ、年齢を教えてほしい」

ハナは笑った。この手の質問は幾度となく受けていたに違いない。

「三十一歳、結婚していて、子供がふたりいるわ。ふたりとも男の子だけど……」

馨は驚きのあまり開いた口が塞がらなかった。見た目はほんの少女なのに、実際は三十一歳だと言う。おまけに二児の母……。まるで予期しない答えだった。

「驚いた」

「みんな同じことを言うのね」

「ぼくより年下だとばかり思っていた」

馨は二十歳だったから、十一も年上ということになる。

「あなたはいくつなの？」

馨は、二十歳という、自分の年齢を告げた。ハナは、眉をぴくりと動かして、小さな声で、

「そうなの」

と言う。

「老けて見えるでしょう。でも、本当に二十歳なんだ」

馨は、頰に手を当ててみる。砂漠に入って以来、髭を剃ってなかったので、もっとずっと年上に見られていたかもしれない。

それにしても、自分より年下の少女だと思っていた女性が、年上であると知らされたのはショックだった。これからの接し方にしても微妙に変わってくる。

互いの実年齢を交換したことは、ひとつのきっかけになった。以来、馨は、ハナの世話を受けながら、その合間を見計らって、自分の人生を語るようになった。

ハナは聞き上手だった。一日に数回部屋に訪れるだけで、話す時間は限られている。一

回につき十分程度だろうが、そんな時間制限の中でも、彼女はポイントをはずすことなく、これまでの馨の人生を把握していったようだ。

また馨はといえば、ハナに語って聞かせるのが、楽しくもあった。現在の自分を再確認しているようでもある。そのたびに頭に浮かぶ疑問を、無理に脇に押しやり、馨は、切れ切れに自分を語った。

子供の頃、何を考え、どんな夢を持っていたのか。父や母と過ごした生活の断片。アメリカの砂漠地帯に家族で出かけようと計画をたてたこと……。

話すのが辛いこともあった。父が、ガンにかかったことがその最たるものだ。せっかくの旅行計画も水の泡になり、それ以来、家と病院を行ったり来たりの生活が続いた。何年かして、父の罹ったガンが、転移性ヒトガンウィルスを原因としたものであることが判明するや、回復はほぼ絶望というほかなくなる。母は、それでも諦めず、ネイティブアメリカンの民間伝承の中に、奇跡的な快癒のヒントがあると信じ、神話に埋没する生活へと邁進していった。父の病気と、神秘の世界に向けての母の猪突猛進……、両方のバランスを取りながら、元来の宇宙物理学への志望を、医学へと変じていった少年時代のエピソードの数々……。

話しているうちに、馨は懐かしさを覚えた。四日間にわたり、ハナに語った時間は、合計しても二時間か三時間といったところだろう。たったそれだけの時間で自分の人生を語れるものではない。切り捨てた部分もたくさんある。あれもこれもと思い出され、涙をこらえながらしゃべることもあれば、父の常識はずれな行動を説明していて、思わず吹き出してしまったこともある。

たった二、三時間で語れる人生……。本当だろうか。話しているうちに、遠くの記憶が霞(かす)んでいくようでもある。

「恋をした経験はないの」

ハナはいいタイミングで、質問を突いてくる。ちょうど馨は、礼子のことを話そうかどうかと迷っているところだった。ハナのこの一言がなければ、礼子の話題は避けて通っていたかもしれない。

礼子との恋愛を語ろうとすれば、当然、亮次のことにも触れる必要が出てくる。悲しいというより、痛みを伴う経験だった。思慮の足りない行動を恥じ、後悔ばかりが先に立つ。そういえば、礼子と肉欲を交わした病室と、今いるこの部屋はどことなく似ている。西側は全面の窓ガラスであり、強い西日が差し、公園の緑も見下ろされた。それさえなければ、広さといい、壁の色といい、そっくりであった。

だが、礼子によって与えられた肉欲の喜びは、いくら説明したところでハナに伝わるはずもなかっただろう。

馨は正直に自分の心情を吐露した。ハナはときに信じられないという表情を浮かべ、首を横に振り、

「オー、ノー」

と暗い声で相槌（あいづち）を打つ。特に、現在、礼子のお腹の中に、馨の子供がいることを打ち明けると、ハナの表情は凍り付いてしまったのである。

「その子供は、生まれるのね？」

奇妙な質問の仕方だったが、馨は気にしなかった。

「もちろん、産んでほしいと思っている。そのためにこそ、ぼくは、ここに来たんだ」

ハナは両目を閉じた。よくは聞き取れなかったが、唇を小さく動かして、祈りの言葉を口にしたように感じられた。

ベージュのレザー張りの小部屋には窓がなく、時間の経過は時計に頼る他なかった。時計の針を信じるのなら、ちょうど四日目の夜のことだった。馨が、礼子との間にできた子供のことを話し終えると、ハナは、

「今日は、これまでね」

と、話を切り上げて部屋を出ていこうとした。時間を自由に使えるわけでもないらしく、いつも切りのいいところで、話は中断されている。

「続きはまた明日聞かせてほしい」

少女だと思っていた女性が、いつの間にか逆転して慈母になったような、優しい言い方だった。

ハナは、片手を馨の腕に置いてしばらく黙想すると、ドアの前まで歩いた。そこで立ち止まり、さっとベッドのほうに一瞥（いちべつ）をくれてから、廊下へと出ていった。

ドアを開けながら、ハナが自分を振り返ったときの表情は、馨の目に焼き付いて離れなかった。以前、どこかで見たことのある顔つきだったからだ。

表情にはいくつか種類がある。たとえば嬉しい知らせを聞いて喜ぶ瞬間や、高いところから飛び下りる直前の表情。状況が同じなら、同じパターンが見られるものだ。ところで、ハナが最後に部屋を出たときの表情はどのパターンだろうと、馨は考えた。ふと思い浮かんだのは、心のどこかに引っ掛かっていた忘れられない光景であった。状況は極めて似ていた。病室から出ようとして、部屋の患者を振り返った女性もまた、ハナと同じように白衣を着ていた。やはり看護婦だったのである。

父の直腸にできたガンを切除して、経過も良好だった頃、一時的な措置として、父は大部屋に移されたことがあった。そこは四人部屋で、やはりガン患者ばかりにベッドは占領されていた。

部屋に出入りする看護婦の中にひとり、患者たちから人気のある女性がいた。別に美人というわけではないが、愛嬌のある顔をしていて、身体中から善意が溢れているといったタイプだ。患者のわがままにも辛抱強く応え、嫌な顔ひとつ見せない。父もまたこの看護婦を気に入り、冗談交じりに彼女の尻を触って、ぴしゃりと子供のように諭されるのを、楽しんでいたりした。

そんな彼女が、看護婦の仕事を中断して、病院を一時的に去ることになった。彼女は、結婚して二年目であり、妊娠七か月に入っていた。出産のために一年の育児休暇を願い出たのである。

病院を去ろうというその日、彼女は、馨が見舞いに訪れていた父の病室に挨拶にやってきた。一年後、仕事に復帰したとき、また元気な顔を見せてという看護婦の言葉に、患者のひとりは冗談で答えた。

……あんたが仕事に復帰したころ、こっちはとっくに退院してるよ。

父を除いた、残りのふたりも、同じようなことを口にしたと思う。冗談とも本気ともつかぬその言葉に、うんうんと頷きながら、看護婦はひとりひとりと別れの挨拶を交わして、部屋を出たのだった。

そうして、部屋を出がけに、さっきのハナと同じように、患者たちのいるベッドを振り返った。目に浮かんだ表情を馨は見逃さなかった。一年後、仕事に復帰しても、四人の患者のうちの何人かとは絶対に会えないのだという確信が目に溢れていた。患者が退院してしまうから、会えないのではない。今が今生の別れであるという切ない思いに溢れていたのである。

父の隣のベッドに寝ていた患者は、肺のガンが脳に転移したことが判明したばかりだった。その前のベッドにいた患者は、前立腺のガンによって男性の機能をすべて切除されたばかりだった。父にだけはまだ生命力が残っていたけれども、そのほかはすべて、予定された死に向かって突き進んでいた。

予定された死を思いやりを込めて見つめる視線……。馨ははっきりと類似を嗅ぎ取っていた。

……ハナは、なぜあんな目で、おれを振り返ったのだろう。

不安をかきたてられた。できることなら直接にハナから聞き出したかった。

だが、馨は、それ以降二度とハナの顔を見ることはなかったのである。

翌朝、いつもと同じ時間にドアがノックされた。馨は、ハナであることを期待してドアを開けたが、そこにいたのはエリオットだった。車椅子の前に巨大な足を投げ出し、両輪に巨大な手をかけている。

エリオットは、馨の順調な回復ぶりを見て、満足そうにうなずいた。

「調子はどうかね」

様々な疑問に対する答えが、一切保留されていることに、馨の我慢も限界に達していた。これまではハナという可憐な存在によって押さえられていたのだが、エリオットの前では爆発しそうになる。

……調子がいいかだと？　冗談ではない。なぜいつも質問に答えるのはこっちなんだ。体力が戻ったのはいいが、このままでは、極度の不安に神経がやられてしまう。調子がいいどころではない。

馨は、いつ噴出するかわからない怒りにじっと耐え、震える声でエリオットに迫った。

「いいかげんにしてくれ」

エリオットは、馨の声にただならぬ緊張を嗅ぎ取った。両手を上げ、まあ待てというように手で制して、一呼吸置かせる。

「わかった。君の気持ちは十分理解しているつもりだ。そろそろ計画に移ろうではないか」

……計画。何の計画か知らないが、一体自分とどんな関係があるというのだ。

馨は、顔つきを険しくしてさらに詰め寄った。

「まず、最初に、教えてほしい。ここがどこで、あなたがたの目的が何であるのか」

エリオットは、馨の前で広げたままの両手を合わせて合掌のポーズを取った。

「その前に聞いておきたい」

馨は無言のまま、その先の言葉を促す。「君は神を信じるかね」

エリオットは馨に向かって、厳かにそう尋ねたのだった。

3

エリオットに通された部屋にも窓はなかった。どうしてどこもかしこも密閉度が高いのだろう。馨は、窓のない部屋が嫌いだった。前の部屋よりは大きく、中央にはレザー張りのソファセットが置かれてある。

エリオットはまず、馨に、ソファに座るよう勧めた。言われたとおりソファに座ると、エリオットは車椅子から立ち上がり、尻を後ろに突き出した格好で、杖もつかずにすたすたと歩き、馨の正面に腰をおろしたのだった。

馨は、目を瞠った。車椅子に座っているので歩けないとばかり考えていたのが、ちょっと不格好ではあっても、かなりしっかりした足取りで歩いたのが驚きであった。

馨の驚きを察知して、エリオットは顔に得意気な色を浮かべる。

「先入観でものを見てはいけないよ。まず、すべてを疑ってかかるんだ」

すべてを疑うことに、馨はもう慣れ始めていた。アメリカの砂漠を横切る途中で経験し、得たのは、現実と仮想とのあやふやな境界線を渡るバランス感覚でもある。尾根を歩き、豪雨にあったときも、馨はこの感覚だけは失うまいと努めたのだった。

「ぼくの質問にはいつ答えてくれるんです」

エリオットの言葉を無視して、馨はふて腐れたように言う。エリオットはいつでもどうぞとばかりに両手を上げた。

質問したいことは山ほどある。基本的な問いを横におき、馨は、最初エリオットに聞かされて気にかかっていた台詞を検証することから始めた。

「ずっと前からぼくはここに来る運命にあった。あなたはそんなふうに言いませんでしたか」

馨はその理由を知りたかった。真実ではなく、何かの比喩であろうが、非常に気にかかる言い方である。

「それに関して答えるのはまだ早い。順を追って説明しなければ、君は恐らく悲鳴を上げてしまうだろう」

「じゃあ、ぼくが悲鳴を上げないように、納得できるように、あなたは説明できると言うのですね」

馨はまたしても激しかけていた。もって回ったようなエリオットのしゃべり方が、気に障ってならない。自分の人生航路の舵を握られていて、そのせいで生みの親である父や母までが愚弄されているような気分になってくる。

「やはりこうするしかなかっただろうな。今の君を見ていると、君を無理やり連れてくることはできなかっただろう。やはり君の意志で来てもらうしかなかったようだ。わたしの目論見は間違ってはいなかった」

エリオットはそう独り言を言って、にやにやと笑ったのである。自分の人生に、勝手に介入したような言い種だった。馨は、目の前にいる老人を絞め殺してやりたいほどの苛立ちに襲われた。

睨み付けるような馨の視線をエリオットは平気な顔で受け止め、ふたりはしばらくの間黙り込んでしまった。

「ループに関して、君はどれぐらい知っているのかね」

会話を再開したのはエリオットからであった。自分の両手を絡めながら、上目遣いで馨を見つめている。年老いた顔に少年の面影が残っているかのようだ。

「なかなかよくできたコンピューターシミュレーションだと思います」

エリオットは不服そうに眉(まゆ)をしかめた。

「なかなかよくできた、だと。それどころではない。あらゆる意味で、完璧(かんぺき)な、ひとつの世界を、わたしは造り上げたのだ」

「あなたが、造った？」

「正確に言えば我々ということになるが、まあ、最初にループという構想を頭の中に思い浮かべたのは、このわたしだ」

ループを語り始めるや、エリオットの態度には自信がみなぎっていった。堰(せき)を切ったように言葉が流れ出し、ときとして悦に入ったような表情も見せる。

「まだわたしはＭＩＴの学生だった。そう、今の君とちょうど同じ年頃、今から七十年近くも前のことだ。世間は月に降り立った宇宙飛行士たちに喝采(かっさい)を送り、このまま科学が進めば宇宙ステーションの建設や宇宙旅行が現実のものとなると浮かれ切っていたあの頃、わたしは、宇宙にではなく、自分が作り上げようとするもうひとつの世界に目を向けていた」

そこまで一気にしゃべると、エリオットはひょいと首をすくめ、口を前に突き出してきた。

「ところで、世界が何で動いているか、君は知っているかね」

「現実の世界ですか、それともループ」

ループが何で動いているのか、常識的に見れば明らかだった。ループ界を支えるのはエネルギー、要するに電力である。だが、現実の世界となると……。

エリオットはさもおかしそうに笑った。

「現実も、ループも、その点はうまく重なっている。両方とも同じ原理で動く。いいかね、世界を動かすものは、予算だ」

エリオットは予算の意味が馨の頭に浸透するのを待って、先を続けた。「ループという巨大プロジェクトに予算がつかなかったら、あの世界は存在しなかったんだ。だから、現実もループも、予算がなければ動かない」

その後も、馨は一方的な聞き役に回った。この先、話がどう進み、今しゃべっていることの内容が自分とどう関わってくるのかと興味がかきたてられ、エリオットの話す内容に夢中にさせられてしまった。

……予算さえつけば、我々は今頃宇宙ステーションにいたかもしれない。

エリオットの言うことは間違ってはいなかった。科学は、社会情勢を無視してやみくもに一直線に進歩するのではなく、そのときどきの事情に応じ、向かうべき方向を変えてゆく。そして、予算はそのときどきの社会事情や国家間の思惑……、要するに人々がまず第一に何を望んでいるかという最優先事項によって決定されることが多い。七十年前、来るべき未来図を描く中でメイン舞台とされたのは、広大な宇宙空間であった。火星や月はまるで人間の植民地のように扱われ、惑星と惑星はスペースシャトルの定期便で結ばれている。だれもがそんな未来をイメージし、映画や小説の題材として扱われた。

だが、それから現在まで、火星どころか月にさえ、人間が運ばれることはなかった。人類が月に到達したのは、あの輝かしい一瞬だけである。それ以降宇宙計画は牛歩の歩みに徹し、牛のごとき眠りについてしまった。その理由はただひとつ。

……予算がつかなかったから。

今から考えれば、なぜこんなことが予測できなかったのかと不思議なくらいだ。

ただ、エリオットだけはそれを予測していたと言う。だからこそ、ありあまるほどの才能を、別の分野に向けたのだと自慢して憚(はばか)らない。

彼が選んだ学問領域とは、現在と比べれば信じられないほど遅い計算能力しかなかったコンピューター世界であり、二重らせんの構造が明らかになったばかりの分子生物学の世界であった。並はずれた直感を働かせ、エリオットは、まだ創世間もない頃のこのふたつの世界を結び合わせていった。まず最初にテーマとしたのは、コンピューターの中に人工生命を発生できないだろうかという素朴な疑問であり、彼は独自の方法で疑問に対する答えを見つけようとしたのである。

研究の成果は徐々に実っていった。エリオットの予測通り、社会全般の興味は、いかにして宇宙空間に乗り出すかではなく、いかにして心地よい情報社会を形成するかというほうに向かい始めていた。コンピューターが時代の花形となっていくにつれ、エリオットの研究テーマには発表の場が与えられ、同調者も集まっていったのである。

追い風に助けられ、エリオットは世界で最初に自己増殖プログラムを発見し、プログラム自体が独自に進化するソフトを作り上げた。彼は、最初に掲げた疑問をまだ忘れてはいなかったのである。

……コンピューターの中に人工の生命を発生させることは可能だろうか。

最初に実現を見たのは、考えていたよりも早く、二十世紀も終わろうとする世紀末の頃であった。今世紀中は不可能だろうと踏んでいたエリオットは、予想外に早い夢の実現に拍子抜けする思いであったという。ただ、初期の頃は、人工生命といっても、ごく単純な構造の生命であり、コンピューターディスプレイの中で動きまわるのは、もっぱら線虫のごときものであった。

雌雄が分かれている線虫を生殖させ、コンピューター内部に独自に新しい生命を誕生させたのは、今世紀が始まろうとする頃であった。

新しく生まれた細胞は細胞分裂を繰り返し、やがて親と同じような動きで、ディスプレイの中を這(は)い回るようになっていった。エリオットの目に、その様子は新世紀にふさわしい光景と映ったという。

それから後は加速度的に進歩した。どんな生物であっても基本にそれほど変わりはなく、積み上げたものの応用で、魚類、両生類と進むのはわけなかったのである。

コンピューターシミュレーション、あるいは人工生命の進歩を目の当たりにして、エリオットは、自分のテーマをさらに進化させた。

……地球規模での生命圏を、仮想空間に作り上げることは可能か。

ループというプロジェクトが、かなりの具体性を帯びて始動し出したのである。

エリオットの呼び掛けに応じて、世界中の科学者があるひとつの目的に向けて進み始めた。情報工学、医学、分子生物学、進化論者、宇宙物理、地質学、気象学……、理科系の学問は言うに及ばず、経済学、歴史学、政治学、社会科学系の学者たちも、このプロジェクトに興味を示した。

地球と同じ空間を仮想的に造り上げることには、科学だけではなく、人文社会学的な発想も必要とされた。すなわち、ループという実験による果実はあらゆる方面にフィードバックされ、貢献することが予測されたのである。

これまで謎であった、進化論、生物学の問題はもとより、仮想空間において知的生命体が誕生すれば、なぜ戦争が起きるのかという社会問題から、人口増加や株価の動きまで、これまで法則が見つからなかった問題に、なにかしらのヒントが与えられる可能性が出てきたのだ。現代のあらゆる分野に発展をもたらすのは確実であるとされ、ループ・プロジェクトの重要性は先端をゆく学者のだれもが認めることになった。

こうしてループは現実のものとして正式に動き始めた。要するに国家規模での予算がついたのである。

国家間の思惑も絡まって、最初のうちはオープンというわけにもいかなかった。そこから何が飛び出すか予想できず、新たな世界戦略も可能になるとあって、慎重に事を運ぶにしかずと、大々的なセレモニーもなく、ひっそりとアメリカと日本を中心にしたプロジェクトはスタートした。

そこまで話し終えると、エリオットは懐かしい名前を出してきた。

「二見秀幸……、彼もなかなか優秀な研究者だった。大学院を出たばかりで、まだ若かったが、日本人研究者の中では、画期的な役割を果たしてくれたんじゃないかな」

エリオットは馨の耳をくすぐるような言い方をした。自分の父親を優秀だと褒められれば、むろん悪い気はしない。

「父に会ったことがあるのですか」

馨は勢い込んで尋ねた。

「いや、直接会ったことはない。だが、部下を通して噂は耳にしていた」

秀幸は『ループ』に関しては、あまり多くを語らなかった。一体、秀幸がループ・プロジェクトで果たした役割はどれほどのものだったろうかと、馨は興味を引かれた。今度会ったとき、ぜひ直接に聞き出してみたいと思う。

父を思う馨を遮り、エリオットは先を続ける。

「それからループがどうなったか、君はもうご存じのことと思う」

「ガン化した」

馨はあっさりと言ってのける。

「最終的にはな。だが、それまでの経過はもう見事というほかない。あれほどまでとは思わなかった」

エリオットは曰くあり気に、馨の目を覗き込んだ。質問を促すような顔がそこにある。

「なにか予測と違っていたのですか」

「驚かないのか。君はループの一部をその目で見ているんだぞ」

「驚かないのかと言われても、驚くべき事柄があまりにも多すぎまして」

一方的な興奮に肩透かしを食らわせられ、拍子抜けしたようである。エリオットは、口を半開きにして、その口の端からよだれを垂らした。透明な筋が唇を離れてすーっと垂れて初めて、エリオットはよだれに気づき、袖で口もとを拭った。

「物理的な条件が同じなら、ほぼ同じような形状の生命ができあがるとは思っていた。だが、これほどまでに、現実とそっくり同じになるとは思ってもいなかったのだよ。進化は偶然に左右されるというのがそれまでの通説だった。であれば、まったく同じになるわけがないのだ」

馨にとっても、それは驚きのひとつだった。ループを支配するのが地球とまったく同じ物理条件であるからといって、生命の進化の道筋から何まで、まったく同じになるのはなんとも不思議である。

「で、あなたは、そこからどんな結論を引き出したのですか？」

「ループにおいて生命の自然発生は見られなかった。ここで我々は最初の介入を行った。初期生命と思われるＲＮＡをばら撒いたのだ。そう、ちょうど海に種子を蒔くようにな。種子を蒔いた、などと比喩を使ったが、実際には比喩ではなかった。ＲＮＡはまさに種子そのものだった。ある決まった生命樹へと成長するための、種子そのものだったんだ」

馨は、以前、これと似たような会話をどこかで交わしていたことを思い出した。そう、亮次だ。母の礼子がすぐ傍らで居眠りする中、あの狭い病室で、馨と亮次は進化論争に花を咲かせた。亮次の言わんとした趣旨は、今エリオットが喋っている内容とほとんど同じである。

「要するに何を言いたいのですか」

馨は冷静に先を促したつもりだった。不自然に話を遮断すると、またよだれを垂らさないとも限らない。馨は、エリオットのよだれなど見たくもなかった。

「ループと現実は見事に一致している。ループに生命は自然発生しなかった。だから、生命の種子が蒔かれることになった。このことが何を意味するのか、君はわからないのかね、え」

馨は思い至った。エリオットとの長い会話が開始される前に、彼が言った言葉。

……君は神を信じるかね。

となれば答えはひとつしかない。

「現実もまた仮想世界だと言いたいのですね」

「当然だろう。現実においても、地球上に生命は自然発生しなかったのだ。ではなぜ我々はここにいるか。やはり同じように生命の種子を蒔かれたんだ。だれが蒔いた？　そう我々が神と称すべき存在によって、だ。神はご自身の姿形に似せてこの世に生命を誕生させた。聖書の言葉は真実だったんだよ」

そう言われても馨は驚かなかった。現実が仮想世界かもしれないとは、旅の途中何度も考えたことだった。ただ、証明も反論もできないだけだ。単なる類推に過ぎず、現実に変革をもたらすだけの効力はない。検証は不可能であり、依然として信じるか信じないかの問題として残るだけのことである。

「だからといって、現実は何も変わらない」

馨の冷静さに押し戻されるような格好で、エリオットはソファに背をあずけて言った。

「現実を神が創造したのだとしても、もちろん、われわれがコンピューターの中に造り出したのとは全く別の方法でという意味だが……」

言い終わらないうちに馨は言葉を挟んできた。

「で、神の世界を動かすのも、予算だったわけですね」

馨はそう言って笑った。

一瞬、エリオットの目は細くなり、冷たい光を発しかけた。

「わたしを愚弄する気かね」

だが、険しさは長く続かなかった。エリオットはすぐに表情を緩め、以前の穏やかさを取り戻していったのである。

馨は壁の時計を見た。エリオットとの会話はもう三時間ばかり続いている。そろそろ腹も減ってきたし、三時間もしゃべってまだ話の先が見えないせいか、よけいな疲れを感じてきたようだ。

エリオットは響の気持ちを察して、一旦会話を切り上げようと申し出た。

「疲れただろう。古い映画でも観ながら、ここで少し休むがいい。ランチの用意もしておく」

その顔には怒りも興奮もなかった。まったくの無表情といっていい。エリオットは、リモコンを動かして壁の一面からスクリーンを下ろし、プレイボタンを押した。

自力で立ち上がって車椅子に戻ると、エリオットは両輪を押して部屋から出ていこうとする。その姿を目で追っていた響は、ドアが閉まると同時に、鍵のかかる音を聞いた。その音が、いやがおうにも今自分の置かれている状況を説明していた。やはりどうみても軟禁されているのである。なぜそんなことをするのか、理由を聞き出さなければならなかった。

スクリーンには、かつて観たことのある古い映像が流れていた。十歳の頃、両親に連れられて観にいったSF映画である。テーマソングもよく覚えていた。お気に入りの映画だったため、母に頼んでサントラ盤を買ってもらい、飽きるほど聞いた曲だった。

白衣を着た黒人の大男がいつの間にかやって来て、響の前にサンドイッチとミルクティを置いていった。

響は、サンドイッチを口に運びながら、両目を薄く閉じ、映像は見ないで音楽だけを聞いていた。そのほうが懐かしさが込み上げてくる。曲を聞いているだけで、瞼の裏には映像が浮かぶ。まだ、父のガンは表面に出ず、家庭は安寧に包まれていた。当時の思い出が、音楽によって喚起される。

　馨はしばらくの間、涙を流していることに気づかなかった。頬（ほお）を伝う涙が唇に届いたとき、馨の頭に、これもまた偶然だろうかという疑問が浮かんだ。

　今映し出されている映画は、馨にとって特別な作品である。エリオットは偶然にこれを選び出したのだろうか。あるいは、馨にとって思い出深い映画であることを知っていて、敢（あ）えてこれを選んだのか。

　もし後者であるのなら、軟禁されているという現在の状況以上に、ことは深刻になってくる。

……おれは、現在まで、エリオットに監視されてきたのかもしれない。

　そういえば、子供の頃から、見られているという気配を背中に感じることがしばしばあった。気のせいだろうと、さして心配することもなかった感覚が、今初めて現実味をもって蘇（よみがえ）り、馨からにわかに食欲を奪っていった。

4

　エリオットが戻ってきたとき、馨はようやく、出されたランチを食べ終わったところであった。

「ほう、なかなかの食欲じゃないか。結構、結構」

空になったプレートを見て、エリオットは満足気に頷く。

「もうたくさんだ。あんたのおかげで、こっちはさんざんな気分だよ」

解決されるどころか、話せば話すほど逆に疑問が累積されていくようである。馨は早くこの茶番劇を終わりにしたかった。何のためにここに来たのか。転移性ヒトガンウィルスをやっつけるヒントを見つけるためだ。こんなところで時間を潰している暇はない。

「さて、午後のテーマは、ずばり君の使命に関してだ」

エリオットは、そう言いながらソファに腰をおろした。またも胸のうちを見透かされてしまったようである。これでは逃げ出したくても逃げ出せない。

「ぼくの使命？」

「ああ、君は何のためにここにやって来たのかね。転移性ヒトガンウィルスの治癒方法を見つけるためなんだろう」

馨とエリオットはしばらくの間、互いの目を見つめ合った。

自分に関する情報はすべて相手に握られているにもかかわらず、エリオットに関してはなにひとつ事前に知らされていないという不公平さが、馨の神経を苛立たせる。科学史の中で彼が果たした役割はどうにか理解したつもりだった。だが、馨が知りたかったのはもっと個人的なことである。生身の人間としての姿がもっと具体的に浮かべば、この居心地の悪さは薄れるはずだ。

「ところで君にひとつ問題を出そう」

馨の思惑とは裏腹に、エリオットは、右手の人差し指を天井に向け立ててくる。今度は教師にでもなったつもりだろうか。

「ニュートリノが他の物質とインタラクションした場合、ニュートリノ振動の位相がずれるという事実は何年に発見されたかね？」

ニュートリノは中性微子とも呼ばれ、素粒子の一種である。その性格として三つほど並べれば、光速で走り、電気を持たず、エネルギーのかたまり、ということになる。この点だけを見れば、光によく似ていた。だが、決定的な違いは、エネルギーを持っているにもかかわらず、どんなものでも通り抜けるということだ。太陽から放射されたニュートリノは、地中を通り抜け、地球の反対側に達すると、地面から吹き出すようにして闇の中へ進んでゆく。

……ニュートリノ。素粒子に関する発見がなぜここで問題になるのか。

馨は、エリオットの質問に反射的に答えていた。

「二〇〇一年」

馨が生まれる前のことであったが、科学史の一ページに残された小さな足跡だけに正確に記憶していた。

「その通り。それまで質量がゼロと思われていたニュートリノに質量の存在が確認されたのが、前世紀も終わろうとする頃だ」

「だから、それが一体……」

馨は苛立ちのあまり口を挟もうとしたが、エリオットに制せられた。

「まあ、待て。話は最後まで聞くんだ。いいかね、あらゆる計画は、有機的に絡まり合った上で進行する。こう言っても君にはまだわからないだろうが、もしニュートリノの位相のズレが発見されなければ、恐らく、君は存在しない」

「冗談もいいかげんにしてほしい。ニュートリノのある性質が明らかになった事実と、ぼくの存在とが、関わるはずがない」

ニュートリノは物質の九十パーセントを占めると言われる素粒子である。どこにでもあるのだ。そんなものが自分の出自と関わるような言い種には我慢がならなかった。

「わかった。ほんの頭の片隅においてもらえるだけでいいから、あと三分、ニュートリノの話題に付き合ってほしい」

それからエリオットは、ごく手短に、ニュートリノの位相のズレを使って、何ができるようになったかを語り始めた。

要するに、ある物質にニュートリノを照射しその位相のズレを計測して再合成することにより、物質の微細な構造の三次元デジタル化が可能になったのである。照射するのは無機物有機物どちらでも構わなかったが、主に、医学生理学分野への応用が期待されるようになった。ある生物の全分子情報を、デジタル化して引き出すという技術が夢でなくなったのである。これはＤＮＡを解析するのとは全く異なっていた。ＤＮＡの全遺伝子配列を解析するといっても、それは一個の生物を構成する無数の細胞から、たったひとつ細胞を抜き出して検査するというに過ぎない。だがニュートリノ振動を応用すれば、脳の活動状態から心の状態、記憶を含めた、生体が持つすべての情報を三次元情報として記述する画期的な技術が可能になるのだ。

「ニュートリノ・スキャニング・キャプチャー・システム……、頭文字をとってNSCS、あるいは我々は略してニューキャップと呼んでいるが、生物の全分子構造をたちどころに把握する装置の建設計画は、ループ・プロジェクトがスタートして間もない頃に、別の研究者グループによって着手された。もちろん、巨額の予算がついたからだ。ニューキャップの建設に、わたし自身、直接にはタッチしなかった。だが、間接的なアドバイスは欠かさなかったつもりだが」

エリオットはそこで一息ついた。

「まあ、お茶でもいかがかね。少し頭を整理してほしいのだ」

誘われるまま、馨は、ティカップに口をつけた。とっくに冷めてしまっている。ニュートリノに関する様々な噂は耳にしたことがあった。だが、ニューキャップなどという大掛かりな装置の建築計画はまったくの初耳である。

「混乱させて悪いが、さて、いよいよ話を、現在のわれわれを脅かす、転移性ヒトガンウィルスに移すとしよう」

「ようやく本題に近づいてきたってわけですか」

馨は幾分ほっとしていた。脈絡のない話を延々聞かされるのではないかと危惧するところがあったからだ。

「転移性ヒトガンウィルスに関して、君は何を知っているかね？」

「遺伝子の塩基配列はすべて解析されていて、ぼく自身、それを見ています」

「にもかかわらず、治療方法もわからなければ、ワクチンの開発も進まない」

「なぜなんですか」

「ウィルスの発生源を調べるのはことのほか時間がかかるものだ。転移性ヒトガンウィルスの場合、その発祥がどこにあるのか、なかなかわからなかった」

馨は、転移性ヒトガンウィルスがどこから流れ出たものか、おおよその見当をつけている。

「ループでしょう」

予期に反して、エリオットは目を瞠った。

「なぜ、君はそこに気づいた」

心底驚いているエリオットの顔を見るのは、なかなか楽しいものだ。馨は、答えを引き延ばすことによって、この快楽を長引かせようとも思ったが、そんなことに付き合うだけの気持ちの余裕はなかった。

「転移性ヒトガンウィルスはあまり大きなものではありません。遺伝子の数は九個で、ひとつひとつの遺伝子を構成する塩基数は数千から数十万といったオーダーです。ところが、その九個の遺伝子を構成する塩基数が、どれも2のN乗の三倍なのです。これは偶然ではありえません」

エリオットは呻き声を上げた。

「よく、そこに気づいた」

「自慢じゃないですけれど、ぼくは数字に関して異常な直感を発揮することができます。六桁までの数字が九つ並んでいて、そのどれもが2のN乗の三倍であることを発見するのなんて、難しくもなんともないですよ」

「で、発生源に行き着いたってわけか」

「ええ、なぜ2のN乗×3個なのか。三つの塩基が一コドンとして、ひとつのアミノ酸を指定することから3倍する意味はなんとなくわかる。しかし、なぜ基数が2でなければならないのか。もちろん、ループ・プロジェクトに関しての知識がなければ、こんな発想はしなかったかもしれません。基数が2なのは、コンピューターが二進法だからです。つまり、転移性ヒトガンウィルスはループから漏洩した。発祥源はループだったんです」

「その通り」

エリオットは中途半端な笑いを浮かべて、両手をパチパチと打った。拍手のつもりだろうが、馬鹿にされているような気分になってくる。

「ループが発生源であるとわかれば、治療方法も解明できるのですか」

馨は、声を低め、冷静を装って尋ねた。転移性ヒトガンウィルスの治療方法……、もっとも肝心な点だった。

「気づいたのはいつかね？」

エリオットは馨の質問を無視していた。

「え？」

「転移性ヒトガンウィルスの発祥源に気づいたのはいつのことかね」

「ここ一か月ばかりのことです」

「そうか、わたしは半年前だ」

半年早く気づいていたことを自慢しようというのでもなかった。エリオットはどこか放心した表情で、幼児のようなしぐさで、指を折って数を数えている。顔には悔恨が浮かんでいるようにも見えた。

「あなたの考えを聞かせてほしい」

馨は懇願するような口調になっていた。だが、エリオットは延々と言い訳を始めたのである。

「ガンなどというありふれた病気だったのがいけなかった。もっと特徴のある病気であれば、早い段階でなんらかの手が打てたかもしれない。だが、一般のガンに埋没し、転移性ヒトガンウィルスは着々と下地を作っていった。そう、犯罪者が身を潜める場所として、大都会が最適であるという理論と似ている。ガンというありふれた病気だからこそ、カモフラージュできたんだ。考えてもみろ。ループ・プロジェクトに関わった研究者がガンで死んだといって、何を大騒ぎする必要がある。原因不明の病気だったら、もっと躍起になってウィルスか何かを探しただろう。だが、どこにでもある病気……、またあいつもか、と嘆く程度だった。こっそりとやって来て、次々と奪っていきやがった」

馨には、エリオットの泣き言がよく理解できた。転移性のガンが、これまでと異なりウィルス性のものであると判明したのがようやく七年前。転移性ヒトガンウィルスの純粋分離に成功したのは、ほんの一年前のことである。その間、転移性ヒトガンウィルスは着々と地歩を固め、爆発的な繁殖の機会をうかがっていたのだ。

恐らく、エリオットは、転移性ヒトガンウィルスによって、ごく親しい人間を亡くしているに違いない。敵意や悔恨、悲しみの入り交じった目が、過去に向けられている。

エリオットの人となりを知るいいチャンスだったかもしれないが、馨は、会話の方向をまっすぐに立て直すことにした。

「ループから、どのようにウィルスが流れ出たのか、その経緯は摑んでいるのですか」

馨の言葉に、エリオットははっとして顔を上げた。

「え、ああ、もちろん。摑んでいる」

「教えてください」

「ループはもう二十年も前にフリーズしてしまっている。あの世界は凍ってしまったんだ。時間はストップ。登場人物はすべて動きを止めたままだ。なぜ、われわれがループ・プロジェクトを停止したか、わかるかね」

「予算がなくなったからでしょう」

冗談を言ったわけではなかった。だが、エリオットは一瞬あっけにとられた後、腹の底から笑った。

「その通り、よくわかったじゃないか。実際に、予算は尽きかけていた。各分野における学問的なフィードバックも終わり、成果も上々だった。予算に見合っただけの価値を生んでいたと思う。だが、ひとつのプロジェクトを延々と続けるわけにはいかないのだ。ニューメキシコの砂漠の地下に、一体いくつ、超並列スーパーコンピューターが眠っていると思う。実に六十四万個だ。日本も同様、東京の地下に六十四万個が配置されている。これを動かすためには独自の発電所が必要とされたほどだ。莫大な電力、そして維持費はもの凄い額に上る。いつまでも続けるわけにはいかなかった。そんなとき、ちょうど、ループそのものがガン化を始めた」

その経緯に関して、馨は十分に詳しいつもりだった。ウェインスロックの廃墟で、直接の引き金となったシーンを、目と耳で体験しているのだ。

その事実をエリオットに語ると、わかっているというふうに、二度続けてうなずいた。

「ああ、君は見ている。見ているというより、体験したといったほうがいい。だが、君は、なぜループがガン化を始めたのか、その訳を知らない。いや、先に言っておこう。わたし自身、原因がわからないんだ。奇妙なビデオテープができたり、これまでにないウィルスが蔓延したりというのは、ループに存在する個体にとっては絶対に説明不可能な事件であったはずだ。ループに存在する個体に説明不可能な事象でも、それを創造したわたしなら説明可能なはずではないか、と君はそう思うに違いない。だが、正直言って、わたしにもわからないのだよ。世界のすべての現象を説明できるわけではない。われわれは常に、挑戦すべき課題は抱えているし、世界のほころびはどこにでもある。矛盾のない世界などどこにも存在しないのだ。現実界のほころびがループに伝染したのかもしれないし、あるいは別の可能性として、コンピューターウィルスの仕業ということも考えられなくもない。完璧(かんぺき)な防御が施されていたが、回線によって外とつながっている以上、絶対とは言い切れなかったからな。いたずらにしては非常によくできていた。それにもましてわたしが興味を持ったのは、ループにおけるタカヤマリュウジという個体に対してだった」

エリオットは、そこで中断して意味ありげな視線を馨に注いだ。同意を求めているのだろうと、馨は相槌(あいづち)を打つ。

「ええ、なかなかおもしろい人物ですね」

「ユニークだ」

「彼が、転移性ヒトガンウィルスをやっつけるカギを握っているのでしょう」

エリオットは馨の脳の奥を覗(のぞ)き込むかのように目を細めた。馨の一挙手一投足から目が離せないというふうだ。

「君は、ディスプレイで、タカヤマを、見なかったのかね」

ゆっくりと、訝(いぶか)るような尋ねかたである。

「ぼくは、どちらかといえば、タカヤマの視点に立って、あの事件を眺めたと、思う」

エリオットのしゃべりかたを真似て、馨は、一語一語区切って答えた。自分の記憶に間違いがないか確認しながら……。

確かにそうだった。馨は、タカヤマの目と耳を始め、彼の五感をフル活用して、事件を再体験したのである。

「なるほど……、そうか」

エリオットは調子はずれの声を上げ、目をパチパチさせた。馨は、不安な気分で、動き回るエリオットの目を見つめ返しただけだった。

「それがどうかしたのですか」

「いや、なに、少々おもしろい方向に話が進んでいるようなんでな……、まあ、それはともかくとして、すると、君は、死の直前のタカヤマの声を、自分自身の声のように聞いたということになる」

「ええ、そうです」

はっきりと覚えている。馨の見るもの、聞く音、すべてタカヤマの視覚と聴覚でとらえたものだ。死の直前、彼は現実界とのインターフェイスを見つけて電話をかけてきた。馨自身の身体の内側から、タカヤマの声は響いてくるようであった。

「タカヤマは何と言った？」

馨は、なるべくタカヤマが言ったとおりに、口調を真似てみる。

「ワタシヲ、ソチラノセカイニ、ツレテッテクレ」

「どういう意味だと思う？」

「ループ界の創造主がいることに気づいたタカヤマが、彼にとっての神の世界、要するに今われわれが住む現実の世界に、この身を蘇らせてほしい……、ぼくにはそういった意味に感じられました」

馨には、タカヤマの願いがよく理解できた。

……世界の仕組みを理解したい。

その思いを幾度父親にぶつけてきたことか。だが、この世界は、仕組みを完全に理解するには少々複雑過ぎる。追いついたと思うと、その先端はもっと前に進んでいってしまい、いたちごっこはいつまでたっても終わりそうにない。永久に捕らえることのできない影のようなものだ。だが、仮に創造主の世界があるとすれば、願いは簡単に叶うのである。創造主の世界に行きさえすれば、世界の仕組みはわかる。

エリオットは穏やかに言った。

「わたしにはタカヤマの気持ちが非常によく理解できた。タカヤマは、死ぬのが怖くて、あんな願望を口にしたわけではない。心の底にあって彼を動かしたのは、驚異的な知識欲……、自分なりの方法で世界を知りたいという好奇心が、瞬間的に爆発し、彼にとっての奇跡を起こさせたのだ」

「奇跡……」

「そう、彼にとっては奇跡だ。彼は死の直前に、こちら側の世界に来たいと激しく望んだ。

もし、わたしの頭に、ニューキャップの計画がなければ、あんな発想は生まれなかったかもしれない。いや、間違いなく考えつきもしなかっただろう。だが、さっきも言った通り、物事は有機的な絡まりの中で動いてゆく。わたしは二十年先、三十年先を見越したつもりだった。だから、決心したんだ。タカヤマの望みを叶えてやろうと」

「え、なんとおっしゃいました？」

馨は驚きの声を上げた。

……タカヤマの望みを叶える。

やはり思った通り、仮想空間の個体を、この現実世界に蘇らせるという暴挙に出たのだ。

馨は二の句がつげなかった。

エリオットは冷静だった。どのような方法でタカヤマリュウジという個体を現実世界に蘇らせたか、その方法を具体的に説明し始めたのである。

ループ界から現実界へ、タカヤマという個体を、彼の経験の積み重ねから記憶、意識の流れまで、その一切を保持した成人のままで、移送するのは不可能である。可能な方法はただひとつ。まず、タカヤマの細胞から取り出した遺伝情報を基に、ゲノムシンセサイザーとGFAMを用いて、現実世界に通用するDNAを作り上げておく。DNAの塩基配列さえ解析してあれば、こういった装置を用いて、化学物質として再合成するのは可能だった。

次に、人間の受精卵を一個用意する。受精卵の核を抜き出し、人工的に造り上げたタカヤマの核と交換する。受精卵を母体に戻せば、あとはタカヤマリュウジの誕生を待つばかりということになる。前世紀で実現を見たクローンの製造方法と大差なく、困難な技術ではなかった。タカヤマが現実界に登場する方法……、それは赤ん坊として誕生する以外にはあり得ない。タカヤマリュウジとまったく同じ遺伝情報を持った人間として、この世に新しく誕生するのだ。

「もちろん壮大な実験でもあった。仮想空間の生命体を、現実空間で生かそうというのだから、われわれの興奮たるや相当なものだった。だが、事が事だけに極秘裏に行われた。当然だろう。マスコミの知るところになれば、生命の冒瀆（ぼうとく）だなんだと、余計な騒ぎを引き起こされるに決まっているからな。前世紀の終わり頃、人間のクローン作成に関して大変な騒ぎが持ち上がったが、あんな騒ぎに巻き込まれるのはまっぴらだった。まあ、君は当時のことは知らないとは思うが……。だから、この計画は、ループに関わっているほとんどの科学者にも内密のうちに行われた」

「父も知らされてなかったんですね」

エリオットは大きくひとつ頷（うなず）いた。

「そう、彼は知らなかった。そして、そのほうが都合がよかった……」

「父は蚊帳（かや）の外に置かれたんだ」

「いや、そうじゃない……。ああ、まあ、そういうことになるか……」

エリオットはどこか言いにくそうに、言葉を詰まらせた。

「ということは、つまり……」

馨にはその先の展開が読めた。

「そう、君が考えている通りだ。われわれはタカヤマが死ぬ直前の遺伝情報を取り出した。そのときは既に、タカヤマはリングウィルスに感染していた。われわれはタカヤマの遺伝子と一緒に、リングウィルスの遺伝子まで、現実世界に運んでしまったのだよ」

「つまりループ界に蔓延(まんえん)したリングウィルスが、現在猛威を振るっている転移性ヒトガンウィルスの原形だと……」

「われわれはそうとらえている。両者の塩基配列を慎重に比較検討した結果、偶然とは思えない類似がいくつか見られた。タカヤマリュウジを現実界に誕生させる計画の途中、リングウィルスはわれわれの隙(すき)をついて、するすると抜け出てしまった。恐らく大腸菌にリングウィルスのRNAが挿入され、さらに不運が重なって、外部に流れ出てしまったのだろう。そうして、他のウィルスの例に漏れず、恐るべきスピードで突然変異を重ねていった。やがて、できたのが、転移性ヒトガンウィルスってわけだ」

成立の過程はほとんど馨が推理した通りだった。だが、問題なのは、その解決方法である。

馨は、エリオットのほうに顔をぐっと近づけた。

「はっきりさせてほしい。転移性ヒトガンウィルスをやっつける方法を、あなたがたは開発したのかどうか」

「だから、君も言うとおり、カギを握っているのは、タカヤマだよ」

「タカヤマは存在するんですね。今、どこにいるんです」

エリオットは、頬杖をつきながら磬の瞳に目を凝らしていたかと思うと、ぱちりと指を鳴らした。

「そうか、目の錯覚だったんだ。人間の思い込みは、いざという場合の判断を狂わせるからなあ」

顔を横に振りながら、磬は上半身を引いていき、ソファに背をもたせかけた。肝心な質問となるといつもはぐらかされてしまう。どういうつもりなんだと、エリオットの態度に不信感を募らせていった。

ぐったりとした磬をよそに、エリオットがてきぱきとリモコンを操作すると、一方の壁から大型のディスプレイが引き下ろされてきた。

「君は、頭部搭載型ディスプレイまでつけて映像を見た。だが、気づかなかった。まあ、そんなこともあり得るさ。先入観が認識能力を邪魔してしまったんだろう」

磬には、エリオットが独り言を言っているように聞こえた。老人が、庭に降り立った小鳥に語って聞かせているかのようだ。

磬はじっと待つほかなかった。抵抗したり、苛立ちの声を上げることなく、エリオットが切るカードを見極める。

エリオットは正面のディスプレイに、タカヤマが死ぬ直前の映像を映し出していた。最初から用意されていたのだろう。簡単な手順を踏んだだけで、お目当ての映像が眼前に展開しようとしていた。

「君が体験したと同じように、タカヤマの視線にロックすることにしよう」

ウェインスロックの廃屋で、一度体験した映像だった。

ビデオテープを見てちょうど一週間後、自分に死の兆候が訪れたことを知ったタカヤマは、最後の望みをかけて、ビデオデッキにテープをセットし、再生を始める。テレビ画面には、意味不明な映像の断片が流れていた。鉛のケースの中で回転するサイコロ……。電話を掛けようとしていたタカヤマは、その途中、連続して現れるサイコロの目を見て悲鳴に近い声を上げた。

ちょうどそのときだった。正面斜め横に置かれた鏡に人物の影が映っていた。耳に受話器を挟み、驚愕（きょうがく）の表情を浮かべている人物……、タカヤマにほかならない。受話器を耳に当てながら、視線を横にずらしたとき、タカヤマは一瞬、鏡に映った自分の顔を見たのである。

エリオットは、そこで映像を止め、鏡に映ったタカヤマの顔を拡大した。

「君は、タカヤマの視覚にロックしたことにより、錯覚に陥ったんだ。まさかと思う先入観が、君の網膜を曇らせた。よくあることさ。さあ、よく見てごらん。この顔に見覚えがあるだろう」

エリオットは、鏡の中でぼやけているタカヤマの顔に、明瞭（めいりょう）な輪郭を与えていった。

馨は半分口を開いた状態で、鏡に映ったタカヤマの顔と向き合った。認めることを拒否するのか、神経がずきずきと痛む。

ディスプレイの中、タカヤマは驚きのあまり顔を歪めていた。近づきつつある死にむしばまれ、いっぺんに老け込んだようでもある。しかし、その顔の輪郭、逞しい顎の線には、特徴があふれていた。どこかで見た顔どころではない。生まれてからずっと慣れ親しんできた顔が、そこにある。

「転移性ヒトガンウィルスをやっつけるヒントを握っているのは、この男、タカヤマリュウジ、つまり君のことだよ」

エリオットはそう言って、巨大な指を馨の胸に突き立ててきた。

言葉が頭に届くのをブロックしたつもりだったが、容赦なく事実は馨の身体に浸透してくる。世界が崩壊する気分を味わっていた。これまで自分の身体だと思っていたこの肉の塊に、自分自身が裏切られたかのようだ。

「そんなばかな」

両目を閉じた顔が、徐々に天井に向けられていった。

「われわれは君の力を借りたい。だから、協力してほしいのだ」

馨の目は何も見てはいなかった。エリオットの言葉は耳に入ってはくるのだが、内容を把握するには至らない。ただ、ひたすら世界が崩壊するに任せていた。

5

馨は、膝を抱えて岩の上に座っていた。平坦な尾根の先端からは、数億年という歳月によって浸食された深い峡谷が見渡せる。赤茶けた大地にはところどころ、白っぽい斑模様が入っていた。地平線にそそり立つ奇岩は、自然の創造物というより、人工的に形造られたかのようだ。だが、今見ている風景には、一切人間の手は入っていない。

尾根を歩いていて豪雨に襲われ、その後に見た光景は夢うつつの中でよく覚えてはいなかった。闇に身を潜めていたのは、この広大な風景だったのかと、馨は今初めて眺めるかのように、大地に刻まれた皺のひとつひとつに目を凝らす。ごく自然に、大脳に刻まれた皺が連想されてきた。様々な思い出が刻まれているけれど、馨の脳の歴史はまだ浅く、ほんの二十年に過ぎない。しかも、その出自は、普通とはまるで異なる。生殖によらず、デジタル情報の再合成という方法でこの世に誕生したというのだ。

遠くに目をやると、黄土色をした川が円をふたつ重ねたループ状になって流れる様が目に入ってきた。不思議な光景だった。現実と仮想とのシンクロニシティがこんなところにも見られるのか……。

振り返っても後方にはだれもいなかった。地下の研究施設へと降りるエレベーター棟の横にヘリポートがあり、ガンメタリックに塗装されたヘリコプターが止まっていた。豪雨の後、弱り切った馨の身体を運んでくれたジェットヘリコプターである。

エレベーター棟とヘリポートのちょうど中間に、黒い闇がぽっかりと口を開いていた。地底の奥深くへと伸びる、広大な鍾乳洞の入り口である。鍾乳洞の奥にはお椀状の巨大な窪みがあり、透明度の高い水をたっぷりたたえているという。

エリオットの言葉に嘘はなかった。彼は、天井に指を向け、この上には水の層があると言った。そうして、床の下には巨大な空間があるとも言った。両方とも真実を語っていたのである。

地下は千メートルの深さにまで掘られ、その下には、直径二百メートルの球形の空間が泡のように浮いているという。極めて透明度の高い水の層は、外来からの放射線が球形の空間に降り注ぐのを防御するための、ディテクターの役割を果たしている。自然の地形をうまく利用して、ニュートリノ・スキャニング・キャプチャー・システムは地下空間の奥深くに鎮座ましましているのだ。

馨はまだその装置を実際に見てはいなかった。電気椅子とどっこいどっこいの、自分の運命を決することになろう、その装置を……。

地下の研究施設で過ごして、一週間が過ぎようとしている。一週間たって初めて、馨は外側から、自分のいる場所を眺めることになったのだった。地上に出たいという馨の願いは、ようやく叶えられたのである。逃げも隠れもしないことを、エリオットは理解してくれたらしい。

穏やかな天気だった。一週間ぶりの日差しを浴びながら、馨は砂漠の午後の陽気を味わっていた。日差しさえあれば、Tシャツ一枚でも寒くはない。胸の前で組んだ両手を小さく動かし、二の腕をこすりながら、一心に考えをまとめようとした。だが、何ひとつまとまらなかった。どう決心をつけていいのかわからないのだ。これまでの自分の人生をどうとらえるべきか、前例がないだけに、馨は悩みに悩んだ。

エリオットを疑ってかかるのは簡単だった。もっとも簡単な解決方法であるといえよう。彼の言うことを認めない。一切、拒否するのだ。仮想空間の遺伝情報から、自分が誕生したなどというヨタ話など信じられるわけがない。存在を根底から否定されたも同じだった。ニューキャップの実験を行いたいがために、エリオットは都合のいい話をでっち上げたに過ぎない。拒否し、最大限の罵詈雑言（ばりぞうごん）を置き土産に、自らの意志でこの山を降りる。その後の人生は……、わからない。少なくとも、快適なものにはならないだろう。ただ愛する者たちは失われてゆく。残るのは悔恨だけだ。

何度も出発点に戻りかけた。遺伝子が共通の一卵性双生児は、ほぼ同じ姿形をしている。馨と、タカヤマの遺伝子が共通であるとすれば、馨とタカヤマの顔が同じであるのは当然である。タカヤマの声をじかに聞いたときは不思議な感慨にとらわれた。まるで録音された自分の声を聞いているかのようであった。顔と声の一致。しかしそれだけでは証拠にならない。コンピューターで処理すれば、顔や声などはどうにでも手を入れることができる。

馨はその疑問をエリオットに突き付けた。するとエリオットは、噴出する疑念を見越したように、衛星電話の受話器を馨に差し出したのだった。

「君の父さんにつながっている。話してみるがいい」

馨は、受話器を受け取り、病室のベッドに横たわる父の声を聞いた。そして、聞いたが最後、エリオットの言うことがにわかに信憑性を持ち始めたのである。

タカヤマのクローンを育てる場合、もっとも都合がいいのは、ループに関わっている研究者の中から最適の人間を選び、その子供として育てさせることであった。

当時、二見秀幸は、真知子と結婚して四年経過していたが、夫婦の間に子供ができず、産婦人科に診てもらったところ、妻の不妊症が明らかになったばかりだった。

それにもかかわらず子供をほしがっているという情報をキャッチすると、エリオットたちは、複数の人間を介して、それとなく養子縁組の話を秀幸にもちかけてきた。秀幸も、妻の真知子も、生まれたばかりの赤ん坊をもらいうけ、自分たちの子供として育てることになんら異を唱えなかった。

話はとんとん拍子に進んだ。エリオットは、巧妙なルートを使って、後のトラブルを防ぐためと称し、素性を一切明かさないまま、誕生間もない馨を秀幸と真知子の夫婦に渡した。ループという仮想現実が、赤ん坊の発祥源であると知っていてなお、彼ら夫婦が馨を受け入れたかどうかはわからない。

そうして、秀幸と真知子は、養子であるという事実を馨に告げることなく、実の子として愛情深く育てたのである。

衛星回線を通して、馨と父の秀幸は結ばれていた。病室のベッドで、力なく受話器を握る父の姿が目に浮かぶようだった。

「馨……、か」

声は一段と弱くなっていた。父の声がたまらなく懐かしい。

馨と秀幸は、静かな調子で、まず互いの近況を報告し合った。元気でいることを伝えると、秀幸は、

「そうか、そうか」

と、うれしそうに呟き、嘘か本当なのか、「こっちは、最近、身体の調子がいいみたいでなあ」

と続ける。声だけから判断すれば、本当であるはずがなかった。父の身に、「その時」が近づきつつあるのだ。

馨は、冷静さを保ったまま、自分の出自に関してそれとなく尋ねた。秀幸は、馨がなぜ養子であることを知ったのか、心底から驚いているふうだったが、いずれわかることでもあり、正直に二十年前の経緯を話したのだった。

目を閉じ、祈るような気分で、馨は父の言葉を聞いていた。だれから話を持ちかけられ、どういったルートで馨を受け取ったか……。

祈りは空しく終わった。父の説明は、エリオットから聞かされた養子縁組の経緯と寸分

もずれてはいなかったのである。

「父さんは、自分の遺伝子を受け継がない子供を育てることに、なんのためらいもなかったのかい」

馨は、静かな口調で尋ねた。たとえ母が不妊であっても、両親の遺伝子を受け継ぐ子を誕生させるのは難しくない。

「大切なのは、遺伝子を受け継ぐ、受け継がないではない。親と子は、接することにより、絆(きずな)をより深めていくものだ。この二十年間の、おれとおまえの関係を、振り返ってごらん。おまえは、確かに、おれの息子だ」

父の言葉は細胞のひとつひとつに染み渡っていくようであった。

馨は、別れの言葉を告げて、父との電話を切った。もう二度と父の声を聞くことはないだろう……、馨はそう感じ取っていた。

さらに馨は、タカヤマリュウジの半生を何度も繰り返してディスプレイで見ることになった。科学全般に興味を抱き、数学や物理に類いまれな才能を発揮した少年時代のエピソードを目の当たりにして、馨は、ここに同一の人間がいると思わないわけにはいかなかった。本を読んだり、深く考えたりするときのしぐさから癖まで、そっくりであった。

ディスプレイでタカヤマを観察するのは、実に奇妙な体験だった。同じ遺伝子を持ちながら、まったく異なった環境……、いや、環境どころか異なった空間で成長を遂げてきた個体がここにいる。自分とは別人であり、別の人格、別の意識を持ちながら、姿形は同一であるという存在。一卵性双生児そのものである。

馨は、立ち上がって、尾根の先端に向けて少し歩いた。足元から下を覗くと、垂直に切り立った崖の真下に、小さく蛇行する川が見えてきた。光の加減か、それとも土の成分を溶かし込んでいるためか、川の水面が緑がかっている。現在でも水による浸食はわずかずつ続いているらしい。

やはり事実を認めないわけにはいかなかった。タカヤマリュウジの遺伝情報を再合成することによって、自分はこの世に誕生した。辻褄は合っている。事実を直視したほうがいいだろう。否定しても、運命からは逃れられない。

そう、馨はやがてループに戻るように運命づけられていた。

風が強くなってきたようだ。馨は、崖の縁から一歩後退した。風に煽られて、崖下に転落したりしたら、元も子もなかった。貴重な情報が失われてしまう。それはまたふたつの世界の終わりを意味した。

エリオットの目論見はまさに悪魔的である。自分で言った通り、彼の直感は二十年先まで見越していた。

二十年前、なぜエリオットは、タカヤマの願いを聞き届け、彼の遺伝子を再合成し、現実世界にタカヤマのクローンを誕生させねばならなかったか。クローンそのものの実験という意味合いもあっただろうが、エリオットの頭の中には、ニュートリノ・スキャニング・キャプチャー・システムの構想が、ある明瞭な形で浮かんでいたのである。馨が生み出される直前、エリオットの脳裏に飛来したのは、ニューキャップを使っての、人体分子情報の三次元デジタル化であった。恐るべきことに、ニューキャップにかけられるべき人間の人選にまで、彼の思考は及んでいたのである。自らニューキャップにかけられたいと望む人間などいるはずもない。志願者がいなくては、実験は成立しなかった。強引な生体実験が許される時代はとっくに終わっている。せっかく装置ができあがっても、若く健康な人間の被験者がいてくれなくては話にならないのだ。

エリオットの言葉を借りて、簡単に言ってしまえばこういうことになる。

「ループから個体を一個抜き出して温存しておけば、ニューキャップを使って元の世界に戻すという正当な理由づけができるではないか。古巣に帰りたいと望むのなら、その望みを叶えてあげましょう。このニューキャップを使ってな。ループから現実世界への移行は、クローンの作成以外にあり得ない。だが、こちらからループに移行する場合、ニューキャップを使えば、今この瞬間の精神状態、記憶を保持したまま、個体をまるごとループ界に再合成することが可能なのだ」

……古巣に帰りたいと望む。

この前提が問題だった。だれがそんなことを望むものか。帰ってしまえば、父や母、礼子にも二度と会うことはできないのだ。礼子の腹の中で大きくなりつつある自分の子供の顔も永久に見ることはできない。生殖というまっとうな方法で、馨は、礼子の腹に自分の遺伝子を植え付けていた。

もちろん、ただそれだけのためなら、エリオットの科学ゲームに付き合うつもりはなかった。当然のことだ。たとえ遺伝子が仮想空間からきたとしても、自分は確固としてここに存在している。もはや現実の住人なのだから、古巣があると言われても、戻るわけにはいかない。誕生後の人生は自分で選び、歩んできたつもりだ。ここでの生活には十分に未練がある。

ところが、偶然が作用して、馨はにっちもさっちもいかない立場に追い込まれてしまったのである。

タカヤマの遺伝子を再合成する途中で、リングウィルスが漏洩し、転移性ヒトガンウィルスに変化したのは真実であろう。つまり、リングウィルスはタカヤマの遺伝子の中に、組み込まれていたのだ。ゲノムシンセサイザーで合成する合間のちょっとした事故で、未完のフラグメントが誤って大腸菌につっこまれてしまったらしい。かといって、タカヤマの遺伝子からリングウィルスが切り取られ、ウィルス感染のない正常な姿にDNAが戻ったというわけではなかった。あいかわらず、遺伝子にはリングウィルスが組み込まれ、その一部となったままのはずだ。

エリオットの話を聞いた瞬間から、馨も疑問には思っていた。

……自分の遺伝子の中にウィルスが組み込まれているとしたら、なぜ自分は転移性ガンを発症しないどころか、何度検査しても陽性の反応すら示さない。

発症しないのだろう。

その疑問に、エリオットはこう説明を加えていた。

「RNAからDNAに転写するときに一部ミューテーションを起こし、停止コードが入ったため、検査には引っかからなかった。

いいかね、転移性ヒトガンウィルスは、感染している細胞のP53遺伝子に突然変異を起こさせると共に、ウィルス自身がテロメラーゼの配列をもっていて、感染している細胞DNAにTTAGGGを付け加えるんだよ。これによって細胞は不死化し、ガン化していく。

転移性ヒトガンウィルスの発祥源がタカヤマであるとわかり次第、君の細胞は入手され、詳しく検査されていた。悪く思わんでくれよ。意味不明の血液検査があったこと覚えていると思うが……。ところがだ。驚いたことに、君の細胞は、テロメア領域の配列がTTAGGGではなかった。要するに転移性ヒトガンウィルスが末端テロメラーゼを発現させ、DNA末端部にTTAGGGを付加しても、不安定になりすぐに分解してしまうのだ。だから、細胞の分裂寿命が伸びず、君の細胞はガン化しない。君はおそらく、転移性ヒトガンウィルスに対して真の抵抗性を持った、まったく新しいタイプの人間なのだよ」

エリオットの説明は、論理的にある程度納得できるものであった。馨が完璧(かんぺき)な抵抗を持つのは、現実界とループ界における、遺伝子配列の微妙なズレが影響しているからだろう。

しかし、その異常な出自を考えれば、当然なことなのかもしれない。

エリオットの言葉が脳裏に明滅する。渓谷に光の尾を引いて、自分の生きてきた軌跡が見えるようだった。しかし、光の進む方向は最初から定められていたようなものだ。

馨は思う。一体、いつの頃から、ここに来るよう、サジェスチョンを与えられていたのだろうかと。

コンピューターのディスプレイに、重力異常の分布図が提示されたのは十歳の頃であった。データベースに入ってないにもかかわらず、どこからともなくやってきた情報……、発信源はもちろんエリオットである。長寿村の情報もそれとなく流しておいたに違いない。常に、今いる砂漠のこの場所へ、注意を引きつけておく必要があった。あからさまにではなく、ヒントを小出しにするという方法で、徐々に好奇心をかきたてていく。偶然と偶然を重ね合わせ、自らの発見であるごとく思わせて、砂漠のある地点から立ちのぼる意味、その救済の可能性をことさら神秘的に強調するのだ。

母が、インディアンの民間伝承に行き当たったのも、科学読本の中にガンからの奇跡的な生還を果たした男の記事を発見したのも、裏で手を引いたのはエリオットに間違いなかった。半年前から郵送されてくる原書は急に多くなっていた。おそらく、もっとたくさんヒントは投げ与えられていたのだろう。そのうちのいくつかが馨や母の網にかかった。馨は独力でここまでやって来たのだから、それで十分だったのだ。

使命感と自由意志により、独力でやって来るということ。これはエリオットに課せられた至上命題だった。馨の身柄を拘束し、強引な方法でここまで運んできたのでは、うまくいくはずがなかった。ニュートリノが照射される間の精神状態は、そのままデジタル化され、伝えられる。強制的に押さえ込まれ、恐怖を感じたり嫌がっていたりしては、その感情もそのまま移送されることになる。ある願望を秘め、自らの意志で、心静かに運命を享受するという態度が要求されるのだ。

エリオットは、

「強引なやり方は、わたしの流儀ではない」

という言い方をしていたが、本意はわかっている。本人の望まない形で、無理やりニュートリノキャップにかけられても成功はおぼつかないからだ。

使命感と自由意志……、まさにエリオットが望んだ以上の意欲を持って、馨はここを訪れた。

その鼻先につきつけられた餌は、使命感を十分に満足させるものだった。

「転移性ヒトガンウィルスをやっつけるヒントはすべて君の身体にある。ゲノムの三次元構造と、細胞内のミトコンドリアを含めた代謝サイクルや分泌性因子の全体的影響を調べなければ、どうやっても解決の糸口は見つからないだろう。ＤＮＡの配列を解析するだけではだめなんだ。君の全身をデジタル化しなければな……。有力な治療方法として、特殊な遺伝子導入の方法が考えられるが、この遺伝子導入の影響を正確に理解するためにも、君の全生体データを使った精密なシミュレーションが必要になる。いいかい。君の身体から得られた知識はすぐに応用される。まず最初に、君の父、母、そして恋人……、命を賭けた君の純粋な行為に報いるため、それはまったく当然のことだ」

真剣な顔でエリオットはこう約束したのだった。

砂漠の、今はもう幻想と化した長寿村、その名残を唯一残すのは皮肉なことにエリオットという年寄りの科学者だけだ。長寿村で馨が拾うのは、転移性ヒトガンウィルス治療へのヒントのはずだった。身近な愛する者の命を救いたいという願望。地球上の生命樹が大規模なガン化によって死滅していく現状を救いたいという願望。想像もしなかった方法で、その願いはかなえられる。自分の身と引き換えにという条件つきで……。

馨の身体が獲得しているはずの、転移性ヒトガンウィルスへの完璧なブロック。そのメカニズムを瞬時に、しかも正確に把握するためにはニューキャップを用いるのが最善の手段である。技術は即座に応用されるだろう。以降、転移性ヒトガンウィルスの恐怖は一掃され、おそらく地球上生命とウィルスとの共生関係が生まれることになる。

理屈は理解できるものだった。これまでの伝統的なやりかたで解明しようとしたら、時間は圧倒的に足りなくなる。その間に、少なくとも父の命は失われるだろう。母は発狂し、礼子は子供を腹に抱いたまま自殺してしまうに違いない。

出自が仮想空間にあるとしても、その生は価値をもってまっとうされるはずである。二十年という歳月を確かに生きてきたのだ。礼子と交わした肉欲がそれを証明していた。もし礼子とのことがなければ、これほど確かな生の手応えは得られなかっただろう。

……自分は今、確かにここにいる。

馨は自信に満ちた表情で、奇岩のごとく尾根の突端に屹立（きつりつ）していた。身体中の勇気をふり絞り、声を限りに叫ぶ。

ウォーという叫びは、渓谷にこだまして、大地を飛び跳ねるようにして地平線の向こうに消えていった。命もまた、こだまと同じように、余韻を残して消えていくに違いない。

エリオットへの思いは複雑で、単純に憎しみという感情を超越してしまっている。あいつがいなければ、自分の肉体が存在することはあり得なかった。楽しくもあり、悲しく苦しくもあったこの二十年間は、エリオットの思い付きのせいで与えられた。その生を望んだのかと問われれば、馨ははっきりとイエスと答えることができる。しかしまた、自分の肉体がなければ、世界に転移性ヒトガンウィルスが蔓延（まんえん）することもなかったのだ。馨に何の責任もないのはわかりきっている。だが、事実は否応もなく身に押し寄せ、良心はさいなまれた。

だが、良心の呵責（かしゃく）、恨みや憎しみの感情に囚（とら）われているときではなかった。大切なのは、自分の身体を張って、きっちりとおとしまえをつけること。見つめるべきは、常に未来のはずだ。

馨はくるりと振り返ると、力強い足取りで崖（がけ）から離れていった。

すべての準備が整うまでにさらに十数日を要した。その間に、馨は何度もループにおけるタカヤマリュウジの記録を体験し、死に至るまでの彼の半生を学んだ。両親や友人との関係から、学問知識、ものの考え方、癖やしゃべり方の特徴まで、逐次自分のものとしていったのである。

自動翻訳装置なしでも会話が理解できるようになった頃、彼の半生を脳裏に刻むという作業はあらかた終了した。遺伝子がまったく同じせいか、タカヤマになり切るのはそう不自然な作業でもない。逆に知れば知るほど、他人とは思えなくなってくる。これまでの人生が、ダブって見えることもあった。馨という人間の生と、タカヤマの生が重なる瞬間だった。

6

当日の午後、馨はエリオットに付き添われて、エレベーターを降りていった。地下千メートルへと下降するうち、馨の迷いは吹っ切れてゆく。此岸から彼岸へ旅立つというのに、不思議と恐怖はなかった。現場の持つ独特の雰囲気のためだろう、厳かな気分さえ味わっていた。

エレベーターのドアが開いた。前方にニューキャップの管理区域の一部が見える。厚い防護壁に囲まれ、超並列スーパーコンピューターがランプを点滅させていた。だが、これはまだニューキャップの内部ではない。内部に入れるのは、馨ひとりだけだ。

エリオットは、馨と同じ速さで車椅子を転がしていた。電動の車椅子を使わないのは、腕の筋肉を鍛えるためだという。最新の設備の中、旧式の車椅子がどことなく不釣り合いに映る。

エリオットは、かすかに呼吸を切らしながら言った。

「先に訊いておく。でないと誤解されないとも限らないからな。まさか君は、わしがわざと転移性ヒトガンウィルスをばらまいたと考えているわけではないだろう」

その疑念を浮かべたこともあったが、疑いはもうきれいに拭われている。

「何のために、あなたが転移性ヒトガンウィルスをばらまくのですか」

馨は車椅子の後ろに回り、押してあげようとしたが、エリオットは蠅でも振り払うように、

「余計なことはするな」

と親切を断り、両輪をたぐる手に力を込めた。「何のためにかって。決まっているだろう、ループに予算をつけるためだ」

転移性ヒトガンウィルスを撲滅するために、ループの再開が必要であることを納得させれば、莫大な予算がつくことは確実だった。転移性ヒトガンウィルスの治療方法の発見は世界の最優先事項である。開発が成功すれば、各方面に莫大な富をもたらすはずだ。社会的な貢献度もさることながら、投資の見返りは申し分ない。予算がつけば、二十年間凍結されていたループを再作動させるというエリオットの夢は果たされる。

「まさか、あなたはそんなことをしませんよ」

「ほう、なぜ」

「ウィルスがどんな働きをするかなんて絶対に予測はできません。それに、転移性ヒトガンウィルスに対するあなたの憎しみは、嘘ではないでしょう」

エリオットは唾を飲み込み、喉の奥から奇妙な声を出した。彼自身、大切な人間を何人か、この病気で亡くしている。激しく敵愾心を燃やす動機付けがそこにあることは、一目瞭然だった。

「わかっていてくれれば、それでいい。ウィルスが漏れたのは正真正銘、事故だったんだ。これほど悪巧みの達者なウィルスとわかっていれば、もっと細心の注意を払ったはずなんだが……」

悔しそうにそう言うエリオットから、嘘の臭いは感じられなかった。

「わかってますよ。でなければ、ぼくはわざわざこんな地下にまで降りてきません」

エリオットは車椅子を止め、呆然とした表情で馨を見上げた。両目を見開き、薄く涙を浮かべている。

「君は、わたしを恨んでは、いないのかね」

「何のために？」

馨は同じ質問を返した。

「勝手に生み出しておいて、時期が来たから帰れという」

「あなたがいなければ、ぼくという人間はここにいなかったのでしょう。これまでの二十年間、悪くはなかった。いや、悪くないどころか、素晴らしい思いをたくさんさせてもらった。恨んでなんかいませんよ」

現世に対する全き肯定がなければ、来世はただ恐怖の対象となるだけだ。その点、馨は達観していた。父を始め、母や礼子が転移性ヒトガンウィルスに感染したり、亮次の自殺を目の当たりにしたりと、不幸が続いたとしても、総体では、今生もまたよしと言い切ることができる。従容として廊下を進むことができるのもそのためだ。

「少し、ここで話さないか」

エリオットは口の端から、いつものようによだれを垂らしていた。

「いいですよ」

ニューキャップへと向かう長い廊下の途中で、ふたりはしばし道草を食うことにした。馨は壁に寄り掛かり、エリオットは車椅子の背にぐったりと後頭部をもたせかける。思い思いのその寛ぎ方が、互いの笑いを誘った。

「以前にも言ったかもしれないが、ニューキャップの計画がなければ、君を生み出すこともなかっただろう。ものごとは有機的に絡まりあって進行する。何かひとつの要素が欠けても、今のようにはなっていないのだ」

「偶然の積み重ねですか」

「ああ、偶然が作用して、ループは再開される。いや、再開されねばならない。なぜかといえば、現実とループは深いところで、呼応しているからだ」

馨自身、そのことに薄々気づいていた。ガン化したあげくフリーズされた仮想空間が、現実に影響を及ぼし、作用するかのように動くという事実。

エリオットは別の比喩（ひゆ）を使って、説明を加えた。

「特に科学の得意な子供でなくても、一度ぐらいはこんなふうな想像を働かせたことがあるんじゃないか。物質の基本である原子の構造が、太陽系のモデルとそっくりであることから、原子や素粒子もまたひとつの宇宙を形づくっているのであり、その小さな世界にも我々と同じような生命が住んでいるのではないかと。生命の環だ。ループと命名した意味はここにある」

「ええ、小学校の頃、ぼくも父に言ったことがあります」

極小の世界だけではない。極大の世界でも同じことが考えられた。太陽系はある原子を構成し、銀河系は原子が集まった分子のようなもので、小宇宙はひとつの細胞となり、宇宙全体はひとつの巨大な生命になる。生命の腹の中にまた生命を抱え、その生命の中にはもっと小さな生命を抱えているという入れ籠（いれこ）構造は、古来からの宗教観にも見られるものであり、それはまた、前世、現世、来世へと経巡る生命の循環にも似ていた。

「としたら、輪が途切れたらどうなると思う。極大と極小は連環としてつながっている。その輪の一部が滞ったら、影響は前後に及ぶことになる」

「途切れた輪は繋（つな）げなければならない」

「そうだ。もとに戻してやり直すのではない。ループに生じた災厄を克服した上で、新しく繋ぎ直す」

「その場合、ガン化したループの歴史はどうなるのです」

「進化の袋小路に迷い込み、絶滅した種と同じだ。行き止まりになっておしまい。ループの記憶装置に記録は残るが、ガン細胞を切除して捨てるように、現実の歴史からは切り捨てられる。ループの歴史は一旦脇道に逸れ、新たなページからやり直すことになる」

大地を削りながら水が流れるのと同じだった。地形の作用を受けて、水は高い場所から低い場所へと流れるが、ときとして袋小路に迷い込み、水溜まり状の膨らみとなることがある。行き止まりとなっても、水は出口を求めて弱い部分の土を削り、新たなルートを作って流れ出てゆく。海に注ぎ、川となってからその蛇行した様子を眺めれば、かつて袋小路となっていた箇所は一目瞭然である。鋭角に湾曲した部分は、島となって残されていたりもする。

ループもまたこの流れと同じだった。今は出口を塞がれて停止した状態にある。だが、流れを滞ったままにしておいては、現実界に悪影響を及ぼす。現実はループと呼応しているのだ。現実的な方法で転移性ヒトガンウィルスに対処すると同時に、ループ界がガン化した歴史自体を変える必要があった。でなければ、根本的な解決にならないだろう。問題を克服した上で新しい流れを作るのが、馨に課せられたふたつ目の役割である。

エリオットは再び、神の問題を取り上げた。

「世界はときとして、神の手を必要とするのだよ。神はもちろん、処女の母体から生まれる。そして、また再生するのだ。手筈は整っている」

神になれと言われても、馨には実感が湧かなかった。生々しい感覚は今となっても持ち続けている。無理やり背中を押されたという思いは拭えない。

馨は廊下を歩き始めた。歩きながら無言で考え続けた。

……ウェインスロックの廃屋で見せられたインディアンの生涯は一体何を意味するのだろう。

ウェインスロックで無理やり見せられた仮想現実は、もちろんエリオットによって準備されたものである。その理由を、エリオットに問い質したことはなかった。馨自身は、死の予行演習をさせられたのではないかと、勝手に解釈していた。だが、もうひとつの意味をたった今思いついたのである。

インディアンの男は、目の前で妻と子供たちの死を見せつけられた。無惨な方法で、なす術もなく失われていく命に対して、自分の死以上の、やりきれなさを感じていた。死の暗幕に覆われる直前まで、彼の脳裏はその思いに占められていた。妻と子供たちを救えなかったという悔恨の情、怒り、恐怖。マイナスのイメージだけが黒々と渦を巻いていた。

頭部搭載型ディスプレイを取り外したとき、馨は、たとえ仮想世界の出来事とわかっていても、この体験だけは二度としたくないとつくづく感じたものだ。インディアンの男の物語は、自分の身を犠牲にして妻と子供たちの命を救った男の物語ではない。大切な命が奪われていく瞬間を、なす術もなく、間近から見なければならないという、極めて残酷な物語なのだ。

……なぜ、インディアンの物語を追体験することが必要とされたのだろうか。

後の展開を見れば、それこそ、エリオットが意図したとおり、死の体験は罄の精神に働きかけたのである。あの思いだけは二度と御免だという感情が、身を犠牲にしての、救済へと駆り立てた。両親を始めとする愛する者を見殺しにできないという、激情の源となっていた。要するにエリオットの思う壺、罠にはまることによって、罄は強迫観念を植え付けられてしまった。

複雑な心境で歩を進める罄の後を追って、エリオットは遮二無二車椅子を動かしていた。

「ちょっと、待ってくれ。電話をしなくてもいいのか」

罄は歩を止めた。

「電話？」

「ああ、話をしたい人間がいるんじゃないのかね」

父とはこの間、会話を交わしたばかりだった。母の声は聞きたかったが、話す内容が見つかりそうもない。これから自分の取る行動をどう説明すればいいのか。正直に言えば、母はパニックを起こすに決まっている。

……礼子だけだ。

話すとしたら、礼子以外に考えられなかった。

廊下の途中を折れて、小部屋に案内されると、エリオットから無言で受話器を差し出された。

馨は、部屋に彼女がいることを祈りつつ、番号をプッシュする。エリオットは声に出さず、ジェスチャーで尋ねた。

……向こうの映像をモニターに映し出さなくてもいいのかい？

馨は申し出を断った。

テレビ電話にする必要はなかった。余計な情報を抜きにして、声だけを聞いたほうが、記憶の底にはっきりととどまるような気がしたからだ。

回線がつながったようだ。

「はい、もしもし……」

柔らかな礼子の声に触れたとたん、馨は予期に反して泣き崩れる結果となった。様々な感情が怒濤のごとく押し寄せてくる。映像や音を伴って、記憶が呼び覚まされてきた。声に触発されての瞬間的な爆発。どうにも制御することができない。

「もしもし……、もしもし……」

受話器から漏れる礼子の声を聞きながら、馨は、やはり電話などすべきではなかったと後悔した。

7

廊下の突き当たりには黒いドアがあり、その前で、馨はエリオットと別れることになった。

エリオットは大きな手を差し出して、馨に握手を求めてくる。

力強くというわけにはいかなかったが、馨は、エリオットの手を握り返す。礼子と交わした最後の言葉が脳裏の大半を占め、心は千々にかき乱されていた。心ここにあらずという状態で、目を宙にさまよわせていたのである。

「長く生き過ぎてしまったようだな、わたしは」

ふと我に返って、エリオットを見下ろすと、そこには年を取り過ぎた男の顔がある。自分の寿命があとどれぐらいなのか、正確に把握している顔だった。

……いずれ君の後を追う。

と言いたいのだろうが、行き着く先は互いに異なる。エリオットが馨と同じ場所に到着することはなかった。

「約束したこと、頼みますよ」

馨は念を押した。自分の生体データから得た知識を即座に両親や礼子の治療に役立てるという以外に、馨はもうひとつエリオットと約束を交わしていた。

「わかった。信頼して任せてほしい」

エリオットの返答を確認してから、馨はドアを開けた。そこから先に入れるのは、馨だけである。向こう側に馨が身を滑り込ませると、ドアは自動的に閉じられた。

イオンの臭いだろうか、異臭が鼻をついた。これ以降、指示はスピーカーを通して出されることになっている。スピーカーがキンキンとした声を伝える以外、外からの音が漏れ入ることはまったくなかった。外界とは完全に遮断されている。

馨は指示に従って、羽織っていたガウンと下着を脱いだ。サンダルも脱ぎ、身体に何もつけずに次の部屋へと入っていく。

エリオットから聞かされた通りだとすれば、いくつかクリーンルームを通過するはずだった。

この先、何が行われるのか、おおかたのところは理解しているつもりである。ニューキャップという巨大な球の中心に固定され、全方向からニュートリノの照射を受けるのだ。そのためには、いくつかの手順を踏まなければならない。

次の部屋で、馨は、目前のストレッチャーに横たわるよう指示を受けた。仰向けに横たわると、ストレッチャーは、狭く暗い通路を音もなく移動し始めた。その間に、馨の身体は、エアシャワーを浴び、純水のシャワーを浴び、肉体の表面から一切の不純物が取り除かれていった。

ポイントを経るたび、赤いデジタルメーターの数字が、限りなく百パーセントに近づいていくのがわかった。

99・99、99・999、99・99999……、といった具合に数字の最後尾に9が加えられていく。部屋から不純物が除去されてゆく様子が数字で表される仕組みである。ストレッチャーはそのまま、馨を、透明な直方体の容器の中へと運んだ。体温よりほんの少し暖かめの純水が、身体をすっぽりと満たし始める。水槽というより、ちょっと大きめの棺桶のような形であった。

馨の肉体は、いつの間にか、しっかりと固定された上で、純水の上に浮かんでいたのである。

純水に浮かんだまま、馨の身体はさらに、ニュートリノ・スキャニング・キャプチャー・システムの中心に向かって押し出されていった。

純水に浸っているためか、徐々に馨の精神は鎮められてゆく。どこまでが自分の身体で、どこまでが水なのかの、感覚がなくなりかけていた。水との完全な一体感である。自我は薄れ、無数の泡となって、水の中に溶け出していく。

失われていく自我の中、最後の抵抗を試みるかのように、ついさっきの電話で交わした礼子の言葉が脳裏に蘇る。

……ねえ、今朝、赤ん坊が動いたのよ。

礼子は、うれしそうに胎内での子供の成長を知らせてきたのだ。羊水に抱かれて動く赤ん坊のイメージによって、自分の置かれた状態が客観視されてきた。考えてみれば、そっくりだった。生まれようとする意志においても。

真の闇に支配されたひとつの宇宙がここにあった。重力が消え失せ、身体の重みはまっのに、闇のせいで、空間が無限に広がるかのように感じられた。

子供の頃、超高層マンションのバルコニーに出て、夜空を見上げるのが好きだった。星や月を眺めるたび、世界の仕組みを知りたいという思いを強くしたものだ。

超高層マンションのバルコニーと、ここでは対照的な位置関係にあった。片や海に面して立つ高所で、片や荒涼とした砂漠地帯に掘られた地下千メートルの穴。広々とした空間に漂う潮の香りに対して、密閉された空間には人工的なイオンの臭いが立ち込めている。たった今、頭上の空間に、瞬間的な青い光が輝いたようであった。ニュートリノの照射が始まったのだろうか。馨には、青いきらめきが星のまたたきのように感じられた。

球形の表面のあらゆる方向からニュートリノは照射され、馨の身体を突き抜けて反対側の壁に達し、分子情報を逐一積み上げていくはずだった。その量は徐々に増え、浴びれば浴びるほど、肉体の微細な構造の三次元デジタル化の精度は増していく。初期の頃の照射は、肉体を通り抜けるだけで、何の感覚ももたらさないだろう。だが、完璧(かんぺき)な情報を手に入れるためにはそれですむはずもなく、細胞を破壊するほどの照射が必要となる。そのとき、自分の身体に生じる異変を、馨は意識しまいとした。

青い光は間隔を短くして、パッパッと暗闇に明滅していた。美しい光景だった。輝くような青い光は、白い帯を引いて空間を斜めに突っ切ってゆく。流れ星にそっくりだ。

安らかな気分で、馨は夜空を眺めていた。まるで子供時代に戻ってしまったかのような気分……。

　おそらく宇宙飛行士の体験もこれと似ているのではないだろうか。地球を外側から眺めるという体験は、人間を神の領域に近づけるという。その点が、馨の立場と少し異なっている。馨が到達しようとしているのは、神そのものであった。

　一切の音が遮断されているはずなのに、ぐわんぐわんと鼓膜を圧迫する力があった。耳の近くで何者かが大きな声で語りかけている。人間ではあり得ない存在……。仮想空間のデジタル信号なのだろうか。

　突如、脳裏にイメージが差し挟まれた。シャガールの絵を、頭の内部に直接挿入されたような具合だった。目で見ているわけではない。ビデオデッキのジャックが直接脳に差し込まれるように、印象的な、極彩色の映像が流れ、またたく間に消えてゆく。

　青白い光は、絡まり合う紐状の帯になって、中空を無数に交錯していた。真の闇だったものが、今や光の筋に満たされていた。光のぶつかり合う音が、すぐ耳元から響いている。聞こえるはずのない音……、デジタル信号の渦が耳たぶを撫でる。

　身体は宇宙の無重力空間に放り出されていた。純水の水槽から浮き上がり、光の渦に入っていくようだ。肉体から遊離し、心はどんどんと澄み渡ってゆく。

　馨の旅は終幕を迎えようとしていた。砂漠のある一地点に向けての旅、いや、というよりも死と再生の旅は、刻一刻と目的地に近づきつつある。

　脳裏に差し込まれる映像は、粗い粒子でできていた。モザイク模様がかけられ、輪郭がごつごつとしている。いくらがんばっても、以前のように、滑らかで自然な映像が、頭に浮かんでこない。解析される情報量が足りないからに違いなかった。

ニュートリノの照射はさらに激しさを増し、分子構造をデジタル化してゆく。そうして、解像度が上がるにつれ、ごつごつとしたモザイク模様から角が取れ、馨にとっての、ごく自然と受け取れる映像が、脳裏に再現されてきた。イメージが元に戻ってゆく。光の通路の向こうに、現実と瓜ふたつの黄泉の国を見たように思われた。

馨の旅は終わろうとしていた。現実界での肉体は消滅し、ループ界での再生が果たされようとしている。

解析がすべて終了すると、さっきまで馨が浮いていたはずの水槽に、人間の姿はなかった。あるのはばらばらに破壊され、水にとけた細胞の残骸だけだ。自我が水に溶けてゆくのと並行して、肉体もまた粉砕され、細分され、水に溶けていった。水は純度を失っている。青白い光のせいで血なまぐささこそなかったが、これまでと違ったどろりとした液体に変じてしまった。

肉体の消滅にもかかわらず、馨の意識は存在した。ニュートリノは死の直前における馨の脳の状態、シノプスやニューロンの位置や化学反応に至るまで正確にデジタル化し、再現させていたからである。

最終的な青写真を直接構築するのではなく、発生過程を制御しながら、ニューキャップで獲得された情報はデザインされていった。ループ時間で約一週間という時間を経て、赤ん坊として誕生した個体はニューキャップにかけられた時点の体格に成長し、意識状態を取り戻すことになるはずだった。

馨には今自分のいる場所がなんとなくわかった。子宮の中だ。比喩ではなく、実際に子宮の中にいる。処女の母胎で、羊水に浸っている。

遠くから近づいてくるかのように、母の心音が聞こえてきた。どくんどくんという音が、暗く密閉された球の中に響き渡っている。音は次第に大きくなる。

……どくんどくんどくんどくん。

馨には、自分がだれの子宮にいるのかわからない。だが、誕生する直前であるのは確かなようだ。

世界に出るという強い意志を持って、馨は自分の身体を押し出していった。

光が眩しかった。青白いきらめきではなく、人工的な白い光だった。病院でよく見かける無影灯が発光源らしい。

光に照らされて、へその緒がみえた。自分と、母とを繋ぐ一本のグロテスクな紐……。

紐に手を伸ばし、自らの力で断ち切ろうとして、つい大きな声を上げてしまった。普通の赤ん坊と同じ泣き声……。

「おぎゃー、おぎゃー」

新たな旅の始まりである。

第五章　降臨

1

梅雨(つゆ)とは思えないほどよく晴れた日だった。砂浜と道路とを分かつ堤防を歩きながら、水平線に目をやると、湾の向こうの景色が霞(かす)んでいる。海に突き出た堤防には、数人の釣人がのんびりと海に釣糸を垂らしていた。夏にはまだ早く、泳ぐ者はだれもいない。二組の家族が、砂浜の上にシートを広げ、ピクニックを楽しんでいるだけだ。

海辺の、のどかな風景を眺めていると、ここが仮想空間であるという現実を忘れてしまう。ループ界への再生を果たして既に半年が過ぎ、身体も意識もしっかりとこの世界に適応してきたようだ。

昨年の十月に、高山竜司(たかやまりゅうじ)は一度死んだ。死体は、医学部の学生だった頃からの友人でもある解剖医、安藤満男(あんどうみつお)の手によって解剖され、死ははっきりと確認されている。にもかかわらず、今年一月、安藤を始め、その同僚で病理学者の宮下(みやした)たちの力添えにより、高山は三か月に及ぶ眠りから覚め、蘇(よみがえ)った。山村貞子(やまむらさだこ)という処女の胎内から這(は)い出し、自らの力でへその緒を手でひきちぎるという方法で、二度目の誕生を果たし、たった一週間で、ニユーキャップに入ったときの馨と同じ肉体に成長していた。ループ界が上位概念によって創造されたことを知らない安藤や宮下には、高山が蘇った真のメカニズムなど理解できるはずもない。高山が死んでいた三か月は、馨の二十年に及ぶ人生に相当する。かつては馨であった意識は、今、高山竜司の肉体を纏って、ループ界に生きているのだ。

一度死んだ人間が外を出歩くわけにもいかず、生活は窮屈であったが、研究する環境としてはうってつけであった。この半年間、高山は宮下に提供された研究室に閉じこもってウィルスの研究に従事していた。それは、自分の細胞に隠されたヒントをひとつずつ解き明かしてゆく作業でもあった。大方の研究が終わり、リングウィルスのワクチンが完成するまで半年を要していた。

考えてみれば、久し振りの外出である。こうして穏やかな風を浴びていると実に心が洗われる。馨であった頃に住んでいた高層マンションではいつも夜風を浴びていた。好みは変わっていないようだ。

ピクニックをする家族の向こうに、波打ち際に立つ男の子の小さな影があった。男の子は、おそるおそる波に近づき、足を濡らさないようにして、すうっと水から離れてゆく。かと思うと砂の上にしゃがみ込み、穴を掘ったり砂を積み上げたりしている。上半身裸で、海水パンツを穿いているにしては、濡れるのを嫌がる様が顕著で、動作はいかにも慎重だった。男の子が身につけている海水パンツは身体にフィットしたビキニタイプである。頭にはスイムキャップを被っていなかった。

礼子を初めてプールで見掛けたとき、息子の亮次は奇妙にアンバランスな格好をしていた。水泳用ではない、チェック柄の短パンを穿き、頭に被ったスイムキャップからは髪の毛が一本もはみ出していなかった。ふと、あのときの光景を思い出してしまう。礼子の肌の感触、彼女と最後に交わした言葉……、記憶の底に映像や声がはっきりと残っている。今ごろ彼女はどうしているだろうか。

海の側にも、道路の側にも落ちることなく、冷えた清涼飲料の入ったビニール袋を両手に持ち、バランスを取りながら堤防の上を歩いた。砂漠地帯を縦走する尾根と違って、堤防の幅は数十センチにすぎない。今こうやって、自分の足で、この狭い道を歩いていると、彼岸と此岸のあやふやな境界線を渡っているような気分になってくる。

波打ち際を離れ、男の子は堤防に向かって駆け出していた。男の子は、百メートルばかり先の、堤防に腰を下ろしている男を目指して走っていた。堤防に腰かけている男は、これから会おうとしている人間であり、男の子の父親である。

男の視線は息子にばかり注がれ、近づいてくる人間に対してはまったく無防備だ。一切の関心は息子へと向けられている。あまり驚かすのも悪いだろうと、高山竜司は、ちょっと離れたところから、彼の名前を呼んだ。

「おい、安藤」

名前を呼ばれると、安藤は顔を上げ、前後左右に顔を巡らせた。そうして、堤防を歩いて近づいてくる高山に目を止め、声に出さずに驚きの表情だけを浮かべた。

「やあ、久し振りだな」

ここ半年間、高山は安藤と会ってなかった。高山の再生に手を貸した後、安藤は大学の研究室を去り、いずこともなく姿を消していたのだ。

高山は安藤の横に腰を下ろし、肩を触れ合わせんばかりに身体を近づけた。だが、安藤は素っ気なく、目を合わせようともせず、浜を走ってやってくる息子のほうへと視線を戻すのだった。

仕方なく、高山は、ビニール袋から清涼飲料を取り出して飲み干していった。あっという間に飲み終えると、もう一缶取り出して、安藤のほうに差し出す。

「飲むかい」

安藤は黙って受け取ると、高山のほうを見ないでプルリングを引き上げた。

「なぜ、ここがわかった？」

安藤は落ち着いた口調で尋ねた。

「宮下から聞いた」

高山は事実だけを簡単に答えた。安藤の息子の命日が今日であることから、宮下は推理を働かせ、おそらくこの場所だろうと、高山に安藤の居場所を告げたのだった。

息子の命日が今日であるというのも妙な話である。ここと同じ海で、息子が溺(おぼ)れて死んだのが、二年前の今日。しかし、死んだはずの息子は目の前にいる。自分の存在を棚に上げ、高山は、その事実に苦笑いを浮かべずにはいられなかった。

「ところで、何か用でもあるのか」

押し殺した声で、安藤が訊いてきた。高山の来訪があまり嬉しくないようだ。研究室を抜け出し、電車とバスを乗り継いでやって来たのだから、もう少し歓迎されてもいいと思う。どうも誤解されているようである。

エリオットは、再生にあたって手筈は整えてある、と言っていた。どんな世界においても、一度死んだ生命が生き返る事態は、そう簡単に受け入れられるものではない。それなりのお膳立てが必要なのだ。

エリオットは抜かりなく、お膳立てを整えた。再生にあたって力になってくれるであろう安藤のもとにそれとなく暗号を送り、なるべく無理のない方法で、高山竜司が再生できる環境を整えたのだ。二年前に死んだ安藤の息子を蘇らせたのも、高山を再生させる手助けをさせるための餌であった。

ループの生命である安藤の息子の場合、ニューキャップを通過する必要はなかった。ループからループへの移行ならば、遺伝情報を再構成するだけで再生は簡単にできてしまうのである。

ループは、生命樹がガン化を始めるきっかけのところに戻り、半年前に再始動された。それ以前でも以降でもなく、ばら撒かれた災厄を克服すべき絶妙のタイミングで、高山竜司は降臨したのである。この先、何もしないでいれば、ループは同じ道を辿ってガン化してしまうだろう。自らの力で滞っていた水の流れを変え、新しく歴史を築いていかなければばならない。そうすれば、以前住んでいた世界もまた多様性を取り戻すはずだ。

「おまえには感謝しているよ。おれの期待通りに動いてくれたのだから」

高山は、言葉通り、安藤に感謝していた。ループ界に来る直前、高山の半生はしっかりと頭に刻み付けてある。大学時代を共に過ごしていて、安藤の優秀さは知り抜いている。友人である安藤の手助けがなかったら、処女の子宮から誕生するという、合理的な手段は講じられなかったに違いない。

だが、安藤は、ただ単に利用されたのだという疑念を拭い切れずにいるのだろう。いや、それどころか、山村貞子と結託して世界を滅ぼすためにやって来たのだと、誤解しているかもしれなかった。

だとしても、高山には弁明の方法がなかった。自分の正体を明かすのだけは、絶対にしてはならないことであった。これから先の、孤独な人生を思うと、高山はぞっとすることがある。たったひとつ、胸に抱く強い願いが、孤独な人生に耐える力の源だった。

波打ち際で、男の子は立ち上がり、安藤のほうに手を振ってよこした。安藤が合図を返すと、男の子は砂を蹴り上げながら近づいてきた。

「パパ、喉が渇いた」

安藤は、高山からもらった清涼飲料の缶を、息子のほうに差し出した。受け取るとすぐ、男の子は飲み干していった。

すぐ目の前には、男の子の白い喉が伸びていて、冷えた液体が流れ落ちていく様が見えるようだった。確かな肉の動きがある。少し違う手段ではあったが、自分と同様に再生した肉体。同じ母胎から生まれた兄弟のようなものだ。

「もう一本飲むかい」

高山は男の子に声をかけ、ビニール袋に手を差し入れて、ごそごそと中を探った。男の子は、高山に対しては、

「もういらない」

と答え、父親に向かっては、

「これ飲んじゃっていい？」

と飲みかけの清涼飲料を頭の位置に持ってきて尋ねる。

「ああ、いいよ」

安藤が許可すると、男の子は、缶を振りながら波打ち際に戻っていく。空き缶に砂を詰めて遊ぼうという心積もりなのだろう。その背中に向けて安藤は叫んだ。

「孝則（たかのり）！」

男の子は立ち止まって振り返る。

「なに？」

「まだ海には入るなよ」

わかった、というように笑顔を向け、男の子は再び背中を向けた。

溺れた瞬間のことを覚えていて、男の子はまだ海を怖がっているのだ。その恐怖を克服

してからでなくては、これからの長い人生を乗り切ることはできないだろう。

「かわいい子じゃないか」

高山は言った。心の奥には、礼子の子宮で育っているはずの、自分の子に寄せる思いがあった。

安藤は、高山の言葉を無視して、質問してきた。

「なあ、教えてくれ。世界はこれからどうなるんだ」

おまえなら知っているだろうと、安藤は睨みつけるような視線を向けてくる。確かに知ってはいる。少なくとも、安藤より先の展開には明るいはずであった。だが、それを言うわけにはいかないのだ。

「おまえこそ、どう思う。世界はこれからどうなると思うんだ？」

高山に促されて安藤が語ったのは、ガン化していったループの結末とほぼ似たりよったりの未来図である。

リングウィルスは全世界に蔓延し、ビデオテープは様々なメディアに変貌して、やはり世界を駆け巡る。排卵期に感染したりメディアに触れた女性は、山村貞子と同一の遺伝子を持った個体を産み、それ以外の者は排除される。男も同様だった。新しいメディアの担い手となるごく一部の者を除き、すべて排除されていく。その結果どうなるのかは、医学者の安藤ならずとも予測できる。山村貞子という遺伝子以外は全て駆逐され、生命は単一の遺伝子に収斂されていくことになる。

「平気なのか、おまえはそれでも」

安藤の目は、敵意に満ちていた。やはり誤解されているようだ。

高山は、無表情のまま、ポケットからアンプルをひとつ取り出し、安藤に渡した。

「これを受け取ってくれ」

「なんだ」

「ワクチンだ」

「ワクチン……」

安藤は、ガラス製の小さなアンプルを受け取ると、ためつすがめつ眺めた。

この半年間の実験や研究で、高山はリングウィルスに抗するワクチンの製造に成功していた。自分の細胞に込められたヒントを手掛かりにしてようやく完成し、動物実験により効果は確認されている。

「こいつを接種すれば、ウィルスは押さえられるだろう。もう心配することはない」

「おまえ、これを渡すためにわざわざやって来たのか」

「なに、たまには海を見るのもいいさ」

高山はそう言って照れくさそうに笑った。安藤の表情は少し和らいできたようだ。

「なあ、教えてくれないか。世界が、これから先、どうなるのか」

アンプルを胸ポケットにしまいながら、安藤は、さっきと同じ質問をした。言い方が穏やかになっている。

「わからんな」

高山はぶっきらぼうに答えた。

「わからんことはないだろう。おまえは、山村貞子と組んで、世界をデザインするつもりなんだから」

それを聞いて、高山は笑うほかなかった。これ以上ここにいても無駄なようだ。

高山は腰を上げ、呟いた。

「そろそろ行くとするか」

「もう行くのか」

安藤は堤防に座ったままの姿勢で、高山を見上げた。

「ああ、ぼちぼちな。ところで、おまえはこれからどうする？」

「メディアの届かない無人島かどこかで、息子と仲よく暮らす他ないだろう」

「おまえらしいな。おれは最後まで見届ける義務がある。行くところまで行けば、人智の及ばない意志の力が降り注いでくるかもしれないぜ。その瞬間は、見逃せないだろうな」

高山は、曖昧な言い方で示唆したつもりだった。

……安心しろ。世界はおまえの考えているようにはならない。おまえが考えている滅亡の図は、一度、その通りに進んだ。しかし、今度は違う。なぜなら、そのためにこそ、おれが帰ってきたのだ。

高山は、堤防の上に立って歩きかけた。

「達者でな、宮下によろしく」

安藤の声で、高山は足をとめた。

「最後に、これだけは覚えていてほしい。どんな災厄に見舞われようとも、正面から立ち向かい、克服したという経験を積み重ねることによってしか、世界は変わらない。……だから、そう、……だいじょうぶさ」

さっと手を上げ、高山はその場から歩き去ってゆく。最後に言った言葉の真意は、安藤には恐らく伝わらなかっただろう。だが、それで構わない。いつかわかる時がくるに違いない。

来たときと同じように、堤防を歩きながら高山は時々後ろを振り返った。安藤と息子の声が小さく届いたからだ。

「約束だよ、パパ」

男の子は、安藤に念を押していた。

「ああ、きっとだ」

安藤は、期待通りに水の恐怖を克服したときの褒美(ほうび)を、息子に確認していた。

「約束する。ママに会わせてあげるよ」

安藤は、息子の死をきっかけとして、妻と別れていた。その妻に、息子を再会させるのが、首尾よく水の恐怖を克服したときの見返りだと言う。

「ママ、びっくりするだろうな」

切れ切れに届く親子の会話から、高山は、安藤の一家が再会するシーンを脳裏に思い描いていた。

それはまた高山には絶対に果たし得ない、うらやましい光景でもあった。

2

東経と西経の正確な数字はしっかり記憶されていた。時間も同様に記憶されている。エリオットと約束した時間と場所を忘れるわけにはいかなかった。

安藤と出会った海辺の街から、まっすぐ南に下り、高山は、予定より早めに指定の場所に到着した。対岸にぼんやりと岬を見渡せる、眺めのいい山の斜面だった。松林に覆われたなだらかな斜面はそのまま海につながっている。

高山は草の上に腰をおろし、時間がくるのを待った。

……ループ時間、一九九一年、六月二十七日、午後二時ちょうど。

それがエリオットと約束した時間である。まだ三十分ばかり余裕があった。

ループが作動されてから、高山の時間感覚では半年が経過している。しかし、エリオットのいる世界の時間はもう少しゆっくりとしていた。以前と同じ数だけ超並列スーパーコンピューターを使えればループはもっと早く動いただろうが、コンピューターの数を抑えた結果、一年間作動させてループが動く時間はせいぜい五、六年という長さに縮まってしまった。高山にとっての半年は、エリオットのいる世界の一か月程に相当することになる。

ニュートリノに入る直前に、父や礼子に連絡を取っていたが、それから一か月が経過しているのである。事情を説明できないまま、こちらの世界に来てしまった。両親や礼子は、砂漠に旅立ったまま、馨が行方不明になってしまったと思っているに違いない。実際には行方不明どころではなく、肉体の完全な消滅であったが。

せめて残してきた思いを伝えたかった。自分のとった行動の意味を明確に示す方法……、それは自分の身体と口を使って行う以外にないだろう。

時間と場所さえ指定しておけば、高山の姿は、向こうの世界のディスプレイに簡単に映し出すことができる。元気な姿を、両親や礼子に見せることができるよう、エリオットと堅い約束を交わしていた。

高山は時計を見た。そろそろ約束の時間がこようとしている。

時間の到来を告げるように、正面の雲が晴れて、海の上に光が注いでいった。ちょうど空にできた窓のように感じられた。ぽっかりと開いたインターフェイス。高山はその接点を通して、相手の顔や表情を見ることはできない。ただ、向こうから一方的に観察されるだけだ。

二時ジャスト。映像はつながったはずだ。高山は顔をわずか上に向け、観察しているはずの者たちにまず笑顔を見せた。

ひとりひとりの名を呼び、語りかけ、近況を語った。尋ねたいことはたくさんあったが、それは叶（かな）わない。

自分の肉体の正確なデジタル情報により、転移性ヒトガンウィルス撲滅のメカニズムは解明されたのだろうか。メカニズムは応用され、父の命は助かったのだと思いたかった。

礼子のお腹で育ちつつある子供は、電話で語って以来もっと成長しているはずだ。礼子は、自分の世界で、生きていくという希望を、見出しただろうか。今のこの自分の姿を見て、はっきりと決意してほしい。そう高山は願った。

ループに蔓延(まんえん)していくリングウィルスやビデオテープの変異メディアに対しては、断固とした処置を取るつもりだった。メディアに触れることによって一週間後の死がプログラムされるとすれば、それを解除するシステムなどいとも簡単にできてしまう。絶対の自信があった。なにしろ、自分は、克服するという強い意志をもって、向こうの世界からこちらの世界に降りてきたのだ。いってみれば神にも等しい存在。世界の仕組みは知り抜いている。ウィルスだろうが変異メディアだろうが、歯牙(しが)にもかけはしない。

馨はその思いを、空に向かって語りながら、ループの歴史が正常を取り戻すのを受け、向こうの世界も徐々に立ち直っていく過程を想像しようとした。

砂漠の樹木群は、醜くガン化して見るも無残な姿をさらしていた。ウェインスロックの廃墟(はいきょ)で見かけたネズミは、肥大した腹を上に向けて大地に転がっていた。

丘の斜面に、ひとつだけ、薄いピンクの花が咲き、その樹木だけがガン化を免れていたのを思い出す。高山の意識はそこに集中し、想像を押し広げていった。

醜い瘤(こぶ)に覆われた樹木が、瑞々(みずみず)しい緑を取り戻してゆく瞬間をひたすら願う。枯れた枝の先から花がこぼれていく美しさを脳裏に浮かべる。ループが多様性を取り戻しさえすれば、高山が想像する光景は現実のものになるのだ。

風が吹いて、雲の切れ間を大きくしていった。観察者の顔が、その中に現れては消えていた。

「だいじょうぶだ」

高山は空に向かって、大きくうなずいた。その思いはたぶん聞き届けられるだろう。

単行本あとがき

処女長編『リング』を執筆して以来そろそろ十年が経とうとしている。続編である『らせん』は三年という執筆期間をかけて一九九五年に発表された。それから三年ぶりの長編書き下ろしが本書である。われながら筆の進みは遅いと思う。各社担当編集者が嘆くのも無理はない。

全体の構想があった上でこのシリーズを書き始めたわけではない。『リング』を書き終えたとき、『らせん』はまったく頭になかったし、『らせん』を書き終えたときも『ループ』の展開などまったく浮かびもしなかった。だが、タイトルだけはずいぶん早く決まっていた。『リング』『らせん』とくれば、完結編は『ループ』以外にないだろうと。

特定の宗教を信じているわけではないが、小説を書くことはひたすら祈り続ける作業であるような気がする。物語を意識的に徐々に構築していくのではない。頭上近くに浮遊する物語を腕力で強引に引きつけ、自分の身体を通して吐き出すのが、ぼくにとっての小説を書くという作業である。正直言って一寸先は闇(やみ)、物語がどう展開するかなんて、作者であるぼくにもまったくわからなかった。

九六年の秋、角川書店の堀内と、二週間に及ぶアメリカ取材旅行に出かけた。物語の舞台をアメリカの砂漠地帯にしようと漠然と決めていたからである。レンタカーを借り、目的地も定めず、行き当たりばったりでアリゾナやユタの砂漠地帯を五千キロほど走り回ってきたのだが、その途中で立ち寄ったキャニオンランドの風景には圧倒された。地球とも思えない、水の浸食によって深く刻まれた大地を眺めるうち、想像力はかき立てられ、書けるかもしれないという思いがふつふつと湧き上がってきた。ふと渓谷の縁に立ち、はるか下の谷底を見下ろすと、『ループ』と名付けられた蛇行した川の流れがあった。

書き始める直前、下調べのため人工生命に関する科学書に目を通すことにした。本のページをめくっていくと、世界で初めて自己増殖プログラムを完成させたクリストファー・ラングトンに関する記述にぶつかった。

『リング』『らせん』をお読みの方はご存じの通り、自己増殖はキーワードのひとつである。ところがなんと、ラングトンが作り出したプログラムは『ループ』という名前で呼ばれていたのである。

これらふたつのシンクロニシティはもちろん偶然である。小説の準備を始める途中に出会った不思議な偶然……。ずっと以前から小説のタイトルが決まっていたにもかかわらず、思いがけぬ場所から、次々と『ループ』が出現してきたのである。

いや、まだある。本を読むだけではなく、人工生命の専門家から直接アドバイスを得ようと、日本における人工生命研究の第一人者である北野氏にコンタクトを取ったところ、氏の研究室が、自宅から歩いて五分もかからない距離にあったという偶然にも助けられた。『ループ』がもたらしたシンクロニシティを信じ、この物語がどこかに存在することをひたすら祈り続けることによってしか、書き続けることはできなかった。

さらにまた、多くの人にも助けられた。ソニーコンピューターサイエンス研究所シニアリサーチャーの北野宏明氏とのやりとりからは、多大なヒントを受けることができた。どんな荒唐無稽な質問にも迅速な答えを返す氏の柔軟な頭脳がなければ、恐らく『ループ』は完成していなかっただろう。心から感謝します。

前作『らせん』に引き続き医学分野のよき相談相手となってくれた中野幾太医師、慶応大学医学部微生物学教室の助手、今井眞一郎氏にもたいへんお世話になりました。心から感謝します。

前日に肺炎と喘息を併発して点滴を受けたにもかかわらず、一緒に大峯山、山上ヶ岳に登り、『ループ』の完成を共に祈ってくれた角川書店の堀内大示氏、深く感謝します。作品の企画段階からの労を惜しまない彼の頑張りによって、『リング』から『らせん』、『らせん』から『ループ』へと至る苦しい道程が支えられた。

ことあるごとに顔を見せ、「光司君だって、やればできるんだから」と励ましてくれた、他社担当編集者の面々にも感謝します。君たちの言葉は身に染みるよ。

総計五回、のべ三十日間に及ぶ缶づめのせいで、妻や娘たちには寂しい思いをさせてしまった。すまなかったね。これじゃあ、子育てパパ失格である。

一九九七年十二月十七日

鈴木 光司

解説

安原顯(けん)

『ループ』の「解説」が書けるなんて光栄だ。

この『ループ』、日本の現代小説の中でも「ベスト3」に入る秀作だからだ。

なぜそれほど高く買うのか。世界で一人として取り組んだことのない深遠なテーマに挑戦した小説であり、それが成功してもいるからだ。

村上龍も、世界文学たり得る作家と評価し、長い間勝手に贔屓(ひいき)してきたが、近作『共生虫』『希望の国のエクソダス』の二作は、目を覆う手抜き小説でがっかりした。しかもこの二作、広義のコンピューター（ネット通信）をモチーフにした小説だが、あまりに卑近、想像力の飛翔(ひしょう)もなく、まるで龍らしくない。おそらく龍はこの『ループ』、読んでいないと思うが、もし読んだら恥じて死ぬだろう。これは冗談だ。

『ループ』の主人公馨(かおる)は時折、「仮想空間が現実の宇宙である可能性」について感じるが、ぼくもふっと、そんな感覚にとらわれることがある。といってもぼくの場合は、馨のような哲学的なそれではなく皮相の極であり、何となくそう感じるのだ。つまり、部屋の中の膨大な本やＣＤ（物たち）、あるいは家族らが「リアル」に感じられず、仮象に映るのだ。

昨今の「ギャグ」にもならぬマスコミらの不条理報道の連続、少年や狂人がテロ、暗殺、殺人、強姦など、何をしようが人権が「一〇〇倍」あるがゆえに「お咎めなし」、殺され、犯された人間は「殺され、犯され損」、その上、被害者の顔写真は公表されてしまう。森首相が「神の国」発言をするや、マスコミは一斉に反撥、日本は民主国家、主権在民と声高にわめいたが「天皇制」と「民主主義」が並存する矛盾を突いたマスコミはゼロだった。むろん村山富市が首相の折「自衛隊合憲」を公言したが、この発言を問題にした新聞、テレビも皆無だった。しかも税金は世界一高く、貧乏の上に民度も世界一低い国にもかかわらず、「経済大国」「文化国家」との嘘八百だ。それでも反撥の気配はなく、国民の九〇％は中流と脂下がり、自民党支持だ。こうした状況を容認し続け、ワイドショウで満足しているような国民を日々、見ていると、精神のバランスを取るため、「まさか！　これは嘘（仮想空間）だろう」と思わなければ、ぼく自身が切れ、気が狂いそうにもなる。

明治以来、政財官とは「巨悪」に決まっていた。しかし、あの時代は天皇制、封建社会ゆえ逆らいようがなかったとも言えようが、敗戦後は、建前とはいえ、とりあえずは「民主国家」の筈だ。しかし、「民主」とは、その「民」がダメな場合、国は滅びる。いまやその典型で、ロシア同様、国家そのものが崩壊寸前だ。こんな日本、さっさと潰れた方がむろん地球のためにはいいには違いない。

なぜこんなことを書くかといえば、『ループ』のテーマとは、「生命はいかにして誕生し、自分はなぜここにいるのか」であり、主人公の馨は「無機質の世界から徐々に発展を遂げてRNA、DNAが誕生した」との考えを一方的には信じていない。「生命」とは、突き詰めれば「自己複製」が最大のポイント、この「自己複製」を司るのがDNAであり、遺伝情報によって二十数種のアミノ酸が数百個並んで出来た生命素「タンパク質」が合成される。しかしアミノ酸は、ある決められた並べ方にならなければ意味ある（生命としての）「タンパク質」にはなり得ない。つまり原始の海は、生命誕生の契機に満ちた濃密なスープだったとはいえ、偶然、意味のある並び方になる確率はゼロに等しい。二〇種類のアミノ酸が百個並び、その中の一つが生命素「タンパク質」になると仮定しても、確率は二〇の百乗分の一、「全宇宙の水素原子の数よりはるかに多い」、つまり不可能と同義なのだ。にもかかわらず「生命」は誕生した。馨は子供ながら、この「謎」を知りたいと強く願う。これが出発点だった。

つまり「人類」とは、奇蹟の連続で「不可能が可能」になった訳だが、そのことを屁とも思わず、動物の中の王者と思い上がり、したい放題、地球をわが物とし、あろうことか国家まで造って国境線を引き、領土拡大のためには仲間を殺戮、二一世紀間近のいまなお、渡航するためにはパスポートやヴィザを要求し、要求され、その国家に不都合な人間は入国拒否すらある。その上に、クズイデオロギー、クズ宗教を騙って互いに一歩も譲らず、相手を殲滅することこそ「善」と、何千万もの仲間を殺し、いまでも繰り返している。ゴキブリでも、こんな愚はしない。原子爆弾、水素爆弾、細菌兵器の開発製造に莫大な金を浪費、そのためにロシアは国が崩壊、資本主義のアメリカとて永遠ではない。経済は究極のバーチャル、デリバティヴを容認、ネット上を日々、一六〇兆ドルもの金（これは地球上の全六〇億人、五年分の国民総生産である）が飛び交い、ショートした途端、地球経済は終わる。また食糧危機が叫ばれて久しいが、何ら手を打たず、三〇年後、人口が一〇〇億人になるや、第三世界の餓死者は約三〇億人との予測もある。むろんいまでも、日に何十万人もの子が餓死している。

にもかかわらず、人類は仲間を助けるどころか、相変わらずの私利私欲、「てめえさえよけりゃあ、あとは知ったこっちゃねえ」だ。中でも日本人の醜悪な私利私欲は究極で、全世界に馬鹿にされても、誰も気づいてはいない。昨今、ガキが人を殺し、あるいは自殺している。ガキばかりではなく、中高年らの自殺者も交通事故死の三倍、年間三万人だそうだ。また、ぼくのような潜在失業者やフリーを除く完全失業者は四〇〇〇万人弱、今後さらに急増するだろう。社会福祉は破綻、それやこれやの税負担はさらに重くなる。それでもいいというのが日本国民なのだ。

日米共同のプロジェクト「ループ」とは、コンピューターの仮想空間に「生命」を誕生させ、DNA情報を次世代へと伝えつつ、突然変異や寄生、免疫などのメカニズムも盛り込み、地球生命の進化を模した独自の「生物界」、現実そっくりの「もう一つの世界」を創り上げようとの考えから創設された。それは同時に、生命誕生以来、四〇億年に及ぶ「進化の歴史」を再現する試みにもなる筈で、成功すれば、理化学分野から株価の動向まで応用できると期待されてもいた。むろん人類のためとは名目で、目的は世界制覇と銭儲けだ。ところが皮肉なことに、ループは「リングウィルス」に汚染され、「ガン化」した。「ガン化」とは、全てのパターンが特定のパターンのみに吸収され、多様性を欠いて停止することだ。敷衍して言えば、日本や世界がいま陥っている状況もまたこの「ガン化」状態と言ってもいいだろう。

馨の父は、米国と日本に多い「転移性ヒトガンウィルス」に罹り、余命いくばくもない。「転移性ヒトガンウィルス」、この時点では感染者、キャリアともに一〇〇万人程度だったが、読者は後に、地球の全動物、全植物にまで及ぶ可能性ありと知らされる。著者は、エイズウィルスと酷似している点も多々あると書いているが、ＨＩＶによる予測死者数は一億人から一億五〇〇〇万人だそうだが、先にも書いたように、人口が一〇〇億人になれば、餓死者は三〇億人である。

『ループ』のラストは、とりあえず希望を残した終り方にはなっているが、ぼく自身は「ガン化」が急速に進み、「全人類死滅」の結末もあり得たような気がする。それでは小説として「あんまり」なので、著者はぐっと堪えたと夢想しているが、半分は当たっているのではないだろうか。本書の行間に「人類は生きるに値するのか」との著者の問いかけがほの見えるような気がするからだ。

ごく簡単に小説の内容についても触れさせて欲しい。再読し、改めて超感動したからだ。第一章「夜の終わりに」で、主たる登場人物が提示される。父二見秀幸、母真知子、息子馨の三人がとても巧く描き分けられており、中でも主人公馨の造型は秀逸で、今回も感心した。また冒頭、一〇歳の科学少年馨が母真知子に、地球上の「重力異常と長寿村」の相関関係について話す件(くだり)がある。「重力異常地帯」とは北米大陸の西側、アリゾナ、ニューメキシコ、ユタ、コロラドの四州にまたがる「フォー・コーナーズ」と呼ばれる砂漠である。この逸話、ラスト近くにもう一度出てくるが、一〇歳の少年がなぜそんなことに興味を持ったかを知り、作者の仕掛けの妙に唸(うな)らされもする。

かくして全五章から成る『ループ』は、第三章「地の果ての旅」から、いよいよ佳境に入る。バイクに乗った馨はニューメキシコ州、ロスアラモス郊外、ウェインスロックを目指す。ケネス・ロスマンの居住地は、見過ごしそうな鄙(ひな)びた場所にあった。以前は数十戸の集落だったらしいが、いまやゴーストタウンになっていた。ベンチに男の死体があり、長い顎鬚(あごひげ)から馨は、ロスマンと確認する。彼は五年前、馨宅に数日間、身を寄せたことがあり、見知らぬ人ではなかったからだ。馨は地下にあるロスマンの部屋に入り、通電されていたのでコンピューターを立ち上げる……。ここでのバーチャルなシーン、文体、内容ともにスリリングで、今回もまた痺(しび)れまくった。

さらに第四章「地下空間」で馨は、プロジェクトの生みの親、クリストフ・エリオットと出会う。馨はエリオットに、「転移性ヒトガンウィルス」はなぜ「2のn乗×3」なのかを説明する。基礎が「2」なのはコンピューターが二進法だからで、われわれ読者は「転移性ヒトガンウィルス」は「ループ」から漏洩(ろうえい)したと知らされもする。かくして『ループ』最大の山場を迎え、小説は「現実と非現実との境界線が崩れる」鈴木光司独自の世界へと一挙に雪崩込む……。

『ループ』を読んで感心するシーンは多々ある。論理的な説明もむろんスリリングだが、時にはホログラフィック、バーチャルリアルな風景や人物描写、さらには自然描写の巧さにも、今回改めて感動した。この『ループ』、欧米語に翻訳し、外国人にも是非読ませたいと再度痛感した。また、一〇年に一作でいいので、鈴木光司には世界に通用する哲学的なスケールの大きい小説を書いて欲しい。『ループ』の刊行時、埴谷雄高はすでに逝き、昨今の吉本隆明はパワーダウンだ。日本には本書をきちんと評価できる批評家一人いないというのも大問題だろう。

本書は一九九八年一月、小社より単行本として刊行されたものです。

『不完全性定理』　野崎昭弘　日本評論社
『数学でみた生命と進化』　カール・ジグムント　講談社ブルーバックス
『ジンクス』　荒俣宏　角川文庫
『アポトーシスとは何か』　田辺靖一　講談社現代新書
『ミミズのいる地球』　中村方子　中公新書
『ニュートリノの謎』　長島順清　サイエンス社
『元素１１１の新知識』　桜井弘　講談社ブルーバックス
『地球物理学入門』　竹内均、河野芳輝　共立出版株式会社
『生命の起源論争』　永野敬　講談社選書メチエ
『なぜオスとメスがあるのか』　リチャード・ミコッド　新潮社
『生命科学の世界』　渡辺格　日本放送出版協会
『バイオサイエンス入門』　藤本大三朗　講談社現代新書
『生命と自由』　渡辺慧　岩波新書
『世界の長寿村』　アレクサンダー・リーフ　女子栄養大学出版部
『老化―ＤＮＡのたくらみ』　土居洋文　岩波書店
『ニューサイエンスの世界観』　石川光男　たま出版
『消された大酋長』　加藤恭子　朝日新聞社
『北アメリカ先住民族の謎』　スチュアート・ヘンリ　光文社
『アメリカインディアン悲史』　藤永茂　朝日新聞社
『イシ――北米最後の野生インディアン』　シオドーラ・クローバー　同時代ライブラリー
『壮大なる宇宙の誕生』　ロバート・ジャストロウ　集英社文庫
『もう一つの宇宙』　ロバート・ジャストロウ　集英社文庫
『宇宙には意志がある』　桜井邦明　クレスト社
『胎児の世界』　三木成夫　中公新書
『生まれる』　Ｌ・ニルソン　講談社文庫
『精神と物質』　立花隆、利根川進　文藝春秋
『宇宙からの帰還』　立花隆　中央公論社
『神話の話』　大林太良　講談社学術文庫
『ジェロニモ』　フォレスト・カーター　めるくまーる
『リトル・トリー』　フォレスト・カーター　めるくまーる

参考文献

『進化論が変わる　―ダーウィンをゆるがす分子生物学』　中原英臣、佐川峻　講談社ブルーバックス
『現代ウィルス事情』　畑中正一　岩波新書
『ウィルスが人間を支配する』　吉永良正　光文社カッパサイエンス
『大いなる仮説　ＤＮＡからのメッセージ』　大野乾　羊土社
『がんとＤＮＡ』　生田哲　講談社ブルーバックス
『われわれはなぜ死ぬのか』　柳澤桂子　草思社
『ガン、細胞の無法者たち』　Ｒ・Ｅ・ラフォンド　日経サイエンス社
『ガン細胞への挑戦』　日経サイエンス社
『がん化のメカニズム』　児玉昌彦　読売新聞社
『癌が消えた』　キャロル・ハーシュバグ、マーク・イーアン・バリシュ　新潮文庫
『ガンは感染る』　鈴木肇　ワニブックス
『免疫の闘い』　谷口克　読売新聞社
『進化論を愉しむ本』　別冊宝島
『科学読本』　別冊宝島
『進化論が変わる』　中原英臣、佐川峻　講談社
『新・進化論』　ロバート・オークローズ、ジョージ・スタンチュー　平凡社
『電子顕微鏡でわかったこと』　水野俊雄、牛木辰男、堀内繁雄　講談社ブルーバックス
『細胞増殖のしくみ』　井出利憲　共立出版株式会社
『細胞を読む』　山科正平　講談社ブルーバックス
『進化するコンピューター』　北野宏明　ジャストシステム
『人工生命というシステム』　北野宏明、佐倉統　ジャストシステム
『フランケンシュタインの末裔たち』　佐倉統　日本経済新聞社
『複雑系とは何か』　吉永良正　講談社現代新書
『カオス』　ジェイムズ・グリック　新潮文庫
『人工現実感の世界』　服部桂　工業調査会

KADOKAWA HORROR BUNKO

ループ

鈴木光司（すずきこうじ）

角川ホラー文庫 11637

平成12年９月10日　初版発行
令和７年10月10日　29版発行

発行者――山下直久
発　行――株式会社KADOKAWA
〒102-8177　東京都千代田区富士見2-13-3
電話 0570-002-301（ナビダイヤル）
印刷所――株式会社KADOKAWA
製本所――株式会社KADOKAWA
装幀者――田島照久

ISBN978-4-04-188006-7　C0193

◆◇◇